KB016912

맥주 만드는 여자

대한민국 여성 1호 브루마스터

맥주
만드는
여자

김정하 지음

북레시피

타인의 눈 발자국 위를 걷는 것, 다른 사람이 만들어놓은 길을 따라가는 것. 이 두 문장의 공통점은 그 길을 먼저 가보고 알려주는 사람이 있다는 것, 다시 말해 안내자가 있다는 뜻입니다. 제가 처음 맥주업을 시작한 2003년에는 안내자가 거의 없었습니다. 전무했다고 해도 과언이 아니었어요. 저보다 먼저 하우스맥주 사업을 시작한 분들이 계셨지만, 그분들은 대부분 자본력을 바탕으로 거대한 기계와 웅장한 장소, 그리고 상업지구에 자리를 잡고 있었습니다.

그들과 똑같이 갈 수 없는 조건에서 살아남을 수 있는 방법을 강구했고 그렇게 해서 찾은 것이 '지역친화적인 브루어리를 만들자'였습니다. 동네 마실 나왔다가 무심코 들러 맥주 한잔 마실 수 있는 편안한 공간이 되는 것을 기본 방향으로 삼았고, 바로 그러한 취지에서 제가 태어난 곳에 '바네하임'을 만들었습니다. 그리고 지역에서 관심받기 위해, 동네의 자랑이 되고자 무던히 노력했습니다. 다행스럽게도 매장이 조금씩 알려지기 시작했고, 방송에 소개되기도 하면서 지역 분들의 많은 사랑을 받는 가운데 국제대회에서 입상까지 하는 브루펍이 되었습니다.

펍을 오픈하고자 하거나 프렌차이즈 사업을 하고 싶어하시는 분들, 또는 브루어리를 오픈하고자 하시는 분들이 언제부턴가 저에게 연락하기 시작하면서 조언을 구했습니다. 저 역시 처음 시작할 때 막막했기에 그분들에게 도움을 드리고자 나름 터득한 방법들을 여러 가지 말씀드렸습니다. 이제는 더 많은 분들에게 제가 15년 동안 운영하면서 터득한 노하우, 그리고 '장사꾼 똥은 개도 안 먹는다'는 옛말에서 벗어날 수 있는 마음정리 등등 도움이 될 수 있는 것들을 풀어보려 합니다.

5년이면 이룰 수 있는 일이었는데 길을 몰라 막막한 마음에 속도가 붙지 않았고 그 때문에 15년이라는 긴 시간이 걸렸습니다. 그만큼 시행착오도 많았고 아픔도 컸지만 그 모든 경험이 저에게는 소중한 재산이 되었습니다. 바네하임을 운영하면서 정말 많은 경우의 수를 맞닥뜨려본 덕에 어떠한 물음과 문제에도 의연하게 대처할 능력이 생겼기 때문입니다.

이 책을 읽는 분들이 좀 더 쉽게 매장을 오픈하고 오래도록 사업장을 유지하길 바라는 마음을 담았습니다. 더불어 김정하라는 사람에 대한 이야기를 조금 더 들려드리려 합니다.

버티는 자가 이기는 자입니다. 모두들 조금 덜 힘들게 버티실 수 있도록 이 책이 조금이나마 보탬이 되었으면 좋겠습니다.

2장
국내 1호 여성 브루마스터의 탄생

맥주 인문학 이야기 2

3장

더 큰 세상을 꿈꾸며 이제 좀 달려볼까?

맥주 인문학 이야기 3

1장

김정하, 맥주로 빚은 인생 역전 드라마

"김정하에게 맥주란 무엇인가요?" 국내 1호 여성 브루마스터라는 타이틀이 알려진 이후 사람들을 만나면 자주 받는 질문이다. 처음에는 뭔가 그럴듯한 대답을 해야 할 것만 같은 생각이 들었다. 그들이 내게 기대하는 것이 무엇인지는 모르겠으나 그 이상의 답변을 해줘야만 할 것 같은 묘한 의무감도 생겼다. 하지만 질문이 계속될수록 내 답은 간단하고도 명쾌해졌다.

언젠가 한 인터뷰에서 맥주와 나의 관계에 대해 '담배 같다'라는 표현을 쓴 적이 있다. 나는 담배를 피우지 않지만 담배를 피우는 대부분의 사람들이 몸에 안 좋은 담배를 끊고 싶어도 끊을 수 없고, 끊기 위해 엄청난 노력을 해야 한다고들 말한다. 나와 맥주도 그런 관계가 아닐까 싶다.

지금이야 맥주가 내 인생의 전부라고 말해도 과언이 아니라 할 정도까지 되었지만 사실 나는 맥주를 알지도 못했고 또 알게 된 이후에도 그리 좋아하지 않았다. 이렇게 말하면 좀 더 화려한 설명을 기대하고 있던 사람들은 실망할지도 모르겠다. 실제로 한 인터뷰어가 이런 내 대답이 매우 의외라며 이해할 수 없다는 표정을 보인 적도 있었다. 그래서 지금부터 맥주와 내가 왜 애증의 관계이며 그 안타깝고도 환상적인 인연의 아슬아슬한 끈이 어떤 모습으로 이어지고 있는지 이야기하려고 한다.

맥주를 알기 전 먼저 맺은 전통주와의 인연

"제가 워낙 낯을 심하게 가려서요……."

"무슨 말도 안 되는 소리입니까? 김 대표가 낯을 가려요? 갑자기 왜 그러세요. 어울리지 않게."

"정말 어울리지 않나요?"

"당연하죠. 말씀도 잘하시고 성격도 이렇게 활달하신데. 낯을 가리는 게 아니라 그 반대이신 것 같은데요."

요즘 사람들을 만나 이야기를 나누다가 낯가림이 심하다고 하면 누구나 이와 비슷한 반응을 보인다. 그럴 때마다 내가 예전과는 정말 많이 달라졌다는 것을 실감하게 된다. 소극적인 성격을 고쳐보고 싶어 무던히 애쓴 노력이 헛되지 않은 것 같아 스스로가 대견스럽기도 하다.

나의 어린 시절을 되돌아보자면 지금과는 달리 그저 조용하고 평범한 일상을 보낸 기억이 대부분이다. 어느 자리에서도 특별나게 눈에 띄지 않았으며 어느 모임에서도 먼저 나서는 일이 없었다. 학창시절 친구들과의 관계도 폭이 넓기보다는 깊었다. 친한 사람들 앞에서는 더없이 활발했지만 낯가림이 심해서 쉽게 친해지지 않았다. 그 때문에 새침데기라는 오해도 많이 받았다. 성인이 되고 사업을 시작한 뒤로 나는 소극적인 성격을 고치기 위해 많은 노력을 했고 이제는 어느 자리에서건 밝은 모습으로 잘 어울리고 있다. 어찌 됐건 성인이 되기 전 나는 지금과는 좀 다르게 늘 차분하고 진중하다는 평가를 더 많이 받았다. 비단 인간관계뿐만은 아니었다. 어떤 사물에 대한 관심도 역시 마찬가지였다. 좋아하는 대상이 한번 생기면 집중도가 남달랐다. 그 중 하나가 바로 우리 전통음식과 전통술이다.

미리 고백하자면 내가 술에 대해 관심을 기울이기 시작한 것은 맥주와는 전혀 다른 스타일이라고 할 수 있는 전통주 쪽이 먼저였다. 막걸리를 비롯해 다양한 곡식으로 빚은 여러 전통주는 일찌감치 나의 마음을 빼앗았고 내가 술과 관련한 일을 하게 된다면 당연히 전통주와 인연을 맺을 거라고 생각했다. 그런 생각은 대학 진학을 전통조리학과로 결정하면서부터 자연스럽게 형성되었다.

어린 시절 어머니의 영향을 받아 요리에 남다른 소질을 보였던 나는 큰 고민 없이 전공을 결정했다. 물론 공부를 더 잘 해서 좋은 대학의 좋은 학과를 고를 수 있는 능력이 되었다면 모르겠지만 내가 선택할 수 있는 길은 그리 많지 않았다. 부모님은 내가 다른 분야를 택하길 바라셨을지 모르겠다. 하지만 당시 대입을 앞둔 학생이라면 누구나 그랬듯이 나 역시 성적에 맞는 학교와 전공을 골라야만 했다. 그때 나는 내가 가장 좋아하는 일이 무엇이며 앞으로 무엇을 하고 살면 행복할까를 먼저 고민했고 결국 답은 음식과 요리였다.

전통조리학과에서 요리를 공부할 때는 지금까지의 내 인생에서 가장 즐거운 날들이었다. 뒤에 자세히 이야기하겠지만 대학 진학 이전까지 나의 학창시절은 결코 평범하다고 할 수 없을 만큼 힘들었다. 그런 이유 때문이라도 고등학교를 졸업한 뒤 나에게 잘 맞는 전공을 선택한 건 무척이나 다행스러운 일이었다. 요리는 내가 좋아하는 분야인 데다 소질도 갖추고 있어서 공부가 지루하거나 힘들지 않았다. 조리학과 특성상 많은 음식을 배우게 되었지만 내가 집중하고 싶은 분야는 역시 우리의 전통음식이었다. 한식은 어릴 때부터 늘 접해왔던 터라 어려운 점이나 부담이 없었고 그 덕분에 실력도 지속적으로 쌓였다. 그리고 전통주는 한식에서 결코 빠질 수 없는, 한식을 더욱 풍성하게 만들어주는 주요 아이템이었다.

사실 내가 전통주를 좋아한다고 하면 사람들은 의외라는 반응을 보인다. 그도 그럴 것이 전통주는 맥주나 소주 등 일반적인 술에 비해 접근성이 떨어지는 것이 사실이다. 한때는 막걸리가 각광을 받으면서 종류도 다양해지고 그 덕분에 젊은 층의 호감을 이끌어내기도 했다. 새로운 전환기라도 맞이할 것 같았던 막걸리의 인기는 그러나 잠시뿐이었고 막걸리 이외의 전통주는 여전히 미지의 세계다. 너무나 많은 지역에서 다양한 종류의 전통주가 나오고 있지만 이를 쉽게 접하지 못하기 때문일 것이다. 하지만 우리 음식에 전통주가 제격이라는 건 굳이 설명하지 않아도 알 수 있다. 우리 땅에서 자라는 좋은 재료로 빚어낸 향기로운 전통주는 한번 빠지면 그 매력에 바로 사로잡히게 된다. 나역시 전통주를 전혀 알지 못하다가 수업 중 처음 만들어보고 그것을 계기로 전통주가 얼마나 좋은 술인지 알게 됐다.

원래 술을 좋아하지도, 즐기지도 않았던 나는 대학 입학 이후에도 한참 동안 술을 마시지 않았다. 친구들과 어울리는 자리에서도 거의 마시지 않았기 때문에 대부분 사람들이 내가 술을 전혀 못한다고만 생각했다. 술에 관심이 없던 터라 나 역시 그런 분위기가 나쁘지 않았다. 그러던 중 전통주 수업이 진행되었고 그때 연근과 솔잎을 주원료로 한 연엽주를 만들었다. 며칠 뒤 완성된 나의 연엽주는 기대 이상이었다. 재료를 고르는 것부터 숙성에 이르기까지 심사숙고한 만큼 완성도가 뛰어난 결과물이 나왔다. 그때 내 술을 맛본 엄마는 이후 차례상에 올릴 술을 따로 부탁하기도 했다. 평소 매사에 냉정하고 특히 음식에는 더 까다로운 엄마로부터 실력을 인정받아 무척이나 기분이 좋았던 기억도 생생하다.

그렇게 전통주의 매력에 빠진 나는 이후 각지에서 만들어지고 있는 전통주를 맛보는 재미에 빠져들었다. 우리나라 곳곳에서는 지역의 특산품을 재료로 많은 전통주들이 생산되고 있었고 그것을 하나하나 구해 맛을 비교하는 일도 무척이나 즐거웠다. 모든 양조장을 찾아다니며 맛을 볼 수는 없었기 때문에 직접 가지 못하는 곳의 술은 택배로 주문을 했다. 성인 인증을 위해 우체국에서 범용인증서를 따로 만들어야 하는 수고스러움이 있었지만 기꺼이 감수했다. 그때 여러 전통주를 접했는데 특히 마음을 빼앗긴 술은 안동소주였다. 안동소주는 많은 전통주 중에서도 이미 최고의 경지에 올라 각광을 받고 있는 명품주로, 왜 그 같은 명성을 얻을 수 있었는지 마셔본 사람이면 다 알게 된다. 그 매력 때문에 다른 술과 달리 안동소주만큼은 여러 번 주문을 한 기억이 있다.

전통주와 친해지면서 그전까지 어떤 자리에서도 술을 찾지 않던 내게 조금씩 술자리가 익숙해졌다. 물론 그 뒤로도 술을 많이 마신 건 아니지만 술자리를 즐기는 법도 알게 됐다. 공부를 하는 입장에서, 그리고 이제 술을 만들고 파는 사람으로서 어느 상황에서라도 술을 접하게 되면 그 맛을 즐기기보다는 먼저 성분을 살펴보고 향과 질감, 목넘김, 후미 등을 분석하는 습관이 생겼다. 일종의 직업병 같은 습관 때문에 때로는 술자리가 조금 피곤할 때도 있는 것이 사실이다. 하지만 그럴 때면 아무것도 생각하지 않고 오롯이 술 맛만 느끼는 재미도 찾았다.

맥주를 알게 되고 맥주 사업가가 된 요즘은 전통주를 접할 일이 예전보다 현저하게 줄었지만 지금도 여전히 나는 전통주에 대한 애정을 포기할 수 없다. 전통주를 생각하면 언제나 따뜻함이 먼저 떠오른다. 언젠가 기회가 된다면 그 따뜻함을 안고 있는 전통주와의 인연을 제대로 이어가고 싶다.

'맥알못' 소녀, 맥주에 눈뜨다

내가 맥주와 첫 인연을 맺은 것은 졸업을 앞두고 진로에 대해 구체적인 고민이 시작되었을 때다. 배화여대에서 2년 동안 조리학을 공부한 뒤 나는 광운대 경영학과에 편입했다. 음식 관련 사업을 하려면 경영에 대한 지식과 마인드가 반드시 필요하다는 생각으로 내린 결정이었다. 조리학과를 전공할 때부터 요식업에 뛰어들기로 작정했기 때문에 나에게는 요리 못지않게 경영 공부도 중요한 요소였다. 하지만 졸업이 다가올 때까지 요식업이라는 큰 틀만 짜놓았을 뿐 세부적인 계획은 쉽게 세워지지 않았다. 막연하게나마 국밥을 메인 메뉴로 한 한식당을 시작해 이를 기반으로 한식전문 프렌차이즈 사업을 펼쳐보고 싶었다. 한식을 전공한 나에게는 국밥이 가장 잘 어울리는 메뉴이기도 했지만 그보다 더 특별한 이유가 있었다.

어릴 때부터 엄마 밥상을 좋아했던 나는 일찌감치 집밥이 주는 따뜻함이 얼마나 소중하고 고마운 것인지를 느꼈다. 솜씨 좋은 엄마의 밥상은 언제나 나를 기분 좋게 만들어주었고 그 밥상에서 가족의 소중함을 배웠다. 특히 감당하기 버거운 일과 마주할 때 든든한 밥 한끼는 누구에게나 큰 힘이 된다. 그리고 조금씩 나이가 더해지면서 다양한 요리를 배우는 동안 사람들을 행복하게 만드는 것은 기본이 충실한 음식이라는 걸 알게 되었다. 무엇보다도 나는 내 음식으로 기쁨을 주고 싶었으며 또 사람의 온기를 전하고 싶었다. 이를 실천하기에 국밥만큼 좋은 음식은 없었다. 기본을 지켜 끓여낸 푸짐한 국밥 한 그릇에는 말과 행동만으로는 전할 수 없는 그 이상의 정이 담겨 있기 때문이다. 누구나 가볍게 찾는 음식이지만 따뜻한 정을 나누면서 행복함을 느낄 수 있는 국밥이야말로 한국인의 진정한 소울 푸드라 여겼기에 정말로 해보고 싶은 사업 아이템이었다. 작은 국밥집으로 시작해 최종적으로는 전국적인 프랜차이즈로 성공시켜보고 싶다는 것이 목표였다.

하지만 그런 생각과는 다르게 전혀 알지도 못했던 맥주가 내 사업의 시작이 된 것은 아버지의 의지와 추진력 때문이었다. 내가 생각하는 국밥 체인점은 사업 아이템으로 잡기에 규모도 작고 적합하지 못한 것 아니냐고 반문하신 아버지는 어느 날 전혀 예상치 못한 이야기를 꺼내셨다.

"정하야. 신문에 이런 광고가 났다. 우리 한번 찾아가보자."

아버지가 내 앞에 내민 신문 하단에는 맥주 만드는 기계를 알리는 광고가 실려 있었다. 당시 우리나라에서는 하우스맥주 열풍이 강하게 불고 있었고 그 열풍을 타고 강남과 명동을 중심으로 대규모 하우스맥주집이 오픈해 각광을 받고 있었다. 그때까지만 해도 나는 맥주라고 하면 또래 친구들과 마찬가지로 우리나라 기업이 만든 하이트와 카스가 전부라고 생각했다. 그런 내게 하우스맥주 기계를 보러 가자는 아버지의 제안은 그야말로 뜬금없는 일이었다.

"이 기계를 보러 가자고요? 왜요?"

"지금 맥주가 유행인 건 너도 잘 알지? 요식업도 다 때가 있는 거다. 그 유행을 잘 읽어내야만 성공을 할 수 있지. 네가 맥주에 대해 전혀 모르고 있지만 남들보다 먼저 시작하면 승산이 있다고 본다. 시장에서는 그게 무엇이 되었든 선점을 하는 게 중요하니까."

그 이후에도 아버지는 몇 번이나 같은 제안을 했지만 그때마다 나는 그건 내 길이 아니라는 말만 되풀이했다. 무엇보다도 나는 절대 '술장사'는 하지 않을 거라고 강조했다. 아무리 새로운 개념의 맥주라 하더라도 나에게는 그냥 일반적인 술과 다를 게 없다는 생각이 강했다. 하지만 아버지는 단순히 술을 파는 것이 아닌, 맥주를 만드는 제조업이라고 보셨다. 특히 수제맥주는 좀 더 고급스러운 제조업이라고 생각하신 것 같다. 게다가 평생 제조업에 몸 바치신 아버지는 사업에 대한 남다른 기준과 철학이 있었고 감각 또한 뛰어났기에 아무것도 모르는 내가 무조건 싫다고 할 수만은 없는 노릇이었다.

결국 나는 아버지의 강력한 제안에 못 이기는 척 따라나섰다. 요즘 뜨는 아이템이라고 하는데 가서 구경 한번 해보는 것도 나쁘지 않겠다는 마음이었다. 아버지와 함께 찾아간 평촌의 한 상업지구에서 맞닥뜨린 맥주 기계는 지금 기준으로 보면 조잡하기 짝이 없었다. 물론 당시엔 나 역시 처음 보는 시스템이었기 때문에 그런 생각은 하지 못했다. 업체 관계자는 오랜 시간에 걸쳐 여러 가지를 설명했지만 정확히 알아들을 수는 없었다. 다만 이 기계로 만든 맥주는 시중에서 파는 것과는 차원이 다르다는 점을 여러 차례 강조했던 것 같다. 그리고 직접 맛을 보면 동의할 수 있을 것이라고 장담하면서 아버지와 내게 맥주를 내밀었다. 의심 반, 호기심 반의 마음으로 첫 모금을 넘긴 그때 내 머릿속에는 색색의 작은 불꽃이 사방에서 튀었다. 불꽃은 여러 개의 나선형을 그리며 돌기도 하고 통통볼처럼 이리저리 튀기도 했다. 그 기계가 만들어낸 맥주의 맛은 그때까지 경험한 그 어떤 것보다도 특별하고 황홀했다.

내가 처음 만난 수제맥주 맛에 반한 걸 아신 아버지는 집에 돌아온 뒤 내게 기계를 들여 펍을 운영해보는 것이 어떻겠느냐고 한층 구체적으로 권유를 했다. 이미 맥주 맛에 완전히 빠져버린 나는 술장사는 안 한다는 결심은 완전히 잊은 채 아버지의 말을 따르기로 했다. 그 정도의 맛이라면 누구라도 좋아할 것이라는 확신도 생겼다. 결국 맥주에 대해 아무것도 모르던 상태에서 아버지의 남다른 추진력과 나의 알 수 없는 자신감이 더해져 맥주와 깊은 인연을 맺게 되었으며 그 인연이 지금의 나를 만들었다.

그렇다고 앞서 언급한 국밥에 대한 마음이 사라진 것은 결코 아니다. 맥주는 국밥과는 전혀 다른 아이템이긴 하나 서로 닮은 점이 없다고 말할 수 없다. 사람들이 서로 정을 나누고 그 사이에서 즐거움을 느낄 수 있다는 것은 맥주 역시 국밥과 같다. 그 점에서 내가 맥주를 먼저 선택했을 뿐 국밥을 포기한 것은 아니다. 아직 내게는 국밥에 대한 깊은 사랑이 남아 있으며 그렇기에 언젠가는 내가 꿈꾸는 정 넘치는 국밥집을 열어 많은 사람들과 함께 따뜻함을 나누고 싶다.

청년 사업가, 맥주의 뜨거운 맛을 보다

생각지도 못한 아버지의 제안으로 발을 들인 맥주 사업은 그렇게 시작됐고 오랜 고민 없이 맥주 기계를 계약하면서 일은 일사천리로 진행되었다. 펍을 열기 위해서는 먼저 자리를 알아봐야 했는데 장소를 정하는 것부터가 만만치 않았다. 주변에서는 강남이나 시내 중심가와 같이 유동인구가 많은 상업 밀집지역으로 가는 게 당연하다고 말했다. 그리고 수제맥주 붐이 일고 있는 곳으로 가야 돈을 벌 수 있다는 합리적인 설명을 덧붙였다. 수제맥주에 대한 인식이 이제 막 퍼지고 있을 무렵이었기 때문에 당연한 조언이었다. 하지만 난 내가 나고 자란 동네를 택했다. 지금이야 많은 발전을 거듭해서 상업지구로서의 모습이 잘 갖춰진 상태지만 그때까지만 해도 서울 외곽의 한적하기만 한 동네였다. 사람들은 나의 선택에 대해 또다시 고개를 갸웃거렸다.

굳이 외곽의 공릉동을 고집한 것은 순전히 익숙함 때문이었다. 이곳에서 태어나 어린 시절을 보냈고 학창시절을 거쳐 성인이 되기까지 이웃 동네로 반경을 넓힌 것 말고는 벗어난 일이 없었던 나는 다른 곳은 어쩐지 마음이 가지 않았다. 이 역시 확대보다는 깊이를 중시하는 성격 때문인지 모른다. 어린 나이에 처음으로 장사라는 것을 하게 되었으니 아무래도 장소만큼은 익숙한 곳이 낫겠다는 생각도 했다. 무엇보다 내가 잘 아는 동네이니만큼 무엇을 하더라도 잘할 수 있을 거란 자신감도 있었다. 어쨌든 이번만큼은 아버지도 내 의견을 존중해주셨고 결국 집에서 멀지 않은 곳으로 나의 첫 매장 '바네하임'이 결정됐다.

'바네하임'이란 이름은 언니의 작품이다. 문예창작과를 졸업한 언니는 신화에 관심이 많았는데 잘 알려진 그리스나 로마 신화가 아닌 게르만 신화에서 이름을 찾아냈다.

"그리스 로마 신화는 익숙하긴 하지만 좀 식상한 느낌이 들어. 그래서 게르만 신화를 찾아봤어. 잘 알려지지 않아서 새로운 느낌을 줄 수 있잖아. 아무래도 맥주는 독일이니까 게르만 신화에서 차용하는 것도 좋을 것 같아."

언니가 게르만 신화에서 찾은 바네신족은 풍요와 여유로움을 상징한다. 여기에 땅 혹은 집이라는 뜻의 하임을 더해 바네하임이라는 이름이 탄생됐다. 이름에 담겨 있는 뜻처럼 매장을 찾아 내가 만든 맥주를 즐기는 손님들이 풍요롭고 여유가 넘치는 시간을 즐기기를 바랐다. 처음에는 이름이 낯설고 어렵다는 사람들도 많았고 발음하기도 힘들어했지만 시간이 지나면서 이제는 제법 익숙해졌다.

펍을 처음 오픈하는 날을 아직도 잊을 수 없다. 인테리어를 마치고 기계를 들이는 날 밤 아무도 없는 매장을 오랫동안 떠날 수 없었다. 이제 막 대학을 졸업한 사회 초년생인 내가 과연 잘할 수 있을까 조심스러운 마음도 들었다. 하지만 걱정보다는 설렘이 앞섰다. 좀 막연하긴 해도 잘할 수 있을 거라는 자신감도 생겼다. 처음부터 큰 규모는 아니었지만 요식업을 할 것이라는 꿈이 있었고 그것을 이루기 위한 어느 정도의 계획도 세워놓았기 때문에 시작부터 희미하게나마 그림이 그려졌다. 무엇보다 기본을 바탕으로 최선을 다한다면 손님들도 알아주실 것이라는 믿음 또한 있었다. 모든 일에 대해 긍정적으로 생각하려는 습관 덕분에 미리 걱정하기보다는 먼저 부딪혀 최선을 다하고 뒤에 일어나는 일은 그때 대처하면 될 것이라고 마음먹었다. 이런저런 생각을 하느라 날이 밝아올 무렵까지 매장에 머물렀다.

어느 정도 예상은 했지만 일은 역시 순조롭게 흐르지 않았다. 매출이 크게 나타나지 않은 것은 이미 각오한 일이었기 때문에 큰 문제가 되지는 않았다. 어떤 아이템이라 할지라도 문을 연 뒤 입소문이 날 만큼의 시간이 필요하다. 그렇게 소문이 나면 조금씩 찾는 사람들이 늘어나고 그제야 매출도 상승 곡선을 그리게 된다. 그 시간을 기다리지 못하면 제아무리 뛰어난 사업 아이템을 내놓는다 하더라도 성공하기 어렵다. 하물며 내가 시작한 수제맥주는 새롭다는 장점 뒤에 낯설다는 단점도 떠안고 있어 더욱 긴 시간이 필요하다는 것을 잘 알고 있었다. 문제는 매출이 아닌 사람들과의 관계에서 먼저 발생했다.

바네하임은 처음 주방 담당자 세 명과 홀 직원 네 명, 그리고 양조 담당직원 한 명이 원조 멤버로 출발했다. 무엇보다도 맥주를 만드는 양조 직원의 역할이 매우 중요했다. 양조 기계를 들여온 회사에서 작동법과 기본 레시피를 제공해주었고 그 방법대로 양조 직원이 맥주를 만들게 됐는데 전문성이 없다 보니 부담도 컸겠지만 결국 시작한 지 두 달 만에 일을 그만두고 말았다.

정상을 목표로 삼고 높은 산 오르기에 이제 막 도전을 했는데 갑자기 직원이 그만두면서 출발점부터 발목을 잡히게 되니 무엇을 어떻게 해야 할지 도무지 갈피가 잡히지 않았다. 망연자실한 기분으로 아무도 없는 양조실에 혼자 남아 새 기계를 한참 동안 바라만 보고 있었다. 불과 두 달 전 바네하임 오픈을 앞두고 새벽까지 전의를 다졌는데 그때 꿈꾸었던 내 미래가 이렇게 한순간 불투명해질 거라고는 상상도 못 했다. 시간이 얼마나 흘렀는지 알 수 없었지만 꽤 오랫동안 자세도 고치지 않은 채 꼼짝도 하지 않았다. 그러다가 어느 순간 마음이 한결 편안해지면서 새로운 생각이 떠올랐다.

'언제까지 양조 직원과 같이 일을 할 수 있는 건 아니었잖아? 어차피 혼자 해야 할 때가 올 텐데 단지 그 시기가 좀 일찍 찾아왔다고 받아들이면 되는 거 아니겠어? 그래, 혼자 해보자. 해보

지도 않고 미리 좌절하는 것은 너무 바보 같아.'

굳어진 몸을 일으키면서 나는 혼자서라도 맥주를 만들어야 겠다고 다짐했다. 새로운 양조 직원을 찾아볼까도 생각했지만 어차피 누군가와 오래갈 수 없을 거라면 혼자서 하는 편이 낫겠 다고 결론 내렸다. 요식업의 경우 사장이 주방 일을 제대로 모 르면 늘 끌려다니게 되고 결국 갈등이 생겨 일이 제대로 안 되는 경우가 많은데 나 역시 양조를 알지 못하면 계속 이런 일이 반복 될 수 있다는 생각이 들었다. 그때부터 나만의 맥주를 만들기 위 한 긴 여정이 본격적으로 시작됐다. 돌이켜보면 정말 아무런 대 책이 없었던 것은 사실이지만 그때 혼자서는 아무것도 못 하겠 다고 포기하지 않은 건 정말 다행스러운 일이었다.

물론 시련은 이후에도 불쑥불쑥 찾아왔다. 양조 직원이 느닷 없이 일을 그만둔 것은 시작에 불과했다. 그 이후 직원들 때문 에 겪어야 했던 스트레스는 끊이질 않았다. 일단 나이가 어리고 경험이 없다 보니 내가 전혀 예상치 못했던 문제점들이 하나둘 씩 수면 위로 드러났다. 직원들의 불성실하거나 불친절한 태도 는 소소한 일이었다. 함께 일하게 된 사람들에게 대표라기보다 동료로서 최선을 다해 대해주었지만 돌아오는 것은 실망스러운 결과뿐이었다. 스스로 매장을 떠났으면서도 인터넷상으로 우리 에 대해 악의적인 글을 올린 사람 때문에 사이버 수사대를 찾아간 사건은 이후 내가 직원들과 어떤 관계를 유지해야 하는지 생생하게 체험하도록 해주었을 뿐만 아니라 나 스스로 마음을 다잡는 계기를 만들어주었다.

그는 바네하임 초창기 시절 주방 직원으로 채용된 사람이었다. 그가 들어온 뒤 주방 분위기가 서서히 바뀌고 있다는 것을 느끼기까지는 그리 오래 걸리지 않았다. 하지만 일단 채용을 했고 주방 일까지 소소하게 간섭하고 싶지는 않아 크게 신경을 쓰지 않았다. 무엇보다 주방 책임자에게 전권을 준 상태였기 때문에 구체적으로 어떤 문제가 발생하기 전까지는 대표가 나서는 것도 모양새가 이상했다. 별문제 없으리라 마음을 놓고 있던 어느 날 문제는 느닷없는 모양새로 터졌다.

직원들 월급은 원하는 대로 많이 주지는 못하지만 나름 기준과 원칙을 정해 지급하고 있었는데 갑자기 엉뚱한 조건으로 터무니없는 수당을 요구해왔다. 결국 내가 조건을 받아들이지 않자 다른 직원들을 선동했고 어느 날 주방 직원 네 명이 동시에 출근을 하지 않은 것이다. 그날 매장이 발칵 뒤집힌 것은 말할 것도 없고 다시 주방과 매장이 정상화되기까지 어떻게 시간이 흘러갔는지 모를 정도였다. 하지만 한차례 쓰나미 같은 시간이 지나고 난 뒤 서서히 안정을 되찾아갈 무렵 후폭풍이 밀려왔다. 바네하임 홈페이지에 악성 댓글이 달리기 시작했는데 주로 나에 대한 인신공격이었다. 나이도 어려서 아무것도 모르는 내가 부모 잘 만난 덕에 사람을 무시하고 깔본다는 내용이 요점이었다. 그냥 넘기기에는 도가 지나쳤기에 결국 사이버 수사대에 도움을 요청했다.

수사를 의뢰하기까지는 나 역시 큰 용기가 필요했다. 피해자이긴 하지만 이런 일로 경찰서를 들락거리는 것이 왠지 꺼림직한 마음이 들었기 때문이었다. 큰맘 먹고 수사 담당자를 찾아가 자초지종 내막을 이야기했는데 돌아오는 대답은 조금 실망스러웠다.

"고소를 하면 조사가 시작됩니다. 하지만 해결이 되기까지 오래 기다리셔야 합니다. 익명의 악플러를 찾아내는 것은 아무래도 시간이 많이 걸리는 작업인 데다 최근 이런 내용으로 접수된 고소 건수가 너무 많은 상태입니다. 혹시라도 글을 올린 사람이 누군지 짐작 가는 인물이 있다면 먼저 접촉을 해서 글을 내리게 하는 것이 가장 빠르고 간단한 해결책입니다."

수사 담당자는 본격적인 수사가 진행되면 시간도 만만치 않게 걸리겠지만 그 과정에서 마음도 많이 상할 것이라며 원만히 해결하도록 권유했다. 큰 잡음 없이 조용히 해결하는 것이 제일 바람직하다는 조언을 무시하고 무조건 법으로만 해결하겠다고 고집하는 것도 좋을 건 없을 듯했다. 수사관의 말을 듣고 일을 처음부터 다시 살폈다. 그러고 보니 짚이는 사람이 있었고 그가 과거에 PC방을 운영했다는 사실이 떠올랐다. 혹시나 하는 마음으로 그에게 이메일을 보냈고 글을 삭제하지 않을 경우 정식 수사가 진행될 수 있음을 통보했다. 메일을 보낸 다음 날 홈페이지에서 악성 댓글은 말끔히 사라졌다. 결국 내가 짐작했던 사람이 글을 올린 게 분명했다.

정신없이 일을 해결하고 나니 허무함이 밀려왔다. 사람들에게 최고로 잘해줬다고 자신하지는 못하지만 최선을 다해 대했다고 여겼는데 신념이 무너지는 기분이었다. 하지만 그사이 나는 조금 더 단단해지고 있었다. 모든 경험은 그것이 좋은 것이든 나쁜 것이든 긴 인생에서 큰 도움이 된다는 말이 무슨 뜻인지 알게 됐다.

매장을 운영하면서 겪고 싶지 않은 일을 겪게 된 사연은 숱하게 많다. 그건 나뿐만 아니라 크든 작든 서비스업을 하는 사람이라면 누구라도 피할 수 없는 현실이다. 지금은 세상이 많이 달라지긴 했지만 어쨌든 손님들에게 최선의 서비스를 제공해야 하는 것은 명백한 사실이기 때문에 '손님은 왕'이라는 인식은 변하지 않고 있다. 대부분 손님들이 매너 있게 행동하지만 간혹 나와 직원들을 당혹스럽게 하는 손님들도 있다.

한번은 마감 시간이 넘었는데도 자리에서 일어나지 않는 손님이 있었는데 직원들이 정중하게 이야기를 해도 듣지 않았다. 아무리 그래도 손님은 손님이기에 홀 담당자들이 힘들어했다. 결국 내가 나설 수밖에 없었는데 그 손님은 황당하게도 내 전화 번호를 받지 않으면 나가지 않겠다며 고집을 피웠고 결국 매장 명함도 아닌 개인 명함을 받고서야 자리에서 일어났다. 이후 아무래도 기분이 좋지 않아 모르는 번호가 찍히는 전화는 받지 않았다. 며칠 뒤 다시 매장을 찾아온 그는 자신의 전화를 받지 않은 것에 대해 거칠게 항의했고 난동까지 부렸다. 그 모습을 보다 못한 막내 직원과 몸싸움이 벌어졌고 경찰까지 출동한 뒤에야 겨우 수습이 됐다.

말 그대로 손님이라는 이유로 갑질을 일삼는 '진상고객'들에 대한 이야기는 수없이 많다. 매장에서 일하는 내 뒤통수에 대고 "이 집 마담이 꽤 괜찮다"라고 말한다거나 직원들에게 다짜고짜 하대를 하는 손님들은 이제 큰 문제거리도 아니다. 바네하임을 시작하기 전 아버지에게 "술은 팔지 않겠다"고 단호한 모습을 보였던 것도 사실 이런 일들이 예상됐기 때문이었다. 하지만 이제 웬만한 일들은 이 한번 앙다물고 미소로 넘길 수 있는 배짱이 생겼다.

지금 돌이켜보면 막연한 자신감만으로 사업에 도전을 했던 데다 그 뒤로도 그저 내가 잘해주면 상대도 잘할 것이라는, 인간

관계에 대해 지극히 낭만적인 생각을 가졌던 내 태도도 문제였던 것 같다. 사람에 대한 기대가 너무 컸던 것도 문제였던 듯하다. 지금이라고 해서 직원이든 손님이든 사람을 대하는 나의 태도가 완전히 달라졌다고 할 수는 없겠지만 이제는 조금쯤 거리를 두고 냉정함을 유지하려 한다.

물론 앞서 말했던 직원처럼 모든 직원들이 내게 상처를 준 것은 아니다. 일이 많으면 많은 대로, 없으면 없는 대로 힘든 시간을 잘 버텨주고 나를 지탱해준 사람들이 있었기에 그 덕에 바네하임이 15년이라는 오랜 세월 동안 사랑받으며 명성을 지켜나가고 있다. 직원들뿐만 아니다. 사업을 시작하면서 지금까지 큰 도움으로 나를 지켜준 사람들은 손꼽을 수 없을 만큼 많다. 특히 사업 초창기 시절 만났던 분들의 고마움은 잊을 수 없다. 혼자 공부를 하면서 한계에 부딪힐 무렵 맥주 만드는 브루어들의 모임에서 만나게 된 분들로 내게 맥주에 대한 많은 지식과 노하우를 아낌없이 나누어주셨다. 소극적인 성격 탓으로 처음에는 그런 모임에 나가는 것이 망설여지기도 했지만 용기를 내어 참석했고 바로 그러한 기회가 내게는 행운을 가져다주었다. 맥주에 대해 체계적으로 공부를 하고 또 나보다 먼저 사업을 시작해 성과를 내고 계신 분들은 내게 조언을 아끼지 않았고 그 덕에 내가 길을 잃거나 헤매는 일이 많지 않았다. 그때 맺은 인연을 아직까지 이어오고 있으

벚꽃라거용 벚꽃 선별을 도와주시는 아빠

며 내게는 그것이 여전히 든든한 힘이 되고 있다.

　고마운 분들의 이야기를 하자면 기계에 대한 지식이 전혀 없던 나를 위해 언제라도 도움의 손길을 내어주신 외삼촌과 아버지의 지인분들도 빼놓을 수 없다. 그분들이 보시기에 나이 어린 여자아이가 혼자 고군분투하는 모습이 언제나 안쓰러웠던 것 같다. 특히 파트너도 없이 혼자서 일하는 것이 안타까웠는지 내가 힘겨워할 때마다 기꺼이 달려와주셨다. 그분들이 있었기에 그 많은 고비 앞에서도 넘어지지 않고 버텨왔다. 그리고 무엇보다도 지금의 나를 있게 해준 아버지는 가장 든든한 지원자이자 내 인생의 빛과 같은 존재다.

버티고 견디기, 그래서 다시 찾은 희망

바네하임을 시작한 뒤로 업무 이외의 시간을 내기란 쉽지 않았지만 가끔 오랫동안 마음을 터놓고 지내온 친구를 만나면 내 이야기의 결론은 늘 두 가지였다. 빨리 나이를 먹고 싶다는 것과 그보다 더 빨리 바네하임을 그만두는 것이 그것이다. 남들은 나이 먹는 걸 싫어할 뿐만 아니라 어떻게 해서든 한 살이라도 어려 보이고자 하고, 또 어려지기 원하는데 나는 스무 살이 되고부터 하루빨리 삼십대가 되기를 고대했다. 서른이 넘으면 더 어른스러워지고 더 당당해질 것이라는 생각 때문이었다. 바네하임을 오픈하면서 그런 생각이 더 강렬해졌다. 스물세 살의 나이에 사장이 돼서 나보다 더 나이가 많은 사람들을 상대해야 하는 상황이 알게 모르게 큰 부담이었으며 소소한 문제가 생길 때마다 경험이 부족하기 때문이라는 자격지심에 시달렸다.

막상 서른이 되어보니 나이는 그리 큰 문제가 아니었음을 깨닫게 됐다. 물론 내가 어린 나이에 사업을 시작한 것은 맞지만 나이가 어리다고 해서 할 수 있는 일을 못 하는 것은 아니었다. 나이보다 중요한 것은 경험이었다. 누구에게나 처음은 낯설고 서툴러서 완성된 결과를 얻는다는 것이 쉽지 않다. 특히 사업을 시작했을 당시의 나는 아무런 경험도 없는 상태에서 그저 자신감만 충만해 있었기 때문에 단박에 만족할 만한 성과를 얻는다는 건 애초부터 불가능한 일이었다.

역시 바네하임의 매출은 쉽게 나오지 않았으며 오픈을 한 지얼마 되지 않아 조금씩 흔들리기 시작했다. 장사가 안되었다고 말할 수는 없지만 그 정도로는 전반적인 운영이 불가능했다. 그런 시간들이 하루이틀 쌓이자 마음 한구석에선 여기서 벗어나고 싶다는 생각이 자라나기 시작했다.

"그냥 빨리 그만두고 싶어. 아무리 생각해봐도 내가 할 수 있는 일이 아니었어."

어느 순간부터 터놓고 얘기할 수 있는 사람들을 만나면 바네하임에서 벗어나고 싶다는 마음이 입 밖으로까지 튀어나왔다. 친구들은 내가 힘들어서 투정을 좀 부리는 거라고 여겼지만 그만두고 싶다는 말은 진심이었다. 하지만 아무리 진심이라 하더라도 일을 시작하는 것 이상으로 그만두기란 쉬운 일이 아니었다. 어쩌면 시작보다 몇 배는 더 힘들다는 것을 알고 있었다. 그렇게 내 발목을 잡는 가장 큰 문제는 역시 빚이었다. 사업을 준비하면서 부모님 집을 담보로 대출받은 것이 제일 컸다. 내가 무너지면 부모님 집은 물론 아버지 사업까지 흔들릴 수 있었다. 사업을 성공적으로 키우는 것보다는 그 돈을 갚는 일이 내게는 더 중요했다. 그때부터 빚을 갚기 위한 나의 고군분투가 시작됐다.

맛있는 맥주를 만들어서 손님들의 입맛을 사로잡는 방안 이외에 내가 할 수 있는 일은 인건비와 재료비를 절감하는 것이었다. 처음에는 아무것도 모르는 상태에서 그저 중간 도매상이 공급해주는 물건을 무작정 받았지만 내가 발품을 팔면 비용이 훨씬 절감될 것이란 생각에 도매시장부터 뒤지고 다녔다. 처음 물건을 사러 시장에 나갔을 때 치열한 전쟁터에 나 홀로 떨어져 있는 기분이 들었다. 나를 도와줄 아군은 아무도 없고 사방이 적들뿐이었다. 나를 경계하는 싸늘한 눈빛이 마치 총알처럼 내 얼굴과 몸을 관통하는 기분이 들었다. 차에서 내려 옷을 단단히 여며 입고 전쟁터에 뛰어들 준비를 마쳤다.

새벽 3시부터 시작된 장보기는 아침 7시가 다 되어서야 끝이 났다. 정해진 거래처가 없었기 때문에 모든 가게들을 샅샅이 뒤지며 다녔고 그중에서 좋은 제품을 적당한 가격에 주는 집들을 선별해야 했다. 새벽 시장을 뒤지는 일은 하루도 빠짐없이 매일 반복됐고 마음에 드는 거래처를 정하기까지는 1년이 넘게 걸렸다. 몸은 피곤했지만 그런 노력 끝에 더 좋은 식자재를 저렴한 가격에 들여와 비용을 줄이는 데 성공했다. 여기에다 돈을 아낄 수 있는 것 말고도 좋은 사람들을 알게 되었다는 점은 나로서는 뜻밖의 소득이었다.

한동안은 어린 여자애가 와서 이것저것 물건을 사가는 모양을 보고 신기하게 혹은 이상하게 바라보는 사람들이 많았다. 한마디로 '어디서 뭐 하는 여자애가 시장을 들쑤시고 다니는 거지?' 하는 눈들이었다. 시간이 지나면서 서서히 나를 보는 시선이 부드러워졌고 1년이 되자 많은 곳에서 반갑게 맞아주셨다. 도매시장이라 나처럼 물건을 조금만 구입하는 사람은 크게 환영받지도 못했고, 나 역시 미안한 마음이 들었지만 아랑곳하지 않았다. 물건을 사면서 적은 양만 가져가 죄송하다고 하면 이내 손사래를 치셨다.

"무슨 소리야. 이런 시장에 자네 같은 젊은 사람이 열심히 살겠다고 와주는 것만으로도 고마워. 조금 사도 되고 안 사도 돼. 그냥 얼굴만이라도 보여주면 좋아."

그 따뜻한 한마디가 나에게 큰 힘이 된 것은 말할 것도 없다. 그때 처음 인연을 맺은 가게들은 10년이 넘은 지금까지 거래를 계속하고 있다. 이제는 그분들도 나도 신뢰 이상의 마음이 생겨 내게는 든든한 아군으로 남아 있다.

비용 줄이기 프로젝트는 매장 안에서도 계속되어야 했기 때문에 홀 서빙 또한 내 일 중 하나였다. 원래부터 대표라는 타이틀을 달고 카운터 앞에만 앉아 있기보다는 어떤 일이든 나서서 하는 게 더 체질에 맞았기 때문에 특별히 힘든 것은 아니었다. 하지만 술집에서 맥주와 음식을 나른다는 이유만으로 나를 비롯해 직원들에게 예의 없이 대하는 고객들 앞에서는 단단하게 다잡은 마음도 한순간에 무너져 내렸다. 그럴 때마다 빨리 대출금을 갚고 이 세계를 떠나리라 다짐하곤 했다.

결론을 미리 말하자면 그 다짐은 결국 허사로 끝날 듯하다. 내가 일을 그만두기 위해 그렇게도 빨리 갚고 싶었던 빚은 이미 다 해결이 됐다. 하지만 나에게는 또 다른 시작을 위한 새로운 빚이 생겼고 내 태도 역시 예전과는 확연히 달라졌다. 바네하임에서 벗어나기보다는 이제 바네하임을 더욱 성장시키기 위한 작업에 돌입했다.

바네하임이 어느 정도 자리를 잡아갈 무렵부터 아버지는 내가 규모를 좀 더 키우기를 바라셨다. 하지만 당시만 해도 맥주는 유통을 할 수 있는 품목이 아니었기 때문에 쉽지 않은 문제였다. 무엇보다도 내실을 먼저 다지기 전에 확장을 도모하는 것은 내게 버거운 일이었다. 그 때문에 간혹 아버지와 부딪힐 때도 있었지만 때를 기다려왔다. 그리고 바네하임 출발 15년 만에 그 때를 만났다. 간절함 속에서 찾은 희망의 불씨는 빛나고 있었고 이제 그 희망이 새로운 꿈을 꾸게 하고 있다.

남들보다 힘들었던 사춘기를 극복하다

한창 바네하임 운영에 매진하고 있던 2015년 봄 내게 특별한 요청이 들어왔다. 내가 졸업한 모교에서 학생들을 위한 특강이 열리는데 그때 강연을 부탁한다는 내용이었다. 사업가로 성공한 이야기가 알려지면서 동문회에서 나를 강연자로 추천한 모양이었다. 후배들 앞에서 내 성공 스토리를 이야기한다는 것이 왠지 쑥스럽기도 했지만 진로를 고민하는 친구들에게 작은 도움이라도 될 수 있을지 모른다는 생각에 수락을 했다.

오랜만에 찾아간 학교는 옛 모습을 고스란히 간직하고 있었다. 비록 우울증을 겪을 만큼 힘들었던 학창시절이었지만 나름 소중하고 행복한 기억들도 많은 곳이어서 그때의 모습들이 아스라하게 떠올랐다. 특강은 강당에서 진행됐다. 수백 명의 후배들이 모여 있었고 저마다 호기심과 기대에 찬 눈빛으로 나를 바라보았다. 나는 학교 다닐 때의 이야기를 비롯해 대학에서의 전공과 그 후 수제맥주를 시작하게 된 이야기, 그리고 바네하임의 대표로서 사업을 어떻게 진행시키고 있는지에 대해 설명했다. 가급적 좋은 이야기를 들려주어야 도움이 될 거라 생각했다.

그날 집에 돌아와서 내가 한 강연의 내용을 다시 한번 곱씹어 보았다. 첫 강의라 많이 떨리긴 했지만 그래도 나름 잘했다고 생각했는데 왠지 개운치 않은 느낌이 들었다. 도대체 무엇 때문에 그런 기분이 드는지 알 수 없었다. 잠자리에 누워서도 생각은 이어졌고 한참 만에 그 답을 알게 됐다. 나는 후배들 앞에서 나 자신을 솔직하게 보여주지 못했고 그게 마음 한구석에서 개운치 않은 감정으로 남은 것이었다.

아직 내 인생을 돌아보고 이야기할 만큼 긴 세월을 산 것은 아니지만 지난 시절을 되짚어보면 지금까지 지나온 나의 시간은 상상 이상으로 힘들고 치열했다. 학창시절 누구나 겪는 사춘기가 내게는 말 그대로 악몽 같았기 때문이다. 이미 말했듯 나는 내성적인 성격 때문에 어디에서나 크게 두드러지지 않는 그저 평범한 학생이었다. 학교에서도 별다른 갈등이나 스트레스 없이 지냈다. 그런 내게 가장 결정적인 사건이 발생했는데 그것은 대학 입시를 앞두고 겪게 된 우울증이었다.

학교생활이 재미가 없을 뿐만 아니라 슬프고 답답한 기분이

들기 시작한 것은 고등학교 2학년 때부터였다. 하지만 그런 내 기분이 심각한 것이라고는 생각하지 않았다. 그 시기는 누구나 공부와 대학 입시에 대한 압박감을 가지고 있었으며 성적에 대한 부담감은 피할 수 없이 짊어져야 할 무게였다. 1학년 때는 반장으로 선출이 되면서 나름 바쁘고 보람찬 생활을 했다. 그때까지만 해도 내가 우울증이라는 병을 앓게 되리라고는 상상도 하지 못했다. 문제는 2학년 때부터 서서히 시작됐다. 2학년에 올라가서는 부반장을 맡게 됐는데 1학년 때에 비해 생활이 만족스럽지 못했다. 설상가상으로 성적이 조금씩 떨어지면서 엄마와의 갈등이 자주 일어났다.

엄마는 내가 아는 사람 중 최고의 완벽주의자이자 냉정한 성격의 소유자다. 자식에 대한 마음은 어느 부모나 같겠지만 우리 엄마는 그 마음을 밖으로 표현하지 않는 사람이다. 지금도 그렇지만 어릴 때도 마찬가지였다. 어린 시절 엄마와 사이가 좋고 부드러운 관계를 유지하는 친구들이 가장 부러웠다. 그렇다고 해서 엄마가 자식에 대한 사랑이 부족하다거나 자녀 양육을 소홀하게 생각하는 사람은 아니었다. 단지 타고난 성격이 냉정했고 남들에게는 물론 가족들에게도 늘 냉정함을 유지하는 사람일 뿐이었다. 지금이야 그런 엄마의 성격을 이해하고 받아들이지만 사춘기 때는 그것이 내게 커다란 상처가 됐다.

학교생활과 성적에 만족을 느끼지 못하고 있는 터에 냉정한 성격의 엄마와 부딪히는 일이 잦아지면서 내 정신이 점점 무너져 내렸다. 엄마는 그런 나를 이해하지 못했다. 선생님께 도움을 청해보았지만 도움이 되지 못하는 것은 마찬가지였다. 만일 그때 내 상태를 심각하게 받아들이고 치료를 받게 했더라면 우울증이 깊어지지는 않았을지 모른다. 하지만 요즘과 다르게 그 때는 정신과 치료에 대한 인식이 매우 부정적이었고 그렇기 때문에 엄마도 선생님도 내가 치료를 받아야 한다는 데에 전혀 동의하지 않았다.

그렇게 아무것도 하지 않는 상태로 우울감과 더불어 시간은 흘러갔고 3학년이 되었다. 다행히도 좋은 친구들을 만났고 조금씩 내 기분도 나아져갔다. 엄마는 물론 나 역시 그렇게 우울증은 극복된 것으로 여겼다. 하지만 기분이 좋아진 것이 아니라 조증으로 바뀐 것이라는 사실을 나중에야 알게 됐다. 1학기가 채 끝나기도 전에 나의 증세는 급격히 나빠졌고 결국 일이 터졌다.

방학을 며칠 앞둔 어느 날이었다. 정확하게 무슨 과목이었는지는 기억나지 않지만 한창 수업이 진행되고 있었는데 나도 모르게 내 입에서 비명에 가까운 소리가 터져 나왔다. 왜 그랬는지 알 수 없는 일이었다. 내 돌발 행동에 교실은 발칵 뒤집혔고 선생님도 아이들도 모두 당황했다. 이날의 사건은 우울증이 조증으로 발전되면서 극에 달한 상황이었고 더 이상 방치해서는 안 되는 상태임을 입증했다. 그제야 엄마는 내가 정식으로 정신과 상담을 받아야 한다는 사실을 받아들이셨다. 그 결과 나의 우울증은 이미 심각한 상태라는 진단을 받게 됐다. 응급실에서 담당의가 이것저것 질문을 던졌는데 이미 상태가 심각했던 나는 알수 없는 대답을 했고 결국 부모님의 동의하에 안정제 주사를 맞았다. 그때까지만 해도 입원할 것이라고는 전혀 생각을 못 하고 있었는데 눈을 떠보니 폐쇄병원 입원실이었고 결국 입시생에게 가장 중요한 고3 여름방학을 그곳에서 보내게 됐다.

당시 나는 스스로가 신이 되었다는 망상에 빠졌다. 내가 부처가 되었다는 느낌을 받았고 내게 주어진 모든 힘든 시간이 고난의 길이라고 여겼다. 그 시간을 견디고 나면 나는 결국 하늘에 올라갈 것이고 모든 사람들을 구제해줄 것이라고 생각했다. 그런 생각을 할 때마다 기분이 좋아졌고 깨달음을 얻게 될 것이라 믿었다. 하지만 그 모든 것은 망상이었고 그런 망상에서 벗어나기까지 약물과 상담치료를 병행했다. 다행히도 치료를 위한 시간은 그리 오래 걸리지 않았다. 무더운 여름을 병실에서 보낸 나는 두 달이 채 되기 전 병원을 벗어날 수 있었다.

물론 그 뒤로도 상담과 약물치료는 계속되었지만 그때처럼 심한 증상이 다시 나타나지는 않았다. 무엇보다 내가 병을 스스로 인지하고 이를 극복해야만 한다는 강한 의지를 놓지 않았다. 약도 잘 챙겨 먹었고 상담도 거르지 않았다. 주변의 도움도 많이 받았다. 집중 치료가 방학 동안 진행돼서 학교에 자세히 알릴 필요가 없다는 것 역시 다행스러운 일이었다. 물론 담임 선생님과 가까운 친구 몇몇이 내 사정을 알고 있었지만 일부러 다른 사람들에게 내 병을 전하지는 않았다. 그때 나를 많이 챙겨주면서 보호자 역할을 해준 친구의 도움도 큰 의지가 됐다. 그 친구는 끝까지 내 힘든 상황을 다른 아이들에게 전하지 않았고 내가 치료를 마치고 학교에 돌아갈 때까지 묵묵히 내 곁을 지켜주었다.

일반적인 고3 수험생들과는 전혀 다른 여름방학을 보낸 뒤 무사히 학교로 돌아왔지만 아무 일도 없었던 것처럼 지내기란 쉽지 않았다. 특히 밀린 공부를 따라잡기에는 역부족이었다. 한번 떨어진 성적은 좀처럼 회복되지 않았고 마침내 대입 시험이 코앞에 다가왔을 때 내 성적으로 선택할 수 있는 대학의 폭은 그리 넓지 않았다. 지방에 있는 4년제 대학이냐 아니면 서울 안의 2년제 대학을 가느냐 둘 중 하나를 고민해야 했고 결국 후자를 택했다. 우울증 치료도 성공적으로 진행됐고 예후도 좋았지만 집을 떠나 먼 곳에서 학교를 다닌다는 것은 부모님도 나도 원하는 바가 아니었다. 한창 시절의 결코 좋지 않은 경험이 대학 입학에 결정적인 영향을 미쳤고 어쨌든 배화여대를 진학하게 되었지만 결과적으로 나쁘지 않았다. 아니, 오히려 만족스러웠다고 말하고 싶다. 앞서 이야기했듯이 내 인생에서 대학 시절은 그야말로 가장 행복하고 즐거운 때였고 그 덕분에 지금의 나로 성장할 수 있었다고 믿기 때문이다.

한때 겪은 우울증이라는 어두운 경험은 오랫동안 나의 치부로 남았고 누구에게도 알리고 싶지 않은 기억이었다. 그래서 강연 때 그 이야기를 할 생각을 전혀 하지 못했다. 아니 할 수가 없었다. 하지만 내가 진실된 모습을 보여주고 진짜 내 이야기를 들려주는 것이야말로 인생길을 앞서 걸어간 선배가 후배들을 위해 해줄 수 있는 일이라는 것을 깨달았다. 그 뒤 두 번째 강연에서는 자신의 마음을 들여다보는 일이 중요하다고 언급하며 내가 겪은 우울증과 입원 치료에 관한 이야기를 가감 없이 전했다. 그리고 혹시라도 그때의 나처럼 마음을 다쳐 힘겨워하고 있는 친구들이 있다면 주저 없이 주변의 도움을 청하라고 조언했다.

쉽지 않은 이야기였지만 의외로 담백하게 마무리할 수 있었다. 그리고 그날 나는 또 한 번 내 마음이 치유되었음을 실감했다. 나를 잘 알지 못하는 많은 사람 앞에서 내 힘든 과거를 담담하게 꺼내 보일 수 있다는 사실이 뿌듯했고 스스로에게 고마움을 느꼈다. 무엇보다도 오랫동안 내 안에 숨기고 있던 것을 당당하게 펼쳐 보일 수 있었다는 사실이 나를 기쁘게 했다. 그런 경

모교에서 강의

험을 한 것이 자랑은 아니지만 이제는 굳이 숨기지 않고 이야기
할 수 있을 만큼 내가 편안해졌다는 것이 다행스러웠다. 무엇보
다 나의 그런 모습이 어느 누구에게는 힘이 되고 그래서 힘든 인
생을 조금이나마 위로해줄 수 있을지도 모른다는 사실이 나에
게 큰 용기를 더해주었다.

그 이후로도 나는 매년 후배들을 위한 강연을 진행하고 있다.
그때마다 나는 나의 솔직한 이야기와 더불어 꼭 덧붙이는 한마디가 있다. 비단 후배들만을 위한 것이 아니라 여전히 치열한 시간을 살아가고 있는 많은 사람들, 그리고 특히 나 스스로에게도 해주는 말이다.

"내가 행복해질 수 있도록 즐거운 일 하나는 꼭 찾으세요. 그게 무엇이든 당신이 먼저 행복해진다면 세상은 반드시 행복해집니다."

내 생애 최고 후원자, 아버지

얼마 전 큰 인기를 끌었던 드라마 〈황금빛 내 인생〉을 참 재미있게 본 기억이 있다. 평일을 정신없이 보내다 보니 가급적 주말은 혼자만의 시간을 가지려고 노력 중인데 그 덕에 시간이 날 때마다 몇몇 TV 프로그램도 종종 챙겨 보고 있다. 딱히 드라마를 좋아하는 것은 아니지만 그 작품이 내 눈길을 끌었던 이유는 여주인공과 아버지의 관계 때문이다. 전반적인 내용과는 상관없이 드라마 후반부부터 부각되는 아버지와 딸의 사연이 자꾸만 내 마음을 흔들었다. 아마도 나 역시 아버지에 대한 마음이 특별하기 때문이었을 것이다.

지금까지 내가 브루마스터로 성장하는 동안 내 머릿속에 가장 많이 떠오르는 사람은 역시 아버지다. 이미 얘기했듯이 아버지는 내가 맥주의 세계를 만나게 된 데 결정적인 역할을 했을 뿐만 아니라 지금까지 내가 여러 가지 힘든 상황을 견디고 버텨온 것도 아버지 덕분이다. 결과적으로 볼 때 아버지 아니었으면 나는 현재 맥주 분야와는 전혀 다른 일을 하고 있을 것이다.

사실 어린 시절부터 거의 최근까지 아버지는 그저 엄하고 무서운 존재일 뿐이었다. 내 기억 속의 아버지는 언제나 이른 시간 일터에 나가셨다가 늦은 시간에 들어오시는 분이었고 주말도 휴일도 없이 일만 하시는 분이었다. 그 때문에 아버지와 함께 시간을 보낸 기억은 거의 없다. 하지만 내게 맥주 사업을 권유하신 뒤로 내가 겪은 아버지의 모습은 이전과는 많이 달라졌다. 아버지는 사업가로서 평생을 보내신 분으로 병아리 사업가인 내게 아낌없는 힘을 쏟아부어주셨다. 바네하임이 15년 동안 여전히 굳건하게 자리를 지키고 있는 것은 아버지의 공로 때문이라고 단언할 수 있다.

대학 졸업 후 사업을 막 시작했을 때 나는 실패에 대한 두려움이 없었다. 그것은 내가 무엇인가를 특별히 잘했기 때문이 아니라 단지 최선을 다하면 사람들이 틀림없이 알아줄 거라는 믿음이 있었기 때문이고 또 그렇기에 큰 성공까지는 아니어도 무너지지는 않으리라는 막연한 기대가 있었기 때문이었다. 하지만 현실은 내가 생각했던 것과는 큰 차이가 있었다. 무엇보다도 자금 사정이 결코 내 계획대로 움직여주지 않았다. 매장을 결정하고 기계를 놓을 때도 사업에 대한 나름의 자신은 있었지만 마음 한편으로 걱정이 없는 것은 아니었다. 경영이란 맥주를 잘 만드는 것과는 또 다른 문제라는 것을 알기까지는 그리 오랜 시간이 걸리지 않았다.

바네하임에서 의미 있는 수익이 나오기까지는 1년 이상의 시간이 걸렸다. 물론 처음부터 많은 돈을 벌겠다는 기대나 목표가 없었기 때문에 어느 정도 각오는 하고 있었다. 하지만 수익 그래프는 생각보다 느리고 완만하게 움직였다. 그런 상황 속에서 아버지의 도움마저 없었더라면 바네하임은 지금의 모습을 갖출 수 없었을 뿐만 아니라 어쩌면 세상에 존재하지조차 않았을지 모른다. 사업가로서 나의 첫 위기는 바네하임을 시작한 지 몇 달 안 돼서 찾아왔다. 한 달 매출로 매장 운영과 직원 월급을 감당하기 어려운 시점에 도달하자 스트레스가 심해지면서 우울증이 재발했다. 바네하임이 문을 연 첫날부터 매일 매장에 들러 상황을 지켜본 아버지는 더 이상 가만히 보고만 있을 수 없다는 판단을 내리셨다.

"사업이 생각처럼 쉬운 일이라면 누구나 다 성공했겠지. 이런 힘든 시기는 언제든지 오기 마련인데 그때마다 포기하고 주

아빠와 함께 중국 출장 중에

아빠와 여행

어린 시절 아빠와

저앉으면 애초부터 시작하지도 않는 게 맞았을 거다. 제대로 해보지도 않고 끝낼 수는 없는 일이니 같이 잘 이겨내보자."

다시 심해진 우울증 때문에 일을 전혀 할 수 없는 상태가 되자 아버지는 지원군으로 언니와 지인을 투입했다. 언니가 나를 대신해 매장을 지켰고 건축업에 종사하고 있던 아버지의 후배는 직원들 통제를 맡았다. 특히 그분은 경험도 풍부하고 성격도 강해서 직원들을 통솔하는 데 탁월한 능력을 보여주었다. 두 사람은 아버지의 진두지휘 아래 내가 없는 동안 바네하임 운영이 멈추지 않도록 애를 써주었고 한 달 정도 휴식기를 갖고 치료를 받은 나는 다시 힘을 내서 바네하임에 돌아왔다. 그 이후에도 아버지는 바네하임의 자금 사정이 어려울 때마다 힘을 보태주셨다. 힘겹게 매장을 끌고 가는 내 모습이 안쓰럽기도 하고 또 당신의 권유로 사업을 시작하게 되었으니 그에 대한 책임감도 느끼셨던 것 같다.

그전까지만 해도 나는 아버지에 대해서 자식들에게 그저 엄격하기만 할 뿐이라고 여겼다. 내가 사업을 시작한 뒤로도 아버지는 먼저 사업을 경험한 선배로서 날카롭고 냉정한 조언을 주셨고 그럴 때마다 나는 아버지의 기대에 미치지 못하고 있는 것 같다는 생각에 위축되기도 했다. 하지만 아버지는 내 일이 잘되느냐 안되느냐를 떠나 진정으로 나를 걱정하고 계셨다. 내가 그런 아버지의 마음을 너무 늦게 알게 된 것 같아 늘 죄송스럽다.

가끔 사람들이 나를 두고 아버지 잘 만나서 운 좋게 사업을 시작해 여태 유지하고 있다고 폄하하기도 한다. 그런 사람들한테 나의 지나온 삶을 세세하게 말해줄 필요는 없기 때문에 크게 마음을 쓰지는 않는다. 내용이야 어찌 됐건 좋은 아버지를 만난 것과 아버지로부터 큰 도움을 받은 사실은 부인할 수 없다. 바네하임 오픈을 위해 기꺼이 집을 담보로 대출받아 자금을 대주시고 그 이후에도 지속적으로 도와주셨으니 틀린 말은 아니다. 하지만 꼭 아버지가 나의 사업을 도와주지 않았다고 하더라도 내게는 좋은 아버지이고 존경하는 아버지다.

그런 아버지에게 최근 큰 어려움이 닥쳤다. 평생 일에만 몰두하신 아버지가 어느 날 암 선고를 받게 된 것이다. 늘 크고 건강한 모습만 보아왔던 나로서는 아버지가 암에 걸린 일이 그저 비현실적으로만 여겨졌다. 언제까지나 같은 모습으로 우리 곁에 있어줄 거라 여겼던 아버지가 갑자기 세상에 안 계실지도 모른다는 생각이 들자 막막한 기분이 들었다. 그때부터 나는 어떻게 해서든 아버지와 시간을 보내야 한다는 마음이 간절해졌다. 치료 때문에 병원에 가야 할 때는 물론 운동을 하거나 산책을 할 때 어떻게 해서든 시간을 내서 아버지와 함께 보냈다. 그때마다 자연스럽게 아버지와 대화할 시간이 주어졌고 내가 몰랐던 아버지의 새로운 모습을 알게 됐다. 나를 비롯해 언니와 동생들에게 엄격했던 아버지의 마음 뒤에는 항상 우리들을 생각하는 애틋함이 자리하고 있다는 것을 깨달았다. 특히 대학 졸업 후 바로 쉽지 않은 사업을 시작한 나에게는 단단한 기반이 되어주어야 한다는 책임감을 지니고 계셨다. 맥주에 대해 전혀 알지도 못하던 내가 당신의 권유로 만만치 않은 세계에 뛰어든 것이 항상 마음에 걸리셨던 모양이다. 그런 아버지의 마음을 뒤늦게 알게 된 것이 그저 죄송스러웠다. 다행히 아버지는 힘든 항암 치료를 무사히 넘기셨고 건강을 회복 중이시다. 아버지와의 추억이 그리 많지 않은 나로서는 함께할 수 있는 시간이 아직은 그래도 남아 있다는 것이 다행스러울 따름이다. 그 시간이 얼마나 될는지 알 수 없는 일이지만 나중에 되돌아보면서 후회가 많이 남지 않도록 최선을 다하고 싶다.

한 가지 고마운 점은 바네하임을 운영하는 내내 내 사업의 확장을 꿈꾸셨던 아버지의 바람이 조금씩 이루어지게 된 것이다. 엄청나게 큰 규모는 아니지만 건실한 중소기업을 운영해오신 아버지는 언제나 내 사업 규모에 대해 아쉬움을 보였다. 조금이라도 확장을 하면 더 큰 무대를 세울 수 있을 거라고 확신했다. 물론 아버지의 그런 확신이 어느 정도 일리는 있었지만 무리하게 사업을 확장하는 것은 역시 내 스타일이 아니었다. 특히 그간 맥주는 유통이 안 되는 분야였기 때문에 쉽사리 공장을 키우거나 매장을 늘리는 것은 위험 부담이 컸다. 그런 이유로 차일피일 미루다가 드디어 사업 시작 15년 만에 남양주에 새로운 공장을 마련하게 됐다. 조금 늦은 감이 있기는 하지만 이제라도 내 사업의 규모가 아버지의 마음을 흡족하게 해드린 것 같아 나 역시 기쁘다. 물론 확장만 한다고 해서 좋은 것은 아니라는 걸 잘 알고 있다. 부피가 커지는 만큼 이제는 내실을 다져 아버지의 도움 없이도 흔들리지 않게끔 만드는 일이 지금의 나에게 주어진 의무이자 숙제일 것이다.

잠시 잊고 있었던, 그래도 사랑

최근 들어 사람들을 만날 때면 가장 많이 듣는 말이 있다. 바로 결혼은 언제 하느냐는 질문이다. 이제는 결혼 적령기라는 말이 좀 무색하긴 하지만 우리 사회에서는 여전히 나이 든 여자라면 누구나 듣게 되는 말이고 나 역시 여기서 자유롭지 못하다. 여자 혼자서 맥주를 만들고 또 매장을 운영하고 있으니 당연히 궁금할 수도 있을 것 같다. 한번은 이런 일도 있었다. 제법 사람들이 많은 모임이었는데 나를 오랫동안 보아온 지인 한 분이 소개팅을 주선해주시겠다고 제안했다. 그 말에 내가 대답도 하기 전에 누군가가 대신 이렇게 말했다.

"모르셨어요? 김정하 대표 독신주의자예요. 지금까지 결혼에 대해 이야기하는 걸 본 적이 없어요. 남자보다는 맥주가 더 좋은가 봐요."

나에 대해 잘 아는 듯이 말한 그 사람은 사실 몇 번 만난 적이 없는 사이였다. 그가 왜 나에 대해 그렇게 단정적인 말을 했는지는 아직까지 잘 모르겠다. 물론 어느 자리에서건 결혼 이야기가 나오면 난 그저 언젠가는 할 것이라는 뻔한 말을 해왔던 건 사실이다. 하지만 그렇다고 해서 내가 결혼에 대해 생각이 없는 것은 아니며 누군가와 멋진 사랑에 빠지는 것을 싫어할 리는 더더욱 만무하다. 오히려 어렸을 때부터 빨리 결혼하고 싶어했고 평범하면서도 행복한 가정을 꾸려야겠다고 꿈꿔왔다.

물론 내가 남자나 결혼에 대해 관심이 없다고 오해할 수는 있다. 날 독신주의자로 오해한 것도 한 번 더 생각해보면 이해 못할 일도 아니다. 그간 맥주 사업에 집중을 해오면서 다른 일에는 크게 관심을 두지 않은 것도 사실이기 때문이다. 그렇다고 해서 내게 사랑이 없었던 것은 아니다. 대학 다닐 때나 사회생활을 하면서 동호회와 같은 모임에서 좋은 사람들을 만났고 연애도 했다. 단지 그 만남들이 길게 이어지지 않은 것이 나로서도 아쉬울

뿐이다. 아마도 늘 바쁘게 돌아가는 나의 일상이 일반적인 사람들과 잘 맞지 않았기 때문이었을지 모르겠다.

그럼에도 나에게는 오랫동안 잊히지 않을 두 번의 인연이 있었다. 그중 처음은 몇 번의 연애 끝에 드디어 결혼을 처음 결심한 사람이었다. 부모님께 결혼 결심을 이야기하면서 선을 보인 것도 그가 처음이었다. 그가 인사를 하고 돌아간 이후 아버지는 딱 한마디 하셨다.

"정하야, 너 그 사람과 정말 대화가 잘 통하는 거지?"

그 물음에 나는 그렇다고 대답했다. 왜 아버지가 그런 질문을 하셨는지 그때는 알지 못했다. 그리고 정말 대화가 잘되고 있다 여기고 있었다. 하지만 어려운 시기가 닥쳤고 내가 생각하던 소통은 단절됐다. 바네하임의 리모델링을 진행하면서 극심한 스트레스에 시달리고 있었고, 무엇보다도 인테리어를 담당하던 업체와 문제가 발생해 하루가 멀다 하고 잡음이 터졌을 때였다. 그 인테리어 담당자는 남자친구의 소개로 알게 되었는데 문제가 발생하자 남자친구는 자신의 입장을 내세워 뒤로 물러섰고 그 이후로도 내가 이해할 수 없을 정도의 이기적인 태도를 보였다. 둘 사이에 큰 문제가 없을 때 잘만 통했던 대화는 더 이상 존재하지 않았다. 결국 그의 모습에 실망한 나는 이별을 선택했다. 앞으로 내 앞에 나타날 수많은 난관들을 함께 헤쳐나갈 사람은 아니라는 판단 때문이었다.

두 번째 만남은 첫 번째보다 더 드라마틱하다. 한동안 실의에 빠져 맥주 만들기에만 매진하고 있던 때에 같이 일하던 직원의 소개로 만난 그는 나를 위해 모든 것을 맞춰주는 고마운 사람이었다. 그 남자 역시 전 여자친구와의 이별로 상처가 있었고 우리는 서로의 아픈 마음을 잘 이해하는 완벽한 커플이었다. 특히 그는 내게 더없이 잘했고 1년의 연애 끝에 결혼을 결정했다. 결혼식 날짜가 잡히자 일이 일사천리로 진행됐다. 엄마의 요구로 이제는 우리의 결혼 문화에서 완전히 사라져버린 약혼식도 올렸다. 나도 한 남자의 아내가 되어 아들딸을 각각 두 명씩 낳고 알콩달콩 살아갈 수 있을 거라 믿었다. 하지만 나의 꿈은 결혼식 한 달을 앞두고 깨져버렸다. 파혼을 결정하고 모든 것을 백지상태로 돌린 것은 나 자신이었다.

연애를 하는 동안 내게 고마우리만큼 잘해주었던 그는 결혼식 날짜가 잡히면서 서서히 변하기 시작했다. 결혼식에 필요한 모든 것을 나 혼자 준비해야 했다. 그 과정에서 그 사람이 과연 내가 지난 1년간 만난 사람이 맞는 건가 하는 생각이 들 정도로 내게 소홀해졌다. 매장을 운영하면서 시간을 쪼개 혼자 모든 것은 준비하는 동안 나는 서서히 지쳐갔다. 누군가가 '결혼식 준비는 결혼 생활의 축약이다'라고 말했는데 결혼 뒤 내 미래의 모습이 이런 식으로 흘러갈 것만 같은 두려움이 생겼다. 그뿐만 아니라 그는 시댁 식구들과의 문제에서도 중간 역할을 하는 게 아니라 완전히 발을 뺐다. 사업하는 여자를 이해하려는 모습은 완전히 사라지고 만 상태였다. 이미 결혼 날짜까지 잡고 청첩장까지 만들었는데 자꾸만 그와의 결혼이 아니라는 고민에 빠졌다. 부모님께 아무런 말도 못 하고 혼자 끙끙대고 있던 내게 친구가 단호한 조언을 했다.

"네가 아니라고 생각한다면 지금이라도 부모님께 알리고 멈춰야 해. 다른 사람들은 몰라도 부모님은 널 이해해주실 거야."

그 말 한마디는 나에게 일종의 충격 같은 것으로 다가왔고 그때까지 마음에 남아 있던 알 수 없는 불안감을 더 자세히, 깊숙이 들여다보게 했다. 사실 내가 결혼을 정한 것은 아버지의 갑작스러운 암 판정도 영향이 있었다. 건강이 더 악화돼서 어느 날 갑자기 세상을 뜨실 수도 있다는 생각에 마음이 조급해졌고 아버지가 돌아가시기 전에 어떻게든 내가 행복한 가정을 꾸리는 모습을 보여드리고 싶었다. 언니나 동생들 누구도 아직 결혼을 하지 않았기 때문에 나라도 빨리 아버지의 바람을 들어드리고 싶었다. 때마침 남자 집안에서 결혼을 서둘렀고 그 때문에 그냥 떠밀리듯 날짜를 잡은 것도 어쩐지 마음에 걸렸다. 내가 정말 이 사람과 살면서 지금보다 더 행복해질 수 있을까라는 질문을 나 스스로에게 던졌지만 마음속에서 돌아오는 대답은 아니라는 것뿐이었다.

그때까지 잠도 못 자고 고민만 하고 있던 나는 더는 지체할 수 없었고 한걸음에 달려가 결혼을 멈추겠다고 이야기했다. 이야기를 듣고 난 부모님은 한동안 말이 없으셨다가 큰 충격 없이 내 결정을 받아들여주셨다. 물론 남자의 집안은 발칵 뒤집혔다. 그는 내게 달려와 그간의 일을 사과하고 더 노력하겠다고 눈물로 호소했지만 이미 돌아선 내 마음은 좀처럼 바뀌지 않았다. 그저 그와의 인연은 거기서 끝났다는 생각뿐이었다.

그의 태도 때문에 벌어진 일이었지만 파혼을 결심한 것에 대해 그에게 많이 미안했다. 그 마음은 한참의 시간이 지난 지금도 여전하다. 결혼에 대해 처음부터 신중히 생각하고 결정했어야 했는데 그러지 못한 내 책임도 크다. 하지만 지금 돌이켜보면 그 지점에서 멈춘 것은 내게 있어 다행스러운 일이었고 그래서 후회는 없다.

나의 지난 사랑에 대해 이렇게 이야기하는 것은 시간이 많이 흘렀음에도 여전히 남아 있는 그때의 상처로 인한 우울함을 이제는 완전히 털어내버리고 싶었기 때문이다. 인생을 살면서 누구라도 한 번쯤 사랑으로 인한 가슴 아픈 추억이 있을 테고 나역시 마찬가지다. 하지만 이제는 지나간 일에 갇혀 살고 싶지 않다. 새로운 인연은 언젠가 반드시 다시 찾아올 것이라 믿고 그런 믿음이 현실이 되기를 고대한다.

그리고 그런 내 마음이 생활 속에도 투영되고 있다는 걸 보여 주는 일화 한 가지. 얼마 전 집에 설치할 정수기를 새로 계약했다. 담당자가 여러 가지 모델을 제시하면서 내가 가장 잘 쓸 수 있는 것을 고르라고 했다. 혼자 살고 있고 일 때문에 집에 있는 시간이 많지 않아 여러 기능 필요 없이 가장 간단한 것이 어떻겠느냐는 말도 덧붙였다. 하지만 나의 선택은 좀 달랐다. 나는 앞으로 결혼을 하게 되면, 그래서 아이가 태어나면 발생할 수 있는 일들을 떠올렸고 그래서 당장은 필요 없지만 언젠가는 필요하게 될 기능이 있는 제품을 선택했다. 집에 들여놓은 새 정수기를 바라보면서 나 스스로가 사랑과 결혼에 대해 피하거나 거부하는 것이 아니라 언제든지 좋은 인연을 받아들일 준비가 되어 있음을 알게 됐다. 그래서 다시 멋진 사랑을 꿈꾸기로 했다. 사랑도 결혼도 지금의 내 일만큼 소중하고 값지기 때문이다.

윤한샘 (한국 맥주문화협회 회장)

인류 문명의 시작과 함께한 맥주

인간의 삶은 원래 처절했다. 사자와 같은 근육과 이빨도 없고, 코끼리 같은 거대한 몸뚱이도 가지고 있지 않다. 새처럼 하늘을 날지도 못하며 말처럼 빠르게 달리지도 못한다. 인간이 가지고 있는 유일한 무기는 도구를 사용할 줄 안다는 것이었다. 그러나 문명은 인간이 도구를 다룰 수 있다는 단순함에서 탄생하지 않았다. 인류의 문명은 생존 자체가 절박했던 순간과 함께 시작되었다.

인류 문명의 탄생지인 메소포타미아는 척박한 곳이었다. 유프라테스강과 티그리스강이 만나는 지점인 그곳은 비옥한 토양으로 인해 야생 밀과 보리와 같은 곡물을 얻을 수 있는 곳이었지만 강수량이 적고 해마다 강물이 범람하는 곳이었다. 그러나 인간의 생존본능과 도구의 활용은 이 척박한 곳을 꿈틀거리게 했다. 야생 밀과 보리는 수렵으로 연명하던 인류를 메소포타미아에 정착하게 했다. 수메르[Sumer]인이라고 불렸던 이들은 이곳에서 농사를 시작했다. 그러나 자연은 평화로움과 부유함만을 건네지 않았다. 해마다 범람하여 농사를 망치게 하던 강물은 수메르인들에게 고통이었다.

수메르인이 지금껏 역사책의 한 페이지에 기록된 이유는 이들이 순순히 자연에 굴복하지 않았기 때문이다. 수메르인은 범람하는 강물을 막기 위한 치수사업을 시작했다. 이를 위해서는 정확한 측량기술이 필요했고 이를 통해 수학, 기하학뿐만 아니라 천문학까지 발전하게 된다. 또한 정확한 의사소통을 위해 문자기술까지 발전시켰다. 발전된 기술로 정교한 배를 만들 수 있었던 수메르인들은 강을 통해 활발한 교역을 했다. 메소포타미아는 돌과 나무가 부족했기 때문에 수메르인들은 강을 통한 교역을 통해 곡물과 옷감을 수출하고 목재, 석재 그리고 금속을 수입하였다. 이러한 교역은 수메르가 도시국가의 초석이 되는 데 큰 기여를 했다. 기원전 5200년경 수메르는 발달된 과학기술과 농업 그리고 교역을 통해 인류 최초의 문명인 도시국가를 세우게 된다. 척박한 환경은 오히려 인류에게 문명이라는 결과물을 가져다준 것이다.

동아시아가 풍부한 강수량으로 인해 쌀농사가 발전했던 것에 반해 수메르는 밀과 보리가 중요한 곡물이었다. 수메르인들은 불을 다루는 기술이 탁월했는데, 이를 이용해 밀과 보리를 빵으로 만드는 것은 그리 어렵지 않은 일이었다. 이미 벽돌로 수로를 만들 수 있는 기술이 있었던 수메르인들이 빵을 구울 수 있는 화덕과 불을 쉽게 다룰 수 있었다는 것은 쉽게 짐작할 수 있다.

빵은 메소포타미아 문명의 창조자이자 주인이었던 수메르인들의 주식이었다. 그런데 빵과 더불어 맥주가 이들의 중요한 생명수였다면 믿을 수 있을까? 맥주는 수메르인들에게 물을 대신해 마실 수 있는 안전한 음료였고 새로운 사람과 소통할 수 있게 하는 매개체이자 노동의 대가이기도 했다. 어떻게 맥주가 기원전 5000년에 인류와 함께할 수 있었던 것일까?

애초 최초의 술은 과실주, 즉 과일 발효주였다. 땅에 떨어졌든 나무에 매달렸든 과일에 남아 있던 당이 발효되어 나온 달고 시큼한 액체는 문명 이전 인류에게 신이 내려준 선물이었다. 과실주는 인류의 노력과는 상관없이 우연히 주어진 음료였다. 하지만 곡물을 통해 만들어지는 맥주는 반드시 농업, 즉 문명과 함께여야만 탄생할 수 있는 음료였다.

맥주의 탄생 과정은 다양한 설이 존재한다. 그중 가장 유력하고 신빙성이 높은 설은 빵과 함께 시작된다. 맥주는 발아된 곡물에 있는 당이 발효돼서 만들어지는 술이다. 기원전 5000년 전 발아된 곡물의 흔적은 그들이 당시 만들었던 빵에서 찾을 수 있다. 수메르인들은 농사를 통해 수확한 밀과 보리를 통해 빵을 만들었다. 당시 빵을 만드는 방법은 수메르인들의 문자를 통해 볼 수 있다.

이들의 기록에 따르면 빵을 만들기 위해 크게 몇 단계를 거쳐야 한다. 우선 가루를 만들기 위해 곡물의 껍질을 벗겨내고 불에 구어 빻는다. 이후 반죽을 한 후, 다시 화덕에서 굽게 된다. 맥주는 이렇게 만들어진 빵을 통해 발견되었다. 곡물은 발아를 하면 내부에 당이 만들어진다. 일부 발아된 곡물이 빵을 만드는 데 사용되었을 것이라는 사실은 쉽게 추측할 수 있다. 어느 날 우연히 빵이 물에 젖게 되고 인간이 잠든 사이 주위에 있던 효모와 균이 빵에 남아 있던 당을 발효하여 매우 시큼하지만 달큰한 액체를 만들었다. 더구나 이 액체에는 인간에게 에너지와 쾌락을 주는 묘약, 알코올도 들어 있었다. 바로 맥주였다.

밀과 보리는 빵을 만드는 데도 사용되었지만 맥주를 만드는 주재료로도 사용되었다. 특히 보리는 껍질이 잘 벗겨지는 밀에 비해 단단한 껍질을 가지고 있어 맥주를 만드는 데 주로 사용되었다. 수메르인은 밀과 보리로 만든 빵을 물에 넣어 죽으로 만들고 끓인 후, 시간이 흐르면 매력적인 액체가 나온다는 사실을 알았다. 당시 수메르인들은 이 액체를 '시카루'라는 이름으로 불렀다.

수메르인들은 시카루를 식수로 사용했을 뿐 아니라, 다양한 사람들과 교류를 할 때 마셨다. 시카루는 화덕과 빵을 통해 만들어졌지만 최종 결과물은 자연에 의해 결정되었다. 시카루의 품질을 좌우하는 발효는 당시 인간의 영역이 아니었다. 수메르인들은

빨대로 맥주를 마시고 있는 고대 이집트인

좋은 시카루를 만들어주는 신이 있다고 믿었다. 그들은 대지를
아우르고 농사를 도와주는 신들을 여자로 생각했는데, 시카루를
만들게 해주는 신도 역시 여자였다.

닌카시^{Ninkasi}. 훌륭한 시카루를 만들어주는 여신의 이름은 닌
카시였다. 수메르인들은 닌카시의 손길을 통해 빵에서 나온 거친
죽이 훌륭한 시카루가 된다고 믿었다. 수메르인들의 신은 이후
이집트와 그리스, 로마를 관통하는 신화의 기틀이 되는데, 닌카

맥주의 여신 '닌카시'

시 또한 이후 맥주와 술의 신으로 이어지게 된다. 수메르인들은 시카루뿐만 아니라 다양한 컬러와 맛을 갖는 맥주를 만들 수 있었다. 심지어 다이어트 맥주의 일종인 'eb-la'를 만들었다는 기록도 있다.

맥주는 신이 인간에게 던져준 선물이 아니다. 맥주는 인류의 생존을 위한 처절함에서 나온 산물이다. 맥주에는 수메르인들이 자연과 당당하게 맞섰던 결기가 남아 있고, 우연히 발견한 액체로 인해 흥겨워하는 모습이 담겨 있다. 좋은 시카루를 위해 닌카시에게 기도했던 간절함 역시 우리는 느낄 수 있다.

지금 우리가 마시는 맥주는 우리와 같이 삶과 죽음의 역사를 가지고 있다. 수많은 맥주가 탄생하고 죽었다. 그리고 그 옆에는 인간의 역사가 항상 함께했다. 맥주의 역사를 거슬러보는 것은 인간의 역사를 탐닉해보는 것과 같다. 비록 더 이상 닌카시의 손길을 맥주에서 느낄 수 없는 시대에 살고 있지만.

그리스 로마, 맥주를 구하다

우리는 인생 역전 스토리 혹은 무시받고 설움받은 자들의 복수 스토리를 좋아한다. 주목받지 못하고 삼류 인생으로 살던 이가 소위 '존버'를 통해 역경과 고난을 이겨내고 마침내 성공하게 되는 이야기는 평범한 우리에게 희망과 용기를 주곤 한다. 우리가 좋아하는 맥주가 이런 스토리를 가지고 있다는 사실을 혹시 알고 있는가? 미운 오리 새끼가 백조가 되는 반전 드라마의 원조가 바로 맥주다.

지금으로부터 약 9000년경 메소포타미아에서 태어난 맥주는 그리스가 패권을 쥐기 전까지 인류에게 가장 인기 있는 음료였다. 하지만 힘의 균형추가 지중해로 넘어오는 BC 6세기, 맥주는 점차 와인에 자리를 내어주게 된다. 페니키아인으로부터 전파된 와인은 그리스에 신의 선물과 같은 존재였다. 산과 구릉이 많은 그리스는 보리와 밀보다 포도와 올리브가 잘 자라던 곳이었고, 특히 아테네는 와인과 올리브 무역을 통해 패권을 쥐게 된다. 지중해 건너 페르시아와 수차례 전쟁을 견뎌낸 그리스는 점차 새로운 문명을 논할 정도로 발전하게 되고 눈부신 발자취를 남기게 된다.

"보리로 만든 메트나 마시는 족속이라니……."

고대 그리스의 비극작가인 아이스킬로스는 지중해 건너 중앙아시아 민족을 맥주나 마시는 미천한 종족으로 묘사했다. 와인은 아름다운 색깔과 향기로운 향미를 갖는 신의 음료였고 노예들이 마시던 시큼하고 텁텁한 맥주와 철저하게 구분되었다. 이러한 그리스 문화는 뒤를 잇는 로마에 그대로 전승되었다. 새로운 문명의 패권을 쥔 로마는 그 어떤 나라보다 와인을 즐기고 찬양하던 '제국'이었다. 브리타니아(지금의 영국), 갈리아(프랑스), 히스파니아(스페인), 그리스, 아시아, 이집트 그리고 북아프리카까지 인류 역사상 가장 찬란한 문명을 꽃피운 로마인들에게 맥주는 비천한 노예와 북쪽 차가운 땅에 살고 있는 '야만족Bavarian'들이 마시던 술이었다.

"그들은 보리나 밀을 포도주처럼 발효시켜 마신다. 레누스 강과 다누비우스 강 근처에 사는 부족들은 포도주도 사서 마신다……. 음주와 관련해서는 그들에게 그런 자제력이 없다. 원하는 만큼 술을 대줌으로써 그들의 주벽에 맞장구쳐준다면……."
(게르마니아 23장, 타키투스)

바바리안, 로마의 북쪽인 게르마니아에 살고 있는 야만족이었던 그들은 포도주를 마시지 않고, 보리와 밀을 발효시킨 음료를 마셨다. 이들에게 맥주는 신과 함께 마시는 음료였으며 일상생활에서 물 대신 마음껏 마시는 생명수와 같았다. 하지만 2000년 동안 유럽 및 아시아를 지배했던 로마인들에게 이들이 마시던 맥주란 저질 음료였고 천박하고 야만스러운 음료였다. 귀족들의 음료였던 와인이 활자와 책을 통해 양조기술을 발전시킨 것과 달리 맥주는 변변한 기록도 없이 수천년 이상 생존했다. 맥주는 그렇게 낮은 자와 핍박받는 자를 위한 음료였다.

서기 408년, 게르만족인 오도아케르에 의해 서로마는 무너지게 된다. 로마인과 같은 문명을 누리기 원했지만 그럴 능력이 없었던 게르만족들은 서로마의 문화를 이어나가지 못하게 된다. 게다가 삽시간에 퍼진 흑사병으로 인해 과거 찬란했던 서로마는 인구의 반이 죽어 나가고 대부분의 땅이 황폐해지는 암흑기, 즉 다크 에이지dark age를 맞게 된다. 거대한 로마는 갈기갈기 찢기고 그렇게 중세는 로마의 문명을 잇지 못한 채, 고통스러운 시기로 접어든다. 이런 시기 사람들에게 용기를 주고 희망을 준 건, 내세를 약속한 기독교였다.

하나님의 수호자, 맥주를 만들다

기독교는 313년 밀라노 칙령이 있기까지 로마에서 탄압받던 종교였다. 테오도시우스 황제 이후 로마의 국교로 인정된 기독교에서 맥주는 성경에서조차 한마디도 언급이 되지 않는다. 하지만 예수님께서 기적을 일으키신 건 와인이었지만, 중세 암흑기 시절 평범한 사람들에게 힘을 준 건 맥주였다. 특히 기독교의 수호자이자 지역 공동체의 중심이었던 수도원은 맥주 발전에 커다란 기여를 하게 된다. 문자를 몰랐던 일반인과 달리 수도사는 기록을 통해 맥주 양조기술을 발전, 전승했으며 이를 통해 수준 높은 맥주를 양조할 수 있었다. 수도원은 구휼기관으로서 신분의 귀천 없이 맥주를 나눠주었으며 주 수입원으로서 맥주를 양조했다. 로마인이 그토록 무시했던 맥주는 그들이 한때 그토록 탄압했던 기독교를 통해 중세시대 사람들에게 기적을 일으켰던 것이다.

길이 있는 곳에 맥주가 있느니

어지럽던 중세를 정리하고 새로운 도약의 시기로 이끈 이는 '샤를마뉴(또는 카롤루스)' 대왕이었다. 9세기 초반, 정복을 통해 서로마 제국의 영토를 거의 회복한 '프랑크 제국'의 왕, 샤를마뉴는 로마 카톨릭으로부터 황제의 칭호를 받게 된다. 샤를마뉴 대왕은 누구보다 맥주를 사랑한 사람으로 유럽 곳곳을 돌아다니며 훌륭한 맥주 양조를 독려했다. 과거 로마인들이 그토록 경멸했던 게르마니아 혈통인 샤를마뉴 대왕이 서로마 제국의 뒤를 잇게 되고, 야만족들의 '소울 음료soul beverage'였던 맥주가 마침내 유럽을 대표하는 술로서 올라서는 순간이 온 것이다.

중세시대 맥주는 평범한 이들이 사랑하고 즐기는 음료로 성장하게 된다. 알코올 도수가 낮고 식수보다 안전했던 맥주는 아이부터 어른까지 신분과 귀천을 가리지 않고 즐기는 음료가 되었으며 공동체를 연결하는 매개체로, 고된 하루의 일상을 시원하게 씻어주는 존재가 되었다. 특히 로마시대 건설되었던 도로는 타번tavern과 펍pub을 발전시켜 맥주를 그토록 무시했던 로마가 남긴 유산을 통해 맥주는 인류의 벗으로 다시 돌아오게 되었다.

샤를마뉴 대제

21세기 현재, 맥주는 그 어떤 술보다 전 세계 어느 곳에서나 즐길 수 있는 음료이다. 남미의 마추픽추, 미국의 알래스카, 그리고 아프리카까지 맥주가 사랑받지 않는 곳은 찾기 힘들다. 이는 수천년 동안 맥주가 우리의 친구로서 존재해온 근원적인 가치를 여전히 가지고 있기 때문이다. 그리스 로마 시대 동안 힘들고 고통받던 시기를 버텼던 맥주가 하루하루 고달픈 삶을 사는 우리에게 주는 메시지는 그래서 여전히 유효하다.

2장

국내 1호 여성 브루마스터의 탄생

나는 국내 1호 여성 브루마스터다. 어떻게 이런 타이틀을 갖게 되었냐고 묻는다면 내가 할 수 있는 대답은 이뿐이다.

　"15년 전에 처음 맥주를 만들기 시작했는데 그때 여자는 저 혼자뿐이었습니다. 가까운 주변도 그렇고 업계도 모두 남자들뿐이었죠. 그때는 의식하지 못했지만 저 혼자 여자라는 사실이 좋기도 하고 나쁘기도 하더라고요."

　이제는 나의 일과 경력이 제법 많이 알려져서 내가 맥주 만드는 여자라는 것에 대해 비교적 호감 어린 시선으로 보는 분들이 많지만 처음에는 대부분의 사람들이 호기심 혹은 의구심 가득한 눈빛이었다. 어느 쪽이든 내가 그리 나이도 많지 않은 여자라는 사실이 편견을 만들었을 것이다. 내가 내 일과 경험에 대해 글을 쓰기로 결심한 것도 그런 편견을 지우고 더 나아가서 나와 같은 일을 하고 싶어하는 사람들에게 조금이나마 도움을 주고 싶었기 때문이다. 특히 최근 들어 수제맥주가 엄청난 각광을 받고 있어 이에 대한 관심도 크지만 그만큼 잘못된 인식도 많다. 우연찮게 누구보다도 빨리 이 세계에서 남다른 경험을 한 나의 이야기가 맥주를 사랑하고 또 맥주와 특별한 인연을 맺고 싶어 하는 사람들에게 좋은 정보가 되길 바라는 마음에서 이 장을 시작해볼까 한다.

국내 1호 여성 브루마스터가 되다

다행히도 나는 어쩌다가 만난 맥주를 통해 즐거움을 찾게 됐다. 물론 맥주가 내게 그저 즐거움을 주는 것만은 아니다. 때로는 엄청난 부담이 되기도 하고 그래서 진심으로 당장 손에서 놓고 싶은 때도 있지만 그럼에도 불구하고 지금의 나에게 맥주는 결코 떼어놓을 수 없는 한 부분이다. 내가 맥주에 모든 열정을 쏟게 된 것은 아이러니하게도 사업 초창기 때 니에게 상처를 준 사람 덕분이다.

앞서 이야기했듯 브루펍 바네하임을 오픈한 지 두 달 만에 맥주 양조 담당자가 갑자기 그만두면서 나는 그야말로 멘붕 상태에 빠지게 됐다. 일반적인 상식으로 보자면 다른 양조 전문가를 구하면 될 일이었다. 하지만 한번 사람한테 상처를 받고 나니 다른 사람한테 같은 일을 당하지 않으리란 보장이 없었다. 결국 나는 어떻게 되든 혼자서 해보겠다고 결심했다.

우선은 기계를 구입한 곳에서 제공해준 레시피를 숙지하는 일부터 시작했다. 제조 담당자가 있을 때는 맥주 만드는 일에 대해 세세하게 관심을 갖지 않았는데 막상 내 일로 닥치니 사소한 모든 일이 사소하지 않게 됐다. 재료를 고르는 일부터 발효하고 숙성시키고 마지막 손님 테이블에 나가기까지 어느 한 순간도 소홀할 수 없었다. 맥주에 대한 본격적인 관심이 시작된 것은 바로 그때부터였다.

처음에는 회사에서 제공한 두 가지 레시피대로 일반적인 맥주를 만들었다. 당시 대부분의 브루펍들이 바이젠, 둥클레스, 필스너 등을 주로 만들었는데 나에게 제공된 레시피 역시 바이젠과 둥클레스였다. 하지만 나중에 알고 보니 그 레시피는 밀이 빠진 바이젠이었고 둥클레스 역시 다른 펍에서 만든 그것과는 다른 맛이 나왔다. 그때까지만 해도 맥주에 대해 전혀 모르고 있던 나는 회사의 조언대로 바이젠과 둥클레스라는 이름을 붙여 판매했다. 반전은 여기에 있었다. 다른 브루펍에서 수제맥주를 마시던 사람들이 바네하임의 맥주는 맛이 다르다면서 좋아했고 자주 찾는 분들이 늘기 시작했다. 또한 수제맥주에 대한 호기심이 커지면서 매출도 늘었다. 만일 그때 내 맥주를 찾는 사람이 없고 그래서 장사가 잘되지 않았다면 이 길이 아니라 생각하고 포기했을지도 모른다. 하지만 다행스럽게도 내가 만든 맥주를 찾아주는 사람들이 늘었고 그럴수록 나도 새로운 도전이 필요했다. 어느 곳에서나 만날 수 있는 평범한 맥주가 아닌 나만의 레시피를 개발해야 한다는 생각이 자연스럽게 생겨났다.

'다양한 재료를 넣어서 독특한 맥주를 만든다면 특별한 맥주를 원하는 사람들이 더 좋아하지 않을까?'

'바네하임에서만 맛볼 수 있는 맥주가 있다면 동네뿐만 아니라 먼 곳에서도 일부러 손님들이 찾아오겠지?'

'맥주도 막걸리처럼 지역 특산품을 재료로 사용해서 만든다면 다양한 음식과도 어울릴 수 있을 거야.'

여러 가지 생각이 이어지면서 나만의 레시피를 만들고 싶다는 욕구는 더욱 강해졌고 도전을 결심했다. 지금이야 수제맥주에 대한 정보도 많고 교육기관이나 동호회들이 많아서 마음만 먹으면 쉽게 배울 수 있는 환경이지만 당시만 하더라도 관련 서적을 찾는 일조차 쉽지 않았다. 기계 회사에서 받은 레시피와 대학에서 배운 지식을 바탕으로 하여 추가로 필요한 것이 있으면 일일이 발품을 팔아 찾아다녔다. 그때 만난 전문가들은 나의 상황을 잘 이해해주었으며 많은 도움을 주었다. 그런 도움들이 중간중간 주저앉고 싶어하는 나를 일으켜 세웠다.

시행착오는 여러 차례 발생했다. 공부만 하는 것이라면 좀 수월했을 수도 있겠지만 매장 운영도 함께 해야 했기에 더 신중을 기할 수밖에 없었다. 맥주가 완성되기까지는 한 달이라는 시간이 필요하고 그 기간 동안 점검해야 할 것도 많다. 양도 만만치 않아서 한번 실패를 하게 되면 시간뿐만 아니라 비용 손실도 컸기 때문에 한번 양조를 시작하면 언제나 신경이 팽팽해졌다.

정신뿐만 아니라 육체적인 고통도 함께 따랐다. 맥주통은 물론 재료와 찌꺼기들의 무게가 웬만한 남자들도 버거워할 만큼 엄청났다. 처음에는 보릿자루 하나 드는 것도 쉽지 않았는데 나중에는 무거운 짐을 들고 나르는 요령이 생겼다. 어린 시절 오랫동안 검도를 하면서 비축해두었던 체력이 큰 도움이 됐다. 도장에 가기 싫어하는 나의 등을 떠밀어준 부모님의 선견지명에 대해 감사하지 않을 수 없다. 그 덕에 기초체력이 생겨 힘든 일도 두 번 고민하지 않고 덤빌 수 있었다. 우리나라뿐만 아니라 세계적으로 여성 브루마스터가 많지 않은 데는 아마도 이런 체력적인 한계가 원인 중 하나로 작용할 것이다. 내가 체력이 약해서 맥주를 만들 때마다 다른 직원들의 도움을 얻어야 했다면 아마도 나 스스로가 용납하지 못했을 것이다.

체력적 한계 때문이 아니더라도 물론 포기하고 싶은 때가 있었다. 맥주를 만드는 것도, 매장을 운영하는 것도 어쩐지 내 일이 아닌 것만 같은 생각이 들 때면 그냥 여기서 멈추고 다른 일을 찾아야 하지 않을까 하는 고민에 빠졌다. 하지만 그만두고 싶다고 그만둘 수 있는 일은 아니었다. 무엇보다도 매장을 오픈하는 과정에서 발생한 금전적 문제는 대표로서 어떻게 해서든 해결해야만 했다. 더욱이 내 맥주를 좋아해주시고 일부러 찾아주시는 고객들도 있는데 몸이 좀 힘들다고 포기할 수는 없었다. 세상의 모든 일에는 양면이 존재하듯 혼자 맥주를 만들고 매장을 경영하는 일이 버거운 점도 있었지만, 반대로 매출이 올라가고 그래서 매장을 준비하며 빌렸던 돈을 차근차근 갚아나가는 재미도 제법 쏠쏠했다.

하루에도 몇 번씩 고단함과 재미를 넘나드는 가운데 맥주 만들기를 중단하지 않은 지구력에 대한 보상이 서서히 찾아왔다. 나만의 맥주를 만들어보겠다고 도전을 한 지 3년 만에 드디어 나의 레시피로 만든 맥주 '프레아'와 '노트'가 완성됐다. 프레아는 목넘김이 부드러워 편안하세 마실 수 있는 세션 스타일 에일이며 노트는 쌉쌀한 맛이 도는 세션 스타우트다.

두 맥주가 완성된 이후 레시피 개발에 가속도가 붙었다. 다양한 재료를 넣어 기존에 맛볼 수 없었던 새로운 맥주를 만들어내는 것이 즐겁기도 했을 뿐만 아니라 손님들의 반응도 생각보다 뜨거워 더 힘이 났다. 조금씩 새 맥주가 더해지면서 더 특별한 도전을 하고 싶다는 생각이 들었고 국내를 넘어서 세계 시장에서는 어떤 평가를 받을지 궁금하기도 해 맥주대회에 도전했다.

우리나라는 술을 외부에 반출해서는 안 된다는 것이 법으로 정해져 그 이전까지만 해도 대회 출품이 금지되어 있었다. 따라서 아무리 좋은 술을 만들어도 세계 시장에 알릴 수 있는 방법이 요원했다. 일본에서 열린 2013년 아시아 비어컵에 심사위원으로 참여했을 때 우리도 이런 대회에 나갈 수 있으면 좋겠다는 생각이 들었다. 이듬해인 2014년 국회에서 맥주 관련 공청회가 열렸고 이 자리에서 우리나라 주세법의 불합리성에 대해 목소리를 높였다. 우리도 우수한 맥주가 많은데 그 우수성을 인정받을 수 없는 답답한 마음이 참여자들의 공감을 불러일으켰고 결국 대회 출품에 한해 반출 허가가 내려졌다. 이로 인해 우리 맥주도 각국 대회에 참여할 수 있는 기회가 주어졌다.

나는 바로 첫 출품을 위한 맥주를 준비했고 2015년 처음으로 인터내셔널 비어컵의 세션비어 카테고리에 프레아를 내보냈다. 처음 도전에서는 입상을 하지 못했다. 그러나 세계 무대에 어떻게 참여하는지 알게 됐고 그 경험으로 다음을 준비했다. 바로 세계에서 가장 큰 대회인 월드 인터내셔널 비어컵의 문을 두드렸다. 아직 경험도 미숙한 상태에서 문턱이 높은 대회에 참가하는 것에 대한 부담은 그리 크지 않았다. 대회의 규모와 상관없이 어느 무대에서건 나의 맥주가 그 가치를 인정받을 수 있기만을 희망했다. 그리고 그 희망은 현실로 돌아왔다.

'벚꽃라거'의 수상 소식은 그야말로 혹독한 겨울이 완전히 끝나고 햇살 화창한 봄날 만개한 벚꽃의 느낌으로 나를 찾아왔다. 2016년 인터내셔널 비어컵은 심사와 출품 두 가지를 동시에 진행한 대회였다. 맥주대회는 몇 개의 카테고리별로 대회가 진행되는데 당연히 출품과 심사의 카테고리가 중복될 수 없다. 따라서 당시 나는 다른 카테고리의 심사를 진행하는 동시에 내 맥주인 벚꽃라거의 수상 여부에도 촉각을 곤두세우고 있어 긴장이 몇 배 더 컸다. 상을 받게 될 경우엔 수상 리스트가 인터넷에 고지되기 때문에 수시로 노트북을 끌어안고 새로고침 단추를 눌러가면서 가부를 확인했다. 큰 기대는 하지 말자고 마음을 다스렸지만 막상 결정의 시간이 가까워지니 가슴이 콩닥콩닥 뛰고 자리에 가만히 앉아 있을 수 없을 만큼 애가 탔다. 그러던 중 대회에서 알게 된 누군가가 축하한다는 연락을 주었고 바로 홈페이지를 확인해보니 벚꽃라거가 수상 리스트에 올라와 있었다. 순간 턱밑까지 차오르던 숨이 발밑으로 뚝 떨어지는 기분이 들었고 드디어 해냈다는 벅찬 기분이 들었다. 하지만 그때까지도 벚꽃라거가 어떤 색깔의 메달을 받게 될지는 알 수 없었다. 인터넷에는 상을 받는 맥주들만이 공지가 될 뿐 어떤 맥주가 어떤 메달을 받을지는 알려주지 않았다.

다음 날 수상식이 거행됐고 나도 당당히 수상자로서 시상대에 올랐다. 어떤 색깔의 메달을 받을지 모르겠지만 여기까지 온 것만으로도 기쁘고 행복하다는 마음과 기왕이면 동메달보다는 은메달, 은메달보다는 금메달을 받으면 좋겠다는 생각이 머릿속을 들락날락거렸다. 시상대 위에 서서 벚꽃라거에 수여되는 메달을 들고 다가오는 사람의 발걸음이 마치 영화 속 한 장면처

벚꽃라거 금메달 수상

사진 출처 : The Craft Beer Association (japan)

럼 슬로모션으로 움직이는 것 같았다. 그 사람의 발걸음에 맞춰 심장 뛰는 소리가 점점 크게 들렸다. 그 순간 메달의 색깔이 내 눈에 들어왔다. 한여름 태양의 색을 그대로 담은 황금빛깔이었다. 벚꽃라거가 받게 된 메달은 금메달이었다. 그것을 확인하는 순간 심장이 가슴속을 뚫고 터져버리는 것이 아닌가 걱정이 될 만큼 가슴이 뛰었다.

지금도 매장에서 가장 많은 인기를 얻고 있는 벚꽃라거는 가벼우면서도 향미가 좋아 특히 여성 고객들의 사랑을 독차지하고 있다. 벚꽃라거는 맥주 심사를 하기 위해 일본에 갔을 때 그곳에서 벚꽃을 이용한 다양한 상품들이 있는 것을 보고 착안했다. 우리나라도 토종 벚꽃이 있고 봄이면 많은 사람들의 사랑을 받고 있는 만큼 벚꽃으로 맥주를 만들어보고 싶다는 데 생각이 미쳐 바로 재료 공부에 들어갔다. 오랫동안 공을 들인 만큼 애정도 남달랐는데 결국 그 정성이 인터내셔널 비어컵의 금메달로 돌아와 나로서는 더없이 큰 영광이자 값진 성과였다.

사실 벚꽃 라거가 세상에 태어나기까지 우여곡절이 많았다. 무엇보다도 당시 양조 직원이 내 생각을 이해해주지 못해 갈등이 심했다. 워낙 새로운 시도를 두려워했던 그는 나와는 스타일이 많이 다른 파트너였다. 모험보다는 안전함을 추구했고 그래서 새로운 도전을 꺼려했다. 그런 그의 입장에서는 그야말로 벚꽃을 넣어 맥주를 만들자는 생각이 쉽게 받아들여지지 않는 것일 수도 있었다. 다른 재료도 아닌 벚꽃으로 맥주를 만든다는 것이 특이함을 넘어 무모한 일이라 여겼고 무엇보다도 벚꽃라거가 나오면 자신이 만든 기존의 라인업 품질이 떨어질 것이라고 단정지었다. 결국 그를 설득하는 데 실패한 나는 처음 맥주 만들기에 도전하는 심정으로 이번 역시 혼자서라도 해내야 했다.

새로운 레시피를 만들었고 여기에 벚꽃을 넣어 내가 원하는 맛의 맥주가 나오기까지 대략 3년의 시간이 걸렸다. 혼자가 아니었더라면 그 시간이 더 단축되었을지 모른다. 하지만 시간은 좀 걸렸더라도 혼자 해냈기에 성취감은 더 컸다. 그렇게 만들어 낸 벚꽃라거를 처음으로 세계 무대에 선보였는데 예상 이상의 반응을 얻었고 결국 금메달이라는 값진 결과가 돌아왔다.

대회에서의 금메달 수상은 1등을 했다는 자부심은 물론 내게 맥주에 대한 확고한 신념을 가져다주었다. 사실 수상을 하기 전까지만 해도 과연 내가 맥주를 잘 만들고 있는 것인지, 맥주 만드는 일이 내가 해야 하는 일인지 가끔은 의구심에 빠지기도 했다. 매장을 찾아주시는 고객도 늘고 주변에서 좋은 말들도 많이 해주셨지만 정말 인정받고 있는 것이 맞는지 확신이 없었다. 특히 일부에서는 내 실력만을 보려 하지 않고 그저 부모 잘 만난 나이 어린 애가 하면 얼마나 하겠냐는 식의 이해할 수 없는 오해의 시선을 보내는 것도 사실이었다. 하지만 벚꽃라거의 수상이 결정되자 그 모든 의구심과 오해의 시선은 하루아침에 사라졌다. 무엇보다도 나 스스로가 더 당당해지고 자신감이 붙은 것이 가장 큰 성과였다.

그런 자신감 덕분에 이후에도 다양한 대회에 꾸준히 출품해 수상을 이어오고 있다. 2017년 아시아맥주대회에서 '란드에일'로

2017년 인터네셔널 비어컵에서
은메달(벚꽃라거)과 동메달(다복이) 동시 수상

사진 출처: The Craft Beer Association(japan)

은메달, 일본국제맥주대회에서 '다복이'로 동메달, '벚꽃라거'로
은메달을 땄다. 그리고 같은 해 호주국제맥주대회에서는 '세션 노
트'로 동메달을 수상했다. 이어 2018년 호주국제맥주대회에서도
아이리쉬 드라이 스타우트인 '콜미'로 동메달을 받았다.

사실 매장을 운영하면서 대회 출품 맥주를 만드는 것이 간단
한 일은 아니다. 나는 물론 직원들까지 평소보다 일도 많아지고
신경을 써야 할 일이 두 배 세 배 늘어난다. 많은 비용이 발생하

는 것 역시 부담이다. 그 때문에 가끔은 대회를 앞두고 늘 출품을 포기할까 하는 생각을 하는 것도 사실이다. 하지만 내 맥주의 퀄리티를 객관적으로 평가받을 수 있는 가장 공정한 기회라는 점이 늘 지친 나와 직원들을 다독인다. 제대로 된 평가를 받아야 지금의 자리에서 만족하지 않고 지속적으로 성장할 수 있기 때문이다. 특히 수제맥주 시장이 점점 커지면서 경쟁이 심화되고 있어 변화와 발전을 거듭하지 않으면 결국 뒤처지고 도태될 것이 자명하다.

스스로의 발전을 위해 대회 출품 이외에도 내가 중요하게 생각하고 최선을 다하는 또 다른 일이 있다. 바로 세계대회에 심사위원으로 참여하는 것이다. 앞서 이야기한 바 있는, 2013년 일본에서 열린 아시아 비어컵이 내가 심사위원으로 참여한 첫 대회다. 이 대회뿐만 아니라 국제맥주대회에도 심사를 나가고 있으며 2020년부터는 월드 비어컵 심사위원으로도 위촉됐다.

맥주 심사위원은 무엇보다도 테이스팅 능력을 인정받아야만 가능하다. 일단 심사위원으로 대회에 참여하면 아침부터 저녁까지 수많은 맥주의 맛을 봐야 하며 이후 다른 심사위원들과 열띤 토론을 해야 한다. 맥주 맛을 보는 일은 육체적으로, 다른 위원들과의 토론은 정신적으로 많은 에너지가 소모된다. 무엇보다도 내가 선택한 맥주를 다른 심사위원들에게 설명하고 납득시켜야 하는 일은 만만치 않은 일이다. 처음 심사위원으로 참여했을 때 그런 토론이 큰 부담으로 다가왔다. 심사위원 경력이 늘어날수록 부담감은 줄어들었지만 책임감은 더 커지고 있다.

나 역시 맥주를 만드는 사람으로서 다른 사람의 맥주 맛을 평가하는 일은 신중함과 냉정함이 따라야 함을 매번 느끼는 중이다. 나를 포함하여 세계의 모든 브루마스터들이 자신이 만든 맥주를 자식같이 여긴다는 것을 알기에 결코 가볍게 평가를 내릴 수 없다. 그러하기에 심사위원으로서의 참여가 맥주대회 출품과는 또 다른 방식으로 나를 성장시키고 있음을 깨닫게 된다.

나만의 맥주를 만들고, 브루펍을 운영하고, 각종 대회에 출품하고 또 심사위원으로 활동하면서 나는 어느새 '국내 1호 여성 브루마스터'라는 타이틀을 갖게 됐다. 처음이란 단어는 언제나 신선한 설렘을 안겨주는 것 같다. 여성 1호 브루마스터라는 타이틀이 달린 이후 내 생활도 다시 새롭게 변했다. 무엇보다도 여러 매스컴에서 나와 나의 일터를 주목해주고 있는 점이 놀라웠다. 덕분에 잠시 주춤했던 내 사업도 새로운 활기를 찾았다. 바네하임 매장에서 안주하지 않고 더 큰 성장을 위해 새 양조장도 시작했다. 서두르지 않고 오랫동안 준비한 만큼 지금보다 한층 더 성장한 모습을 보여줄 수 있기를 바라고 있다.

인터내셔널 비어컵 심사 2016(좌), 2017(우)

사진 출처: The Craft Beer Association (Japan)

여성 브루마스터에 대한 불편한 편견과 힘든 오해들

내가 여성 1호 브루마스터로 알려지게 된 것은 언론의 힘이 크다. 수제맥주가 전성기를 맞으면서 많은 언론들이 이에 대해 집중을 하기 시작했고 그 덕분에 나 역시 다양한 매체에서 인터뷰 요청을 받았다. 그때까지만 해도 그들이 왜 나에게 인터뷰를 하자고 제안하는지 그 이유를 정확히 알지 못했다. 그저 맥주에 대한 이야기를 듣고자 한다고 해서 만났고 내가 해줄 수 있는 이야기를 전했을 뿐이었다. 그들을 만나 맥주를 시작했던 이야기를 풀어놓다 보니 내가 여자로서 가장 먼저 수제맥주에 도전한 사람이라는 이슈가 떠올랐다.

"그럼 15년 전에는 김정하 대표 말고 다른 여성분들은 없었나요?"

"제 기억으로는 한두 명 있었던 것 같긴 한데 모두 중간에 포기하셨는지 어느 순간부터 보이지 않더라고요. 초기에는 맥주와 관련된 어떤 모임에 나가더라도 저 말고 여자분은 없었으니까요."

"그럼 김정하 대표가 최초라고 해도 틀린 말은 아니겠네요."

내 이름 앞에 1호라는 타이틀이 붙게 된 계기는 바로 이렇게 시작됐다. '처음'이란 설명은 누가 들어도 참 매력적인 말이다.

의도한 바는 아니었지만 내가 이런 타이틀을 가질 수 있게 된 것은 분명 행복한 일이다. 하지만 이러한 행복에도 치러야 할 대가가 따르기 마련이었는데 바로 여성이라는, 1호라는 타이틀에 대한 오해와 편견들이 많았다는 점이다. 특히 그저 여성이란 이유만으로 나에 대해 어이없는 잣대를 들이댈 때마다 마음 한구석이 무너져 내렸다.

공릉동에 바네하임 매장을 시작한 지 얼마 되지 않을 무렵이었다. 아직 수제맥주라는 아이템이 낯선 때인 데다가 그 맥주를 여자가 직접 만든다는 사실이 제법 흥미를 유발했던 모양이다. 매장을 찾는 사람들 가운데 내 앞에서 직접 말을 하지는 않아도 뒤에서 수군거리는 사람들이 있었다. 아예 내가 보지 않는 곳에서 수군거렸으면 신경이라도 안 썼을 텐데 유독 그런 이야기들은 시끄러운 매장 안에서도 내 귀에 잘 들어왔다.

"여기 맥주가 수제라는데 저 여자가 직접 만든다는데?"

"저 여자가 만든 맥주라고?"

"얼마 전에 와서 먹었는데 맛은 괜찮더라."

"여자가 만든 맥주가 맛있으면 뭐 얼마나 맛있겠어? 그런데 정말 저 여자가 만든다고? 맥주를?"

어차피 김정하라는 인간에 대해서 모르는 손님들이니 별다른 감정 없이 쉽게 할 수 있는 말이다. 그래서 크게 신경 쓸 일은 아니라고 마음을 다독이면서도 나 역시 사람이기에 아무렇지 않을 수는 없었다. 맥주 만드는 사람들 사이에서는 여자가 만든 맥주가 더 맛있다는 속설을 인정해주지만 일반인들의 인식은 여전히 맥주를 남자의 술이라고 여기는 것 같다. 그렇다고 모든 손님들에게 "제가 만든 맥주 맛있습니다"라고 말하고 다닐 순 없는 노릇이었다. 그럴 때마다 내가 할 수 있는 일은 양조실에서 더 많은 시간을 보내는 것뿐이었다. 좀 더 세심히 재료를 고르고, 시간을 살피고, 맛을 점검하면서 정말 누구나 맛있다고 인정해주는 맥주를 만들어내는 것이었다. 그리고 15년이라는 결코 짧지 않은 시간이 지난 지금 그런 나의 판단이 틀리지 않았음을 느낄 수 있게 됐다. 내 맥주가 완벽해서 모든 사람이 다 좋아하게 되었다고 말할 수는 없지만 이제는 적어도 여자가 만든 맥주라 믿을 수 없다는 말은 듣지 않고 있다. 많은 손님들이 맛을 본 다음 칭찬을 아끼지 않을 때나 멀리서 일부러 내 맥주를 찾아왔다는 이야기를 들을 때는 처음 시작했을 때 받은 상처가 전혀 기억이 나지 않을 정도로 기쁘다. 모든 일은 시간과 노력이 해결해준다는 말이 맞는다는 걸 하루하루 실감하고 있다.

한번은 이런 일도 있었다. 오픈에 맞춰 출근을 해서 옷을 갈아입고 매장으로 나가보니 벌써 손님 몇 분이 찾아와 나를 기다리고 있었다. 그중 한 분은 그전에도 몇 번 찾아오신 분이라 안

면이 있어서 반갑게 인사를 드렸다. 그랬더니 함께 온 일행 중 다른 분이 다짜고짜 내게 질문을 던졌다.

"이 친구가 여기 맥주 청찬을 많이 해서 일부러 찾아오긴 했는데 직접 만드는 거 맞나요?"

"네, 맞습니다. 제가 직접 만들고 있습니다."

"그럼 아가씨가 이 집 사장이요?"

"네, 제가 운영하고 있는 곳입니다."

"그런데 진짜 여기서 만든다는 걸 어떻게 믿지? 기계가 있는 것 같기는 한데…… 다른 곳에서 가져다가 팔면서 직접 만든다고 해도 우리가 알 수는 없는 거니까."

"손님께서 안 믿으시면 저도 어떨 수 없는 일입니다. 믿고 안 믿고는 손님 마음이지만 어쨌든 제가 만든 건 맞습니다."

대화가 이렇게 이어지자 결국 옆 사람이 나섰다.

"아, 미안합니다. 이 친구가 쓸데없이 의심이 좀 많아서. 누가 만들면 어때? 맛있으면 그만이지."

그날 그분들은 제법 긴 시간 동안 내 맥주를 맛있게 즐기다 돌아가신 것으로 기억한다. 또 오겠다는 인사도 해주셔서 그나마 마음이 풀리긴 했지만 꺼림직한 느낌은 쉽게 가시지 않았다. 왜 내가 맥주를 만든다는 사실을 믿지 않는 것인지 알 수가 없었다. 그래서 오랜 생각 끝에 바네하임의 양조 시간을 변경했다.

양조장에서 일하는 모습

오픈한 뒤 1년이 넘게 오전 9시부터 오후 6시까지를 양조 시간으로 지켜왔는데 그 시간을 낮 12시부터 늦은 밤까지로 옮겼다. 이르면 4시부터 손님들이 오시기 때문에 오후부터는 일이 겹쳐 정신없이 분주하고 퇴근 시간도 늦어지지만 양조하는 모습을 직접 보여주는 것이 좋겠다는 판단 때문이었다.

양조와 매장 운영이 동시에 진행되다 보니 직원들도 더 필요하고 나 역시 훨씬 고단했지만 결과는 좋았다. 앞에서든 뒤에서든 내가 맥주를 만든다는 사실을 믿지 못하겠다는 사람들이 더는 그런 말을 하지 않았을 뿐만 아니라 내 맥주를 즐겨주신 손님들은 양조하는 모습 구경하기를 좋아했다. 역시 사람은 직접 눈으로 보고 확인해야 의심을 하지 않는다는 것을 깨달았다. 그때 바뀐 바네하임의 늦은 양조 시간은 지금까지 이어지고 있다.

맥주를 만드는 일과 매장 운영을 병행하기 때문에 피할 수 없는 편견도 있다. 바로 '술집 주인'이라는 다소 부정적인 꼬리표다. 오랜만에 대학 동창 모임이 있어 나간 적이 있었는데 그 자리에서도 나를 비꼬는 듯한 편견의 시선은 피할 수 없었다. 졸업을 하자마자 바네하임 준비로 친구들과 자주 연락을 하지 못해서인지 내 소식을 알지 못한 선배들과 친구들이 그간의 안부를 물었다. 맥주 만들기를 시작했고 매장도 운영한다는 내 설명이 끝나기가 무섭게 바로 옆에 앉아 있던 다른 친구가 거들었다.

"몰랐어? 정하 사장님이시잖아. 술집 사장."

그 말에 주변 사람들의 시선이 일제히 나에게 쏠렸다. 내가 바네하임을 운영하고 있다는 것을 알고 있던 사람들까지도 다소 놀란 듯한 표정이었다. 맥주를 만들어 내 매장에서 팔고 있으니 '술집 사장'이란 그의 말은 정확했다. 그래서 달리 반론을 제기할 이유도 없었다. 하지만 그 '술집 사장'이란 단어가 주는 뉘앙스는 참으로 불편했다. 어쩌면 그런 직관적인 말을 불편해하는 나 스스로가 문제일 수 있다. 술집 사장이든 밥집 사장이든 내 일에 최선을 다해 열심히 살면 그것으로 문제될 게 없는데도 그의 소개 한마디 때문에 왠지 모르게 위축되는 느낌이 들었다. 그건 아마도 오래전부터 관습처럼 전해지고 있는 '물장사'에 대한 비하 때문일 것이다. 아버지가 처음 맥주 사업을 권했을 때도 나 역시 '술집'이 주는 부정적인 이미지 때문에 꽤 오랫동안 망설였던 게 사실이다. 나를 굳이 '술집 사장'이라고 소개한 그 사람도 강조하고 싶었던 부분은 어쩌면 '사장'이 아닌 '술집'이란 단어였을 것이다. 이후에도 나는 이와 비슷한 느낌으로 나를 소개하고 또 내 일을 그렇게 받아들이는 사람들을 수없이 많이 만났다. 오래된 편견은 쉽게 바뀌지 않을 뿐만 아니라 내가 바꿀 수 있는 문제도 아니었다.

그 때문에 일부러 모임을 피한 적도 많았다. 무엇보다 사람들과 만나는 자리에서 절대 술을 마시지 않았다. 술이 세다고 자부할 만큼 잘 마시는 것은 아니었지만 분위기를 맞추고 자리를 즐길 수 있을 정도는 됐다. 하지만 술에 대한 그 어떤 오해도 받고 싶지 않았기 때문에 아예 술잔을 들 생각도 하지 않았다. 가끔씩 모임에 나가면 내 자리 앞에는 내가 별다른 말을 하지 않아도 당연히 물과 음료수가 놓였다. 몇 시간 동안 맹물을 마시면서 자리를 지키는 것이 고역이기도 했다. 하지만 단 한 번도 술을 마셔야겠다는 생각은 하지 않았다. 그로 인해 지금까지도 내가 술을 전혀 못 한다고 생각하는 사람들이 많다. 맥주를 만들면서 술을 못 마시다니 참 안됐다고 걱정해주는 사람도 있었다. 이제는 일에 지장이 있는 경우가 아니면 어떤 술자리든 자연스럽게 어울리고 있다. 하지만 어떤 경우에든 남자와 단둘이서 술을 마시게 되는 상황만큼은 만들지 않았고 그 철칙을 한동안 지켜왔다. 사람들이 나에 대해 오해를 하는 것에 대해서는 내가 어떻게 할 수 없는 일이지만 적어도 그 오해를 나 스스로 만들어내고 싶지는 않았기 때문이다. 지금도 업무와 관련된 상황이 아닌 지극히 개인적인 술자리는 사양 중이다.

술자리를 피하는 것처럼 소극적인 태도 이외에 내가 할 수 있는 일은 그저 그들이 말하는 '술집 사장'으로서 내 일을 묵묵히 하는 방법뿐이었다. 그리고 이제는 아는 사람이건 모르는 사람이건 나를 술집 사장이라고 부르는 사람들에 대해 훨씬 무뎌지고 유연해졌다. 나 스스로에게도 참 다행스러운 일이 아닐 수 없다.

그간 나에 대해 여러 편견이나 오해가 많았고 이제는 그런 것들이 어느 정도 익숙한 면도 있지만 아직까지 내가 견디기 힘든 시선이 있다. '돈 많은 부모 잘 만나 아무것도 모르고 그저 곱게만 자랐다'는 소리다. 특히 처음 바네하임을 열었을 때 직원들을 비롯해 일 때문에 만나게 된 많은 사람들이 나에 대해 그런 생각을 가졌다. 물론 내가 맥주와 인연을 맺고 또 오랫동안 힘든 상황을 버텨낸 것은 부모님 덕분이다. 경제적으로나 정신적으로 부모님 도움이 없었다면 분명 지금의 나는 없었을 것이다. 그렇게 따진다면 내가 좋은 부모님을 만난 것은 사실이다. 또한 그것이 다른 사람들과 다른 내 복일 수 있다. 하지만 이 자리에 서기까지 나 역시 최선을 다했다. 일을 시작하기 전 상상도 하지 못하던 시련을 맞닥뜨려야 했으며 그것을 견디고 버티느라 하루에도 몇 번씩 정신과 체력이 무너지는 고통을 견뎌내야 했다. 내가 이떤 시간을 어떻게 견뎌왔는지 다른 사람들이 다 알아주기를 바라지는 않는다. 하지만 김정하를 그저 '좋은 부모 잘 만나 쉽게 사업하는 사람'이라고 치부한다면 그간의 내 노력은 아무것도 아닌 헛수고에 불과했었나 하는 기분이 들어서 힘이 빠진다.

나를 잘 아는 친구에게 이런 고민을 털어놓자 그는 이렇게 진단을 내렸다. "아마도 성격이 밝아서 생기는 오해일 수도 있겠다. 넌 힘든 일이 있어도 티도 잘 안 내고 늘 웃는 얼굴이잖아. 지금 하고 있는 일이 만만치 않은데 그렇게 웃으면서 별거 아니라는 듯한 표정을 하고 있으니 그런 오해를 할 수밖에."

친구의 말에 오랫동안 잊고 있었던 일들이 폭죽 터지듯 생각이 났다. 어린 시절부터 대학을 졸업할 무렵까지 나는 환하게 웃는 일이 거의 없었다. 웃음이 별로 없는 것은 아니었다. 오히려 웃음이 많은 성격이었고 그래서 다른 사람들과 이야기하며 잘 웃었다. 그런 내게 어느 날 엄마가 한 말은 매우 충격적이었다.

"정하 너, 사람들하고 있을 때 웃지 마라. 여자가 그렇게 잘 웃는 것도 좋은 건 아니다. 사람들이 너를 만만하게 생각할 수도 있으니까. 여자가 쉽고 만만하게 보이면 절대 안 된다."

엄마 말이 절대적이던 때였기에 그 한마디는 내게 어떤 규칙으로 정해졌다. 어떤 자리에서도 크게 웃는 일은 결코 하지 말아야 하는 행동이 된 이후 나의 웃음은 어색하고 소극적이 되었다. 가끔은 남들 앞에서 웃는 일 자체를 만들지 않아야 한다는 강박까지 생기기도 했다. 내가 지금처럼 환한 웃음을 되찾은 것은 성인이 된 뒤다. 대학을 다니면서 만났던 남자친구가 매우 진지한 표정으로 내게 조언을 해주었다.

"여러 번 느꼈는데 넌 웃을 때 너무 신경을 쓰는 것 같더라. 안 그래도 되는데. 그냥 편하게 웃어. 너 웃을 때 정말 예쁘거든."

그 말이 정말 고마웠지만 그냥 여자친구의 기분을 맞춰주는 의례적인 말이라고 생각했다. 하지만 그 뒤에도 그는 여러 차례 내게 같은 말을 했다. 그 사람뿐만 아니라 다른 친구들도 비슷한 생각을 전해주었다. 그때부터 나는 조금씩 본래의 웃음을 되찾았고 이제는 원래의 성격대로 어느 자리에서건 크고 환하게 웃고 있다. 그러다가 불현듯 이런 내 모습이 엄마의 지적대로 쓸데

없는 오해를 만들게 되지는 않을까 걱정스러울 때도 있지만 그건 말 그대로 그들의 오해일 뿐이고 그 때문에 내 모습을 잃어버리고 싶지 않다는 생각이 지금은 더 크다.

나에 대한 편견 중 마지막으로 짚고 넘어가고 싶은 점은 바로 학벌과 경력이다. 요즘은 맥주 양조에 대한 다양하고 체계적인 교육 프로그램이 많고 전문 커리큘럼을 갖추고 있는 대학들도 많다. 게다가 맥주의 본고장인 유럽에서 오랫동안 공부를 하고 온 유학파들도 심심치 않게 만날 수 있다. 하지만 나의 경우는 가르쳐주는 사람은커녕 참고할 만한 책도 없었다. 맥주 기계 회사에서 준 레시피를 바탕으로 오로지 내 감으로 맥주를 만들었다. 가끔 내 이력을 자세히 알지 못하는 사람들이 어디서 맥주를 공부했느냐고 물어올 때가 있다. 그럴 때마다 나는 혼자 공부했다고 대답을 한다. 독학을 한 것이 사실이고 굳이 숨길 필요도 없기 때문이다. 내 대답에 대한 반응은 대체로 두 가지다. 정말 대단하다는 것과 혼자 공부해서 뭘 얼마나 잘하겠느냐이다. 아무래도 우리 사회가 학벌에 대한 편견이 높다 보니 맥주 역시 좋은 대학과 기관에서 제대로 배워야 한다고 생각하는 사람들이 많은 것 같다. 나 역시 그런 굴레를 완전히 벗어나지 못해서 한때 관련 학위를 따기 위해 뒤늦게 대학원에 들어간 적도 있었다.

2006년경 한 대학원에서 발효과학이라는 과가 개설됐다는 말을 듣고 입학을 했는데 1년을 다닌 뒤 중퇴했다. 이미 학부에서 배운 내용이었고 내가 매장에서 혼자 공부했던 것 이상의 무언가를 얻어낼 수 있을 것 같지 않았기 때문이다. 내게는 독학으로 쌓은 지식이 있었고 현장 경험에서 우러난 노하우도 많았다. 무엇보다도 피드백을 바로 얻을 수 있는 현장에서의 경험은 학교에서는 결코 배울 수 없는 것들로 내게는 보물과도 같은 자산이 되었다. 더불어 학교에서 공부하는 것 이상으로 내게 큰 스승의 역할을 해준 것은 당시 나보다 먼저 양조를 시작한 업계 지인들의 조언이었다. 혼자 맥주를 만들다가 막다른 골목에 다다른 느낌이 들 때면 앞서 그 길을 걸었던 선배들을 찾아갔다. 언제나 싫은 내색 없이 베풀어준 그들의 조언은 어두운 길을 밝히는 등불과도 같았다. 열악한 환경에서 밑바닥부터 시작했다는 동질감 때문인지 도움을 요청하는 내 목소리를 한결같이 귀담아들어주었고 어떤 도움도 아끼지 않았다. 내가 중간에 포기하지 않고 결국 국내 1호 여성 브루마스터가 될 수 있었던 것도 업계의 많은 분들이 마음을 써주셨기 때문이다.

처음 일을 시작할 때부터 15년이 지난 지금까지도 나를 바라보는 시선에는 여전히 난감하면서도 불편함이 섞여 있는 경우가 종종 있다. 그럴 때마다 나는 지나온 내 길을 돌아보곤 한다. 지금보다 더 힘들고 막막한 길을 걸어왔으니 앞으로 어떤 길이 펼쳐진다 하더라도 두려울 것이 없다고 스스로 다독여본다. 물론 나의 미래가 밝고 탄탄하기만 하리라고 기대하진 않는다. 어쩌면 또 다른 오해와 편견이 나를 힘들게 만들지도 모르겠다. 하지만 시간이 지난 만큼 그러한 부정적인 시선에 나 스스로가 무뎌졌으니 그 역시 다행스러운 일이다. 그들이 가지고 있는 오해와 편견이 지나온 내 삶에도, 그리고 앞으로 다가올 나의 인생에도 어떤 영향을 미치지 않을 것임을 나 스스로가 잘 알고 있기 때문이다.

맥주, 여자가 만들면 더 맛있다?

지금까지 맥주는 아무래도 여자보다는 남자들에게 더 잘 어울리는 술로 통해왔다. 우리나라를 포함해서 어느 나라에서건 맥주는 남자들이 피곤한 일과를 마치고 하루를 정리하면서 휴식을 취하는 시간에 빠질 수 없는 아이템이다. 이와 더불어 친구들과 함께 시끌벅적한 바에 둘러앉아 거칠게 잔을 부딪칠 때도 어김없이 등장한다. 맥주 회사들의 광고 포스터에 아름다운 여성이 모델로 등장하는 것도 모두 남성이 맥주 시장의 주요 고객층이기 때문이다. 소비자들뿐만 아니라 맥주를 만드는 사람들

역시 대부분이 남성이다. 전 세계 양조장에서 일하는 양조자의 95% 이상이 남성이니 세상의 모든 직업에 남녀 구분이 깨졌다고는 하지만 아직까지 맥주 양조 분야에서 여성의 지위는 미약할 뿐이다.

하지만 그럼에도 불구하고 양조 업계에서는 여성을 매우 특별하게 생각해주는 속설이 떠돌고 있다. 바로 '수염이 난 남자와 여자가 만드는 맥주가 일반 남자들이 만든 것보다 30% 이상 맛있다'라는 말이다. 그런 말이 어떤 근거를 가지고 있는지는 알 수 없다. 특히 맥주와 수염이 어떤 상관관계를 가지고 있는지도 도무지 이해가 되지 않는다. 하지만 여성이 만든 맥주가 더 맛있다는 말은 아무래도 양조를 할 때 여성의 섬세함이 도움이 될 거라는 의미로 해석한다면 어느 정도 수긍이 갈 법도 하다.

맥주의 오랜 역사를 살펴보면 맥주 양조를 담당했던 사람들은 여성이었다. 고대 메소포타미아 점토 기록에는 맥주의 여신인 '닌카시'가 등장한다. 이는 곧 고대인들이 맥주를 만드는 일은 여자가 해야 한다고 여겼음을 증명해준다. 맥주를 발효시키는 효모의 존재를 몰랐던 고대인들은 맥주의 여신인 닌카시가 맥주가 담긴 용기에 축복을 내려 곡물이 마법처럼 술로 변한다고 믿었다. 고대 이집트 기록에서도 여성들이 맥주를 만드는 모습을 볼 수 있다.

고대뿐만 아니라 수도원의 주도로 맥주가 성장했던 중세시대에도 여성 양조자들의 활약이 입소문을 탔다. 유럽 중세사 기록에는 '에일 와이프'라는 단어가 자주 등장한다. 중세시대 수도사들은 높은 양조 지식을 바탕으로 지역 특산물을 이용한 독특한 맥주를 만들었고 이로 인해 큰 수입을 벌어들였다. 당시 수도원들은 자신들의 수도원을 방문하는 여행객들에게 수도사들이 만든 맥주를 대접했다. 이후 수도원의 맥주가 입소문을 타면서 많은 사람들이 맥주 맛을 보기 위해 몰려들기도 했다. 수도원이 감당할 수 없을 만큼 방문객들이 몰리자 자연스럽게 수도원 주변에 이들을 수용하기 위한 선술집이나 숙박업체들이 생겼는데 이런 숙박업체를 영국에서는 '에일 하우스', 독일에서는 '가스트호프'라고 불렀다. 이들 숙박업체들은 잘 곳뿐만 아니라 음식과 술을 팔았으며 시간이 지나면서 이런 에일 하우스들이 돈을 잘 버는 사업 모델로 각광받았다. 이 과정에서 맥주 양조에 뛰어난 재능을 가진 여성들이 에일 하우스의 안주인으로 주목을 받았는데 그들이 바로 '에일 와이프'다. 특히 남편을 잃고 경제적 환경이 어려운 여성들에게 맥주 양조는 생계를 이을 수 있는 좋은 방법이었는데 그중 솜씨 좋은 에일 와이프들은 자신의 양조 능력을 인정받으면서 엄청난 부와 인기를 누리기도 했다. 이를 보면 고대부터 맥주 만드는 일에 여성의 역할이 중시된 것은 분명했다.

언급한 대로 솜씨 좋은 에일 와이프들은 많은 돈을 벌었고 그덕에 만만치 않은 권력도 갖게 됐다. 하지만 에일 와이프들이 언제까지 승승장구한 것은 아니었다. 14세기 중반부터 유럽 전역에는 '마녀사냥'이라는 명목으로 수많은 여인들이 억울한 죽음을 당했는데 이때 많은 에일 와이프들도 화를 면치 못했다. 마녀사냥은 교회가 자신들의 부패를 덮고 권위를 내세우기 위해 만들어낸 사건이었다. 당시 마녀들은 사악한 존재가 아니라 공동체 내에서 출산이나 질병치료 같은 의료 기능을 담당하거나 점을 치고 묘약을 만드는 주술적 기능을 수행했다. 그로 인해 인간 한계를 초월하는 능력을 지닌 신비로운 존재로 여겨졌던 그들은 교회의 표적이되었다. 졸지에 악마와 놀아나면서 신앙을 해치고 공동체에 해악을 끼친다고 낙인찍히기 시작했고 이로 인해 14세기

마녀 모습의 에일 와이프

에일 와이프

부터 17세기까지 대략 50만 명의 사람들이 처형당했다. 이 무시무시한 바람은 에일 와이프들에게도 불어 닥쳤고 그때까지 뛰어난 솜씨로 맥주를 만들었던 많은 에일 와이프들이 사람들의 입맛을 홀리는 '마녀'라는 소문 때문에 화형을 당해야만 했다. 어찌 됐건 고대와 중세를 거쳐 근대에 이르면서 맥주 제조의 주도권은 완전히 남성들에게 넘어갔다. 특히 산업화로 인해 맥주의 대량 생산이 가능해지면서 제조 현장에서 여성들의 설 자리는 거의 없다시피 했다.

중세 이후 맥주 역사에서 여성의 활약이 현저하게 줄어들며 맥주는 거의 남자들의 전유물이 되었다. 그와 같은 상황에서 내가 국내 1호 여성 브루마스터가 된 것은 아이러니하게도 맥주 제조 분야에 종사하는 사람이 대부분 남자들이었기 때문에 가능했던 일일 것이다. 15년 전 맥주 사업을 시작하면서 같은 업계에 종사하는 분들과 많은 교류를 했는데 어느 자리에 가도 여자는 나 혼자뿐이었다. 아주 드물게 여성분들을 볼 수 있기도 했지만 그나마도 오래가지는 못했다. 15년이라는 만만치 않은 시간이 지났고 이제는 어느 분야에서건 여성들이 눈부신 활약을 보여주고 있지만 여전히 맥주를 만드는 여성들은 10% 미만인 것이 현실이다. 여성들이 버티기에는 무엇보다도 체력적 장벽이 높기 때문일 것이다. 하지만 그 체력적 한계만 견뎌낸다면 맥주의 세계는 여성들이 자신의 감각을 무궁무진하게 펼칠 수 있는 분야라는 것이 내 생각이다. 여성과 남성의 성향 차이가 분명히 있고 아무래도 남자들보다는 여자들이 좀 더 세심하여 디테일한 감각이 뛰어나기 때문이다. 지금까지 나와 함께 일을 했던 파트너들만 보더라도 그런 성향은 분명히 나타났다. 남성은 남성대로, 여성은 여성대로 각각 나름의 장점을 가지고 있는데 섬세함만 따지고 보면 역시 여성들이 우월했다. 그 섬세함이 더 깔끔하고 딱 떨어지는 맥주의 맛을 내는 것은 의심의 여지가 없다. 우리나라뿐만 아니라 일본이나 유럽에서 활동하고 있는 유명한 여성 브루마스터들의 맥주도 그런 섬세하면서도 깨끗한 맛 때문에 많은 사랑을 받고 있다.

여성의 섬세함은 역설적이게도 장비가 열악할수록 빛을 발한다. 날이 갈수록 기술이 발전하고 있기 때문에 과거에 비해 브루잉 기계들도 많이 좋아졌다. 그렇기 때문에 완벽한 레시피와 성능 좋은 기계만 있다면 좋은 맥주를 만들 수 있다. 거꾸로 말하자면 기계의 성능이 떨어질수록 사람의 손과 감각이 중요한 요소가 된다. 더 정확하게 계량을 해야 하고 시간도 꼼꼼하게 살펴보아야 한다. 모든 음식이 미묘한 차이로 인해 맛이 달라지듯 맥주 역시 별것 아니라고 지나치는 것들 하나하나가 맛에 영향을 미치기 때문에 꼼꼼하고 세심한 성격이 훨씬 도움이 된다.

여성들 가운데서도 특히 음식에 관심이 있고 감각이 남다르다면 특별한 맥주를 만들기에 제격이다. 기본적으로 맥주에 들어가는 재료인 맥아와 홉 이외에도 다른 부재료를 어떻게 활용하는가에 따라 맛이 천차만별인 맥주를 만들어낼 수 있다. 나 역시 어릴 때부터 음식에 관심이 많았고 전공 분야도 음식이었기 때문에 보다 많은 도전을 할 수 있었다. 바네하임의 시그니처 맥주가 된 벚꽃라거 역시 부재료 활용에 성공한 사례다. 벚꽃이라는 특별한 재료를 넣어보겠다는 나의 발상에 대해 그 당시 양조 파트너는 애초부터 반대했었다. 새로운 라인업을 추가하는 것을 싫어해 갈등의 골이 깊어졌고 결국 그와 헤어지면서 엄청난 시련을 견뎌내야 했지만 나의 선택은 틀리지 않았다. 그때 내가 벚꽃에 대한 믿음도 지식도 떨어졌더라면 벚꽃라거는 아예 세상에 태어나지도 못했을 것이다.

최근 들어 많은 여성들이 양조에 뛰어들고 있다. 동호회에서 취미로 맥주를 배우는 것부터 시작해 정통 아카데미 코스를 밟으면서 전문가로 성장하는 사람들도 많다. 얼마 전 지인으로부터 특별한 초대를 받았는데 그곳에서도 맥주 만들기에 푹 빠진 여성들을 만날 수 있었다. 취미로 맥주를 만드는 사람들이 각자의 맥주로 경합을 벌이는 자리였는데 모두가 다양한 직업을 가지고 있는 것도 재미있었고 특히 여성들이 압도적으로 많다는 것도 색달랐다. 이날 참석자들은 각자가 만든 맥주 중 가장 자신 있는 작품을 한 개씩 선보였다. 사람들은 서로의 맥주를 맛보고 전문가가 아닌, 맥주를 좋아하는 사람들로서 아낌없는 의견을 주고받았다. 20여 명이 제출한 맥주 중 가장 높은 점수를 받은 맥주 역시 젊은 여성의 작품이었다. 나중에 알고 보니 그녀 역시 어머니로부터 남다른 음식 재능을 물려받아 요리에 대한 솜씨가 뛰어났으며 맛에 대해 탁월한 감각을 가지고 있었다. 맛있는 맥주도 마시고 정보도 교환하는 가벼운 자리였지만 맥주를 대하는 태도들이 모두들 진지했다. 초대받은 사람의 입장으로 그들의 모습을 지켜보고 있다 보니 15년 전 처음 맥주를 시작했을 때의 내 모습이 떠오르기도 했다. 여자로서 처음 맥주를 만들어온 내 입장에서 이런 바람이 매우 기쁘고 반갑다. 그들의 세심한 노력과 다양한 도전은 분명 우리나라 수제맥주 산업을 보다 더 성장시킬 수 있는 잠재력이 될 것임이 분명하기 때문이다.

경력만큼 중요한 경험, 세계 무대도 두렵지 않다

맥주를 직접 만들다 보니 내게 가장 중요한 것은 역시 고객들의 반응이었다. 처음 혼자서 만든 맥주를 매장 상품으로 선보였을 때도 과연 손님들이 어떤 평을 해줄지 가슴이 두근거렸다. 맥주의 맛이 좋다, 나쁘다를 떠나서 맥주 그 자체로 인정받을 수 있을지조차 두려웠다. 그때까지만 해도 매사에 자신감이 없었을 때라 새로운 시도를 하는 것 자체가 나로서는 엄청난 일이었다.

바네하임을 시작한 지 한 달 만에 혼자 맥주를 만들어서 내놓았을 때 손님들이 싫어할지 모른다는 생각에 모든 것이 두려웠다. 하지만 나의 그런 걱정과는 달리 많은 분들이 칭찬을 해주셨고 자주 매장을 찾는 고객들도 늘었다. 그 덕분에 자신감을 얻은 나는 하나둘씩 새로운 맥주를 늘려나갔다. 바닥이었던 자신감을 회복할 수 있는 계기가 된 또 다른 특별한 기회가 찾아왔는데 바로 해마다 참가하고 있는 맥주대회 심사다.

처음 대회 심사위원으로 초청을 받은 것은 2013년 일본 도쿄에서 열린 아시아 비어컵 대회다. 주최측으로부터 연락을 받았을 때 나에게 이런 기회가 온다는 것이 꿈만 같았다. 그런데 그 당시 한창 매장이 정신없이 돌아가던 상황이라 그 꿈 같은 기회를 포기해야만 했다. 하루이틀도 아니고 일주일 동안 문을 닫아야 했는데 매일매일 장사를 해야 하는 영업장이 일주일 동안 운영을 하지 않는 것은 치명적이었다. 결국 주최측에 참가가 불가능하다고 통보했는데 그날 밤 아무리 생각을 해봐도 포기가 되지 않았다. 거의 밤을 새우다시피 고민을 한 끝에 문을 닫는 한이 있더라도 가는 게 맞는다는 결론을 내렸다. 다음 날 출근을 하자마자 주최측에 전화를 걸어 미안하다는 말과 함께 참석하겠다는 뜻을 밝혔다. 다행히도 내 사정을 받아주었고 그런 우여곡절 끝에 국제대회라는 신세계를 만날 수 있게 됐다.

막상 대회에 참가하려고 하니 걱정되는 것이 한두 가지가 아니었다. 우선은 언어가 가장 큰 문제였다. 다른 국가에서 온 심사위원들과 영어로 토론해야 하고 내가 선정한 맥주에 대해 설명도 해야 하는데 그때 내 영어 수준이 그리 뛰어나지 못했다. 언어가 당장 해결될 일은 아니었으나 그래도 방법을 찾아야 했기에 외국에서 유학을 하고 온 사촌동생들을 소집해 단기 속성 과외를 받았다. 심사에 필요한 용어들을 정리하고 맛에 대한 기본 표현부터 내가 말하고 싶은 내용을 미리 정리해서 문장을 외었다. 짧은 기간이었지만 그때의 과외는 큰 도움이 됐다.

언어 말고도 걱정이 되는 것은 나의 테이스팅 능력이었다. 사실 어릴 때부터 남들보다는 민감한 미각을 가지고 있다고 자부했는데 막상 세계 무대에서 많은 맥주들을 테스트하려고 하니 조금은 두려웠다. 맛이라는 것이 어떤 답이 정해져 있는 게 아니라 그야말로 감각에 의존하는 것인데 나의 잘못된 판단 때문에 오랫동안 준비한 사람들의 작품이 평가도 못 받고 사라질 수 있을지 모른다고 생각하니 긴장이 되지 않을 수 없었다. 이런저런 생각 때문에 도쿄로 가기 며칠 전부터 신경이 날카로워졌다. 하지만 마음을 고쳐먹기로 했다. 스트레스가 심해지면 미각에도 치명적이다. 몸이 건강하고 마음이 편해야 제대로 된 심사를 할 수 있으므로 최상의 컨디션을 유지할 수 있도록 노력했다.

그렇게 도쿄에 도착했을 때의 기분을 아직도 잊지 못한다. 도쿄라는 도시에 처음 온 것이라 설레는 마음도 컸지만 그보다도 새로운 경험을 앞두고 있다는 사실이 어쩐지 비현실적인 기분이 들기도 했다. 무엇보다도 맥주 사업을 시작하면서 다양한 맥주를 맛보는 것이 내게는 큰 즐거움이었는데 한 자리에서 아시아 각국의 맥주를 만날 수 있다는 사실이 날 흥분시켰다. 그리고 나흘 동안 이어진 행사는 기대만큼이나 다채롭고 흥미로웠다. 아시아 국가들이 참여한 만큼 오리엔탈 느낌이 물씬 나는 맥주들이 제법 많았다. 일주일 동안 영업을 포기해야 했지만 충분한 가치가 있었다. 단지 여러 맥주를 맛보았다는 데 그치는 것이 아니라 그 데이터를 바탕으로 내가 맥주를 만들 때 어떤 방향을 잡아야 할지도 가늠이 되었다.

이후 맥주대회 심사는 해마다 참여를 하고 있다. 처음에는 일반 심사위원이었지만 지금은 경력이 붙어서 테이블 캡틴으로 승격됐다. 처음 심사에 참여했을 때와 비교하면 심사 기술도 조금씩 늘어서 이제 긴장은 많이 하지 않는다. 하지만 아무리 해가 바뀌고 경력이 쌓인다고 해도 달라지지 않는 것은 책임감이다. 대회 참가자들이 오랫동안 심혈을 기울여 만든 작품을 들고 나오는데 어느 하나라도 소홀하게 심사를 할 수 없기 때문이다. 아마도 나 역시 맥주를 만드는 사람으로서 그들의 입장을 너무도 잘 알고 있기에 더 신중해질 수밖에 없는 것이리라.

그렇기 때문에 카테고리별로 심사가 진행되는 대회에 가급적이면 내가 제대로 잘 알고 판단할 수 있는 카테고리를 배정받는 게 가장 좋다. 아무리 맛에 대한 남다른 감각과 능력을 가지고 있다고 하더라도 모든 맛을 다 알 수는 없기 때문에 내가 잘 모르는 맛을 평가하게 되면 아무래도 엄청난 에너지를 쏟아부어야 한다. 언젠가 바이젠 테이블 심사 때 그런 낭패감을 맛본 적이 있다.

맥주의 종류 중 내가 가장 꺼려하는 것이 바이젠이다. 맥주를 시작했을 때부터 어쩐지 바이젠과는 쉽게 친해지지가 않았다. 매장을 운영할 때도 나의 취향 때문에 바이젠을 만들지 않았다. 그렇다 보니 일부러 찾지 않으면 맛을 볼 기회가 거의 없었기 때문에 변별력이 아무래도 자신이 없었다. 그런데 나의 그런 사정이 대회에서 통할 리가 없었을 뿐만 아니라 그 심사가 내게는 첫 심사 무대였기에 더욱 신경이 쓰였다. 결국 내 사정과는 관계없이 바이젠 심사 테이블에 앉았다. 긴장을 해서 그랬는지 심사는 쉽지 않았다. 내가 좋아하는 맛이라면 큰 어려움 없이 바로바로 느낌이 나오는데 역시 시간이 걸렸다. 나의 미각이 더 열리기를 바라며 다른 때보다 훨씬 더 집중을 했다. 그날 종일 바이젠 심사를 하면서 얼마나 진땀을 뺐는지 모른다. 어떤 분야든 관심을 가지는 만큼 알게 되는데 맛 역시 마찬가지였다.

내가 잘 모르는 맥주를 심사하는 것이 쉽지 않은 일이라면 내가 잘 아는 카테고리에서 심사를 할 경우에는 심사 자체보다는 의견이 엇갈리는 다른 심사 위원들과의 토론 또한 힘겨운 싸움이 된다. 맛의 우열을 가리고 점수를 매기는 일은 수학같이 공식이 있는 것이 아니라 각자의 취향에 따른 지극히 주관적인 일이다. 맛을 구별하는 사람의 입맛이 크게 차이가 없다고는 하지만 워낙 뛰어난 맥주들을 선별할 때는 맛을 보는 사람들의 취향이 첨예하게 갈리는 경우가 종종 있다. 그럴 때 내가 선정한 맥주가 왜 뛰어난지를 합리적으로 설명해야 하고 다른 사람들의 공감을 끌어내야 한다. 내가 정말 맛이 좋은 맥주라고 생각을 해도 그에 대한 설명이 부족해 다른 위원들의 공감을 얻어내지 못한다면 그 작품은 수상대에 오를 수 없다. 많은 양조장에서 만드는 일반적인 맥주는 토론이 쉽게 진행되는데 가끔 부재료를 많이 쓴 맥주에 대해서는 호불호가 갈린다. 특히 아시아권 맥주들은 자국의 특작물을 넣어 양조를 하는 곳이 많은데 향신료를 많이 쓰는 동남아시아 맥주나 미소를 넣어 만든 일본의 맥주는 아무래도 서양 심사위원들의 이해도가 떨어질 수밖에 없고 그렇기 때문에 설명 자체도 어렵다. 기술의 발달로 세계가 가까워져서 '지구촌' 세상이 되었다지만 문화와 전통이 다른 것은 어쩔 수 없는 일이다.

공식적인 심사 시간에는 서로의 의견을 관철시키기 위해 때로는 냉정하게, 때로는 정열적으로 부딪힐 때도 있지만 사실은 여러 나라에서 온 심사위원들과의 관계는 내가 세계대회에서 얻게 된 인생의 큰 수확이다. 처음에는 내가 워낙 소극적인 성격인 데다 영어 실력도 불안해서 공식 일정 이외에는 가급적 부딪히지 않으려고 했다. 하지만 언제까지 공식적인 일정에만 참여할 수는 없었다. 특히 대회의 일정이 끝나면 마지막 날 파티가 열리는데 그때는 축제 분위기 속에서 모든 참가자들이 맥주

심사 후 페스티벌

사진 출처 : The Craft Beer Association (Japan)

를 마음껏 즐기며 화기애애한 시간을 보낸다. 그렇다 보니 언어가 달라도 누구나 쉽게 친해진다. 특히 맥주라는 공통 관심사가 있어서인지 조금만 이야기를 나누다 보면 금방 마음이 통하고 어느새 시간이 가는 것도 잊을 때가 많다. 그렇게 어울리다 보니 자연스럽게 가까워지는 사람들도 늘어나 이제는 친한 친구처럼 지내는 사람들도 제법 생겼다. 그런 인연으로 가끔 맥주 관련해서 궁금한 문제가 있으면 의견을 주고받기도 할 뿐만 아니라 일이 아닌 휴가로 왕래를 하기도 한다. 맥주가 맺어준 소중한 인연이 아닐 수 없다.

내 맥주로 대회에 나가는 것과 병행하여 일본에서 열리는 두 대회의 심사 역시 꾸준히 참여하고 있는데 얼마 전 너무나도 영광스러운 소식이 전해졌다. 바로 세계에서 가장 큰 대회인 2020 월드 비어컵 대회의 심사위원으로 선정되었다는 것이다. 2년에 한 번씩 열리는 미국의 월드 비어컵 대회는 그야말로 지구상에서 가장 큰 맥주대회다. 2010년 세계에서 가장 큰 대회는 어떨지 분위기를 보러 갔다가 어마어마한 규모와 참여하는 맥주들의 다양성에 놀란 적이 있다. 그런 대회에 내가 심사위원으로 참여할 수 있다는 것은 그야말로 가문의 영광이 아닐 수 없다. 그동안 다른 대회에 꾸준히 참여하면서 쌓인 경력과 테이스팅 실력을 인정받았다는 것을 증명해주는 일이라 스스로 뿌듯하고 자신감도 더 차올랐다. 무대가 큰 만큼 보다 새로운 경험이 될 것이고 한층 성장할 수 있으리라는 확신이 들어 벌써부터 가슴이 설렌다.

행운처럼 찾아온 기회를 잘 잡기 위해 내가 준비하고 있는 것은 역시 좋은 컨디션을 유지하기 위한 건강과 영어다. 이 두 가지는 꼭 심사에 참여하기 위해서만이 아니라 나 자신을 관리하고 자기계발을 위해 필요한 일이기도 해서 꾸준히 노력하고 있다. 맛에 대해 보다 디테일한 표현을 하고 다른 사람들과의 원활한 토론을 위해 영어 공부를 하고 있는데 언어는 잠시만 손을 놓게 되면 바로 뒤떨어지기 때문에 긴장의 끈을 놓지 않고 있다. 잠시 뜸했던 운동도 다시 시작했다. 나의 노력이 게으름을 피우지 않는 한 세계 무대에서의 활약도 두려움 없이 이어갈 수 있을 것이라 믿는다.

벚꽃라거와 쌀맥주에 도전, 힘든 만큼 찬란하고 눈부신 결과

인간이 태어나서 한 세상을 살아가는 과정은 늘 도전의 연속이다. 그렇기에 역사학자 토인비도 인류의 역사를 설명할 때 '도전과 응전의 법칙'이라고 말했을 것이다. 역사나 역사학자인 토인비에 대해서 잘 모르긴 하지만 그의 말에 따르면, 인류사에는 수많은 문명이 나타났다 사라졌는데 자연재해라든가 외세의 침략 같은 도전을 받지 않은 문명들은 스스로 멸망했으나 오히려 심각할 정도로 도전을 받은 문명은 끊임없이 발전을 거듭하면서 건강한 상태를 유지해오고 있다라고 하는 것을 어느 책에서 본 적이 있다. 지난 15년간 내가 걸어온 길을 되짚어보다 왜 갑자기 토인비의 이 말이 떠올랐는지는 모르겠지만 어쨌든 그간의 생활이 어쩐지 끊임없는 도전을 받아온 것 같다는 생각이 든다. 아무것도 모르고 무작정 맥주 양조에 뛰어들었고 한 달 만에 혼자 양조를 시작할 수밖에 없었던 상황이 나로 하여금 끊임없이 도전하게 만들었을지도 모른다. 그 첫 번째 도전이 바로 나와 바네하임을 이 자리에 있게 만들어준 '벚꽃라거'였다.

벚꽃라거에 대한 영감은 벚꽃 아이템이 넘쳐나는 일본에서 시작됐다. 2013년 아시아 비어컵 심사를 위해 일본에 갔다가 모든 일정을 마치고 호텔 근처 산책에 나섰다. 여행을 올 기회도 따로 없으니 이런 시간이 있을 때 즐기는 것도 좋겠다는 생각을 하면서 여기저기를 기웃거렸다. 마침 벚꽃이 만개한 때였는데 특별 시즌에 맞춰 벚꽃 관련 상품들이 넘쳐났다. 과연 일본답다는 생각이 들었다. 그러다가 우리나라 벚꽃이 떠올랐다. 많은 사람들이 벚꽃을 일본의 대표 꽃이라고 생각하지만 사실 우리나라도 토종 벚꽃이 있고 특히 제주가 원산지라는 것을 들은 기억이 떠올랐다. 꼭 그런 의미를 떠나서 봄이면 우리나라도 많은 사람들이 벚꽃을 즐기는데 이를 활용한 상품이 그리 많지 않은 것이 아쉬웠다.

'벚꽃으로 맥주를 만들어볼까?'

편의점에서 산 벚꽃 음료를 마시다 말고 문득 그런 생각이 들었고 한국으로 돌아오는 내내 생각은 더욱 굳어졌다. 나와 함께 양조를 하는 직원을 불러 곧바로 아이디어를 공유했다. 그런데 시작부터 짙은 먹구름이 몰려왔다.

"맥주에 벚꽃을 넣어서 만든다고요? 왜 그런 귀찮은 작업을 하려고 하는 건데요? 지금 우리 매장에서 만드는 맥주도 반응이 좋은데 굳이 그런 시도를 할 필요는 없잖아요."

그의 태도는 의외로 완강했다. 내 아이디어에 대해 쌍수를 들고 환영해줄 거라고 기대하지는 않았지만 그렇다고 이렇게 단칼에 거절당할 거라고는 예상하지 못했다. 그기 강하게 반대를 한 게 오히려 내 오기를 자극했는지는 모르겠지만 난 포기하고 싶지 않았다. 도와주지 않으면 그냥 나 혼자라도 해보겠다고 결정했고 그때부터 3년 동안 어떻게 하면 생화를 맥주에 이용할 수 있을지 연구했다. 해마다 봄에 벚꽃이 활짝 피면 그걸 바라보면서 맥주 만들 궁리에 빠졌다.

무엇보다 시급한 것이 상태가 좋은 벚꽃을 구하는 일이었다. 그러던 중 제주도에 살고 있는 지인이 떠올라 벚꽃을 구할 수 있는지 도움을 청했다. 마침 자신의 농장에 벚나무가 많고 한창 꽃이 핀 상태이니 얼마든지 가져가라는 반가운 답이 돌아왔다. 다음 날로 짐을 챙겨 제주도로 내려갔다. 벚꽃을 말리기 위해 건조기까지 챙겼다. 벚꽃이 만발한 제주도는 그야말로 천상세계였다. 나무 아래에서 위를 쳐다보면 눈에 들어오는 것은 오직 맑은 분홍빛의 꽃들뿐이었다. 하지만 그런 낭만적인 분위기에 취해 있을 시간이 없었다. 일일이 손으로 따내야 하기 때문에 잠시라도 지체할 수 없었고 그때부터 그야말로 꽃 따기 무아지경에 빠져들었다. 날이 어둑해질 때까지 정성껏 따온 꽃들을 숙소에 펼쳐놓고 밤새 건조기에 넣어 말렸다. 사실 벚꽃은 생화 자체로는 향이 거의 없다. 그런데 말리는 과정에서 수분이 날아가면서 꽃 본연의 향이 살아났다. 그렇게 2박 3일 동안 꼬박 꽃을 따고 말리기를 반복했더니 방 안은 온통 벚꽃 향으로 가득했다. 정말 어마어마한 양의 꽃을 땄는데 막상 서울로 돌아갈 때는 부피와 수분이 모두 빠져서 생각보다 많지 않아 어쩐지 허무한 마음이 잠시 들기도 했다.

그렇게 말린 벚꽃을 가지고 본격적인 양조에 들어갔다. 하지만 나의 새로운 시도를 반대하던 양조 직원이 내 작업지시를 거부했기에 혼자 힘으로 해내야 했다. 기존의 레시피에 그저 말린 꽃만 추가한다고 될 일은 아니었다. 깨끗한 맛의 맥주에 은은한 향기가 녹아들 수 있도록 하기 위해서는 꽃을 말려서 준비하는 작업부터 꽃을 넣고, 끓이고, 숙성하는 모든 과정을 더 신중하고 까다롭게 진행해야만 했다. 양조장에서 혼자 밤을 지새운 날도 셀 수 없을 만큼 많았다. 그런 노력 끝에 드디어 2016년 첫 벚꽃라거가 탄생됐다. 반대를 무릅쓰고 진행한 첫 시도라 걱정도

벚꽃라거

벚꽃라거에 사용된 벚꽃

많이 하고 만드는 내내 스트레스도 심했지만 결과는 좋았다. 내가 원하던 대로 입안을 적시는 깨끗한 첫맛과 함께 목을 타고 넘어갈 때 은은히 번져 나오는 꽃향기의 벚꽃라거가 완성되었다. 무엇보다 놀라운 일은 첫 시도로 만든 벚꽃라거가 그해 인터내셔널 비어컵에서 금메달을 따내 맛과 품질을 공식적으로 인정받았다는 사실이다. 동료로부터 그저 '쓸데없는 시도'라는 우려의 말을 듣기도 했지만 결국 값진 도전이었음을 증명해 보인 것이었다.

수상 소식이 알려진 이후로 벚꽃라거의 명성은 더욱 높아져 갔으며 바네하임의 일등 공신으로 단단히 자리매김했다. 그다음 해부터는 전해에 수확한 꽃을 바짝 건조해 냉동 보관한 뒤 재료로 사용했다. 꽃 작업은 물론 맥주를 만드는 전 과정이 다른 맥주에 비해 더 까다롭기 때문에 수익성에 있어서는 다소 떨어지는 것이 사실이지만 봄이 되면 벚꽃라거를 기다리는 손님들이 있고 업체에서도 선주문이 이어져 벚꽃라거 제작은 해마다 진행 중이다.

벚꽃라거의 성공으로 자신감이 붙은 뒤 꽃을 바네하임의 아이덴티티로 살리는 게 좋겠다는 생각에 장미맥주도 만들었다. 아직까지 벚꽃과 장미 두 종류지만 꽃 시리즈는 계속 개발할 예정이다. 꽃이 가지고 있는 본연의 향기도 중요하지만 무엇보다 이미지를 살리는 데 더 중점을 두고 있다. 벚꽃이나 장미뿐만 아니라 어떤 꽃이든 그 꽃이 가지고 있는 본연의 특징을 살리고 맥주를 마셨을 때 은은하게 그 이미지가 떠오른다면 더할 나위 없을 것이다. 벚꽃과 장미의 뒤를 이어 또 어떤 꽃이 바네하임의 시그니처로 부상하게 될지 나 역시 기대가 크다.

꽃을 이용한 맥주 도전에 이어 최근 새롭게 시도한 또 다른 도전은 바로 쌀맥주를 탄생시킨 일이다. 지난 2016년 농업진흥청이 브루어리 관계자들을 초청해 양조용 보리와 쌀을 소개하는 자리가 열렸다. 쌀은 해마다 생산량에 비해 소비량이 줄어들고 있어서 이를 이용한 다양한 먹거리를 개발하는 것이 국가 과제로 떠오르고 있다. 나 역시 우리나라에서 재배되는 곡물을 이용해 맥주를 만들고 싶다는 생각을 오래전부터 해오고 있었기 때문에 이런 자리야말로 큰 도움이 될 것 같아 참석했다. 맥주에 들어가는 홉은 거의 수입산을 쓰고 있는데 홉이 워낙 변질이 쉬운 작물이라 생홉이 아닌 말린 뒤 가루를 뭉쳐 가공한 것이 들어온다. 그렇다 보니 신선도가 많이 떨어지는 것은 어쩔 수 없다. 수입산이 아닌 국내산 재료를 사용하면 신선한 맥주를 만들 수 있을 것 같아 우리 땅에서 나고 자란 작물에 대해 끊임없이 관심을 가져왔다. 하지만 문제는 원가에 있었다. 국산 곡물은 단가가 너무 높아서 시장성이 떨어졌다. 이런저런 고민을 하던 중 농업진흥청 세미나에 참석하여 내 고민을 털어놓았다. 그 자리에서 알게 된 담당 연구관 한 분이 레시피를 제공할 테니 같이 쌀맥주를 만들어보자고 제안을 해 실험 배치에 들어갔다.

당시 제공된 레시피는 현미가 50% 넘게 들어간 것이었는데 현미 껍질이 가지고 있는 특성 때문에 뒷맛이 깔끔하지 못한 맥주가 나왔다. 그렇게 실험 배치로 만든 500리터 쌀맥주는 내 마음에도 전혀 흡족하지 않았으며 당연히 평가도 좋지 못했다. 비록 첫 시도는 만족할 만한 성과를 얻지 못했지만 쌀맥주 실험을 시작한 것을 계기로 다음 해인 2017년, 3년 기간으로 진행되는 국가 과제 프로젝트에 참여할 수 있게 됐다. 국가의 지원으로 장비를 구입하고 재료를 제공받아서 본격적인 연구를 진행했다. 농진청으로부터 주어진 과제는 기능성 쌀을 이용한 독특한 수제맥주 개발이었다. 이를 위해 농진청에서 제공된 쌀의 종류는 15가지 정도 됐다. 각각의 특성이 모두 다르기 때문에 모두 실험 배치를 실시했다. 이 과정에서 엄청난 시행착오가 발생했다. 한 종류의 쌀이라 하더라도 좋은 주질을 찾기 위해서는 다섯 번 이상 실험을 해야 했다. 흑미의 경우에는 여과가 잘 되지 않아서 더 많은 실험이 필요했다.

그중 한가루라는 품종의 쌀을 실험 배치했을 때의 기억이 아직도 새록새록하다. 한가루는 쌀 자체에 신맛이 무척이나 강한 품종이었다. 그런데 농진청에서 처음부터 그런 특성을 이야기해주었다면 그 점을 고려했을 텐데 아무런 정보 없이 무조건 쌀만 보내왔다. 쌀에 대한 기본 지식이 많지 않은 나로서는 그런 특성도 모른 채 무조건 기존에 했던 방식대로 발효를 진행했다. 그런데 결과가 너무 이상하게 나왔다. 계산대로라면 그렇게 신맛이 나올 리가 없는데 자꾸만 시큼한 맛의 맥주가 만들어졌다.

이상고온 때문에 과발효가 나온 것이 아닌지 고민해봤고 양조통의 위생 상태 문제인가 싶어서 세척도 더 꼼꼼히 했다. 하지만 아무리 방법을 달리해도 결과는 같았다. 전문가들을 찾아다니면서 끊임없이 자문을 구하기도 했다. 그러는 사이에 나도 슬그머니 오기가 생겼다.

"내가 무슨 일이 있어도 반드시 해내고야 만다."

하고자 하는 의지만 있다면 못할 일도 없다는 것이 내 지론인만큼 이번에도 반드시 성공하고 말리라는 다짐을 했고 결국 현가루에 어울리는 효모를 찾아냈다. 발효만 들어가면 신맛이 강한 쌀이라는 특성을 뒤늦게 짐작하고 그에 맞는 효모를 썼는데 그게 맞아떨어졌다. 여러 번의 시행착오 끝에 완성된 맥주를 들고 농진청에 들어가서 설명을 했다. 그간 실험 과정을 설명했더니 그제야 담당자가 말했다.

"아, 원래 그 현가루가 신맛이 강한 성질이 있습니다. 그걸 미리 알려드릴걸 그랬네요."

그 말을 듣고 나니 온몸에 힘이 빠지는 느낌이 들었다. 그 정보 하나만 알려주었더라도 실험이 수월했을 테고 맥주도 더 빨리 나왔을 텐데 마치 지름길을 눈앞에 두고도 멀고 험한 길을 돌아간 느낌이었다. 하지만 어쨌든 정보 없이도 나 스스로 해냈다는 것만으로 자부심을 갖기로 했다.

한가루를 비롯해 농진청에서 제공한 15종류의 쌀 중 총 6개가 쌀맥주로 탄생됐다. 흑미와 한가루를 넣어 만든 고제맥주, 가바 함량이 많은 현미 품종인 큰눈을 이용한 인디아 페일 에일, 한가루에 효모를 달리 사용한 두 가지 스타일의 에일, 그리고 도담쌀을 이용한 페일 에일 등이 그것이다. 이 중 일반인들에게 시판하기로 결정한 맥주가 바로 도담쌀로 만든 '도담도담'이다.

'야무지고 사랑스럽다'라는 뜻과 '아이가 탈 없이 잘 놀고 자라나는 모양'을 의미하는 '도담도담'은 야물게 만들어 많은 손님들께 사랑받았으면 하는 소망을 담아 이름을 지었다. 식이섬유 함유량이 높은 데다 저항전분이 많아 몸에 흡수되는 전분이 적어서 당 걱정을 조금이나마 덜 수 있는 특성이 있다. 쌀이 재료인 만큼 조청 맛이 나지만 홉을 많이 사용해 쌉쌀한 맛으로 단맛을 잡고 깨끗한 뒷맛을 끌어냈다. 도담도담 역시 오랜 시간 공을 들인 맥주로, 9개월 동안 수차례의 실험을 거친 뒤에야 세상에 나올 수 있었다.

쌀이 들어가서 청주 맛이 나는 것은 아니냐는 우려도 있었지만 가볍고 맛있게 마실 수 있는 점에 중점을 두었다. 도담도담을 개발하는 과정에서 쌀맥주 기술이 뛰어난 일본 브루어리를 여러 곳 찾아갔다. 과연 쌀을 얼마나 넣어야 하는지 고민이 많다는 내 말에 한 전문가가 이런 답을 주었다.

'도담도담' 쌀맥주의 재료인 쌀과 맥아 그리고 홉

"쌀을 얼마나 넣는지 그 양이 중요한 게 아닙니다. 누구나 맛있게 마실 수 있는 맥주냐 아니냐가 중요합니다."

그 답을 듣기 전까지 난 무조건 쌀을 많이 넣을 생각만 하고 있었다. 특히 함께 프로젝트를 진행하고 있는 농진청에서도 가급적 많은 쌀을 사용해주기를 바랐다. 하지만 일본에서 그런 조언을 듣고 난 뒤 내 생각은 완전히 바뀌었고 농진청 담당자에게도 많이 넣어서 안 팔리는 맥주를 만드는 것보다 쌀을 적게 써도 맛있는 맥주를 만드는 것이 성공하는 길이라고 설득했다.

그렇게 세상에 나온 도담도담은 첫 탄생부터 세계의 이목을 사로잡으면서 성공적인 데뷔 무대를 치렀다. 도담도담 첫 배치 작품을 2019년 호주국제맥주대회에 출품했는데 이 대회에서 은메달을 수상했다. 세계대회에서 한동안 수상 소식이 뜸하다가 얻은 결과라는 점에서도 좋았지만 무엇보다 오랜 고생 끝에 나온 내 작품이 인정받았다는 점이 눈물 나도록 고마웠다.

이후 두 번째 배치부터 일반 판매를 시작했는데 이제 막 세상에 나와 사람들의 평가를 기다리고 있는 '도담도담'이 어떤 칭찬과 쓴소리를 듣게 될지 가슴이 두근거린다. 많은 조언을 듣게 될 것이고 그 소리들을 귀담아들어 다음에는 한층 더 나아진 맛을 만들어내려고 한다.

내가 전통주를 사랑하는 한국 사람인 이상 우리 땅에서 자란 작물을 이용해 맥주를 만드는 일은 앞으로도 계속될 것이다. 언제나 도전은 힘들지만 그렇기에 성취감과 만족도는 더 크고 높다는 것을 누구보다도 잘 알고 있기 때문이다.

윤한샘(한국 맥주문화협회 회장)

크래프트 맥주 혁명, 맥주계를 흔드는 제3의 물결

맥주는 수천년 동안 우리의 목마름을 달래주고 원기를 북돋아주는 동반자였다. 맥주는 인류가 강어귀에 농사를 짓기 시작하고 정착하던 때부터 시작되었다. 문명이란 인류가 농작지를 지키기 위해 자연에 도전하고 극복한 과정으로 신이 내려준 와인과 달리 맥주에는 이러한 인류의 도전정신과 노력이 오롯이 담겨 있다. 이집트에서 맥주는 물 대신 마시던 식수이자 거대한 피라미드를 가능하게 했던 노동주였고 중세시대에는 농번기나 마을 잔치 때 온 마을 사람들이 함께 마시며 나눴던 공동체 정신을 담고 있는 존재였다. 또한 거렁뱅이나 과객에게도 차별 없이 건네주던 음료가 바로 맥주였다. 맥주는 8천 년 이상 우리에게 식수이자 음식, 노동주 그리고 서로를 엮어주는 공동체적 음료였다.

　원래 인류에게 맥주는 따뜻한 온도에서 빨리 발효하는 에일효모가 만드는 에스테르ester함이 가득한 '에일ale'을 뜻했다. 그러나

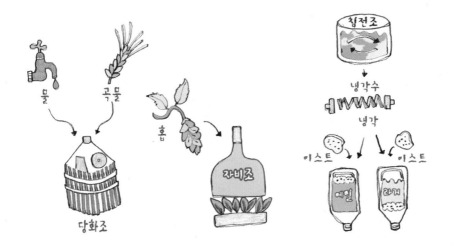

맥주 제조과정, 에일과 라거의 차이

21세기 현재 우리에게는 청량감과 깔끔함이 특징인 라거^{lager}가 일반적인 맥주로 통용된다. 라거는 낮은 온도에서 천천히 발효하는 라거 효모에 의해 만들어지며 우리가 가장 흔하게 즐기는 맥주 스타일이다. 라거는 14세기 처음 독일 뮌헨에서 시작되었지만 낮은 온도에서만 발효를 하는 라거 효모 특성으로 인해 냉장고가 발명되기 전까지 쉽게 만들 수 있는 맥주 스타일이 아니었다.

에일이 라거에 주도권을 내어준 시기는 파스퇴르가 과학을 통해 효모를 배양하고, 칼 폰 린데가 냉장시설을 발명한 1800년대

중반 이후였다. 인류는 수천년간 함께해온 과일향이 나는 미지근한 에일보다 시원하고 청량감 있는, 황금빛 라거에 빠져들었다. 산업혁명 또한 라거의 도화선에 불을 붙였다. 19세기 맥주는 더 이상 동네 주민들과 마시던 음료가 아닌 추가적인 자본을 만들어내는 투자대상으로 바뀌었다. 특히 라거 양조는 맥주의 새로운 트렌드로 거대 자본이 투입되는 장치 산업으로 변모하게 된다. 대중들을 위한 대량생산, 대량소비 상품으로 라거는 자본주의에 적합하게 단순하고 획일적으로 만들어졌고 곧 맥주 세계의 주류가 되었다. 자본의 논리에 맞지 않는 맥주들, 특히 지역맥주와 전통 에일들은 간신히 산소호흡기만 유지한 채 역사의 뒤안길로 밀려나버렸다. 19세기부터 지금까지 근 150년간 맥주 산업의 80% 이상은 라거가 차지하고 있다.

역사의 혁명은 언제나 작은 균열에서 시작된다. 아무도 알아주지 않았고 누구도 알지 못했지만 획일적인 맥주 문화에 저항하는 작은 움직임이 1980년대 초 시작되었다. 그것도 한 번도 맥주 역사에서 주인공이 아니었던 미국에서 그 조짐이 일어났다.

그 시초는 1965년 미국 샌프란시스코에 위치한 앵커 브루잉Anchor brewing이란 작은 브루어리였다. 앵커의 창립자인 프리츠 메이텍Fritz Maytag은 대중적인 라거를 만드는 버드와이저나 밀러와는 다른 맥주를 만들었다. 그는 미국산 홉을 사용한 에일인 리버티

앵커 브루잉Anchor brewing

에일Liberty ale과 영국의 전통 에일인 발리 와인barley wine을 변형한 올드 포그혼Old Foghorn과 같은, 당시에는 독특한 맥주를 선보였다. 아무도 알아주지 않던 이런 움직임은 1979년 미국 정부가 맥주 가내양조, 즉 홈브루잉homebrewing을 합법화한 이후, 흔히 말하는 '똘기' 가득한 일부 저항군들에게 큰 영향을 주었다. 이 맥주 매버릭스들은 획일적으로 찍어내는 대중적인 라거 맥주에 싫증을 느꼈으며 앵커에서 받은 영향을 바탕으로 자신들이 만들고 싶은 맥주를 만들기 시작했다.

켄 그로스맨Ken Grossman이 대표적인 인물로 1980년 샌프란시스코 치코Chico에 시에라 네바다Sierra Nevada brweing company를 설립했다. 켄 그로스맨은 150년 전 영국에서 전성기를 구가한 후 간신히 호흡기만 대고 있던 페일 에일Pale ale을 자신의 철학과 비전으로 재해석하여 만들었다. 과일향과 꽃향이 가득한 미국산 홉을 잔뜩 넣어 아메리칸 페일 에일American Pale ale로 명명된 이 맥주는 점점 맥주 애호가들에게 관심을 얻었고, 폭발적인 인기를 얻게 되었다. 1980년대 후반까지 이러한 흐름에 동참하는 작은 브루어리들이 생기기 시작했고, 기존과는 다른 다양한 모습을 가진 맥주들이 라거의 세계에 작은 균열을 만들기 시작했다.

이 맥주 제다이들은 자신들의 맥주를 '크래프트 맥주craft beer'라 불렀다. 크래프트 맥주는 작고small 독립적인independant 브루어리를 통해 도전정신challenging을 가지고 만들어지는 창의적creative이며 혁신적innovative인 맥주를 의미한다. 하지만 그렇다고 '일탈'을 의미하지는 않는다. 크래프트는 무엇보다 전통tradition에 기반함을 의미한다. 기존의 맥주 역사를 존중하고(대중 라거조차도) 양조 과정도 과거와 다름없이 유지한다.

크래프트 맥주는 1980년대 후반부터 지역 및 대중에게 영향을 미치기 시작했고 이후 2000년대 초반에 들어 폭발적인 성장을 하기 시작했다. 1985년 37개였던 크래프트 브루어리는 1990

년 249개, 2000년 1469개 그리고 2019년 현재는 6000개가 넘게 미국에 생겨났다. 그리고 결국 이 흐름은 맥주 산업 전체를 흔들 정도의 혁명이 되었다. 사람들은 이를 '크래프트 맥주 혁명craft beer revolution'이라고 불렀다.

무엇이 이들을 성장하게 했을까? 우선 이들은 자신들의 아이디어와 레시피를 감추는 데 급급하지 않았다. 온라인을 통해 레시피를 공개하고 더 많은 이들이 이 흐름에 동참하길 원했다. 맥주에 대한 새로운 아이디어와 정보는 새로운 맥주 트렌드를 꿈꾸는 이들에게 순식간에 전파되어갔고, 이러한 개방성과 공유성은 크래프트 맥주 정신이 되었다. 두 번째로 로컬리즘을 추구했다. 이들은 맥주를 통해 지역문화를 만들고 공동체 정신을 유지하려고 했다. 지역의 정신을 맥주에 투영시켰고 이를 통해 지역 정체성을 만들어나갔다. 또한 밀러, 버드와이저, 쿠어스와 같은 미국 맥주들이 2000년대 해외 자본에 팔리면서 미국인들은 지역 크래프트 맥주를 자신들의 맥주로 생각했고 지지하게 되었다. 세 번째로 크래프트 맥주 정신이 시대 가치를 투영하는 매개체가 되었다는 것이다. 다양성과 지속성을 추구하는 크래프트 맥주의 가치는 20세기 이후 인류가 추구하는 보편적인 가치와 동일하게 인식되기 시작했다. 자본주의의 발달은 역설적으로 개개인의 가치와 지속성장 가능을 추구하게 만들었다. 크래프트 맥주의 정신은 이러한 가치추구와 일맥상통하는 것이었고, 소비자들은 크래프트 맥주가 전해주는 메지지에 열광하게 되었다.

『맥주에 대한 모든 것The Beer Dictionary』의 저자, 리처드 크로스데일은 크래프트 맥주를 언급하며 "맥주의 크래프트craft of beer는 유럽에서 시작되었지만 크래프트 맥주craft beer는 미국에서 시작되었다"라고 이야기했다. 우리나라에서 크래프트 비어를 '수제맥주'라고 사용하고 있지만, 크래프트는 단순히 '정성'과 '장인정신'을 뜻하지 않는다. 앞서 이야기했듯, 맥주에서 '크래프트'는 저항과 도전정신, 그리고 자유와 평등을 상징한다. 기존 질서를 따르지 않고 항상 새로운 것을 추구하는 정신을 가지고 있는 맥주가 바로 크래프트 맥주다. 이는 아이러니하게 산업화 시대 이전 원래 맥주가 가지고 있던 날것의 모습과 같다.

작은 창고에서 허접한 장비로 만들어진 어설퍼 보이는 맥주들은 도전정신과 개방성하에 창조적인 맥주로 탈바꿈되었다. 그리고 크래프트 맥주 혁명을 통해 맥주 원조국인 독일과 영국의 벽에 균열을 내었으며 마침내 동아시아의 작은 반도인 한국에도 큰 영향을 미치고 있다.

그래서 맥주는 단순한 술이 아니고 문화다. 맥주 한 잔에는 인류의 희로애락이 담겨 있고 모든 맥주에는 각자의 이야기가 숨어 있다. 크래프트 정신은 숨어 있던 이 사연들을 세상 밖으로 꺼내주었다. 우리의 인생 또한 마찬가지 아닐까? 하나의 부속품으로 기계처럼 살아가는 우리도 사실 각자의 이야기를 가지고 있는 존재이다. 냉장고에서 아무 맥주나 하나 꺼내보자. 지금 '나'라는 존재를 만끽하며 천천히 맥주를 마셔보면 어떨까? 단 하나밖에 없는 인생의 주인공을 느끼며. 그리고 나만의 크래프트 라이프craft life를 꿈꾸며.

3장

더 큰 세상을 꿈꾸며 이제 좀 달려볼까?

사업 시작 15년 만에 얻은 새 브루어리, 남양주 시대 개막

바네하임이 문을 연 이래 경험한 여러 사건 중 기억에 남는 일은 단연 2017년 8월에 있었던 방송 프로그램 〈수요미식회〉 출연이다. 방송의 힘은 그야말로 어마어마해서 〈수요미식회〉 출연 이후 나도, 바네하임도 정신없이 바빠졌다. 사실 방송에서 섭외가 들어왔을 때 고민을 했다. 역시 내 기본 바탕인 소극적인 성격 때문에 어쩐지 망설여졌다. 하지만 주변에서 왜 그런 좋은 기회를 잡으려 하지 않느냐고 조언을 했다. 무엇보다도 바네하임 직원들이 적극적으로 원했다. 매출을 위해서 일부러라도 광고를 하고 방송에 나가기 위해 애쓰는 사람들도 많은데 나가지 않는다는 것은 말도 안 되는 결정이라고 했다. 다른 것도 아니고 맥주 이야기를 하는 자리라 용기를 내서 출연을 했고 그 후폭풍은 어마어마했다.

방송 출연 이후 바네하임은 문전성시를 이루었으니 직원들이 왜 그렇게 내 등을 떠밀었는지 이해가 됐다. 매장을 찾는 손님들도 넘쳐났고 우리 맥주를 받겠다는 펍들도 늘어나 생산량을 급속히 늘렸다. 매출이 높아진 것은 소리를 지를 만큼 좋은 일이었지만 한 가지 문제가 발생했다. 밤낮으로 무리하게 기계를 돌리다 보니 과부하가 종종 발생하는 것이었다. 15년 전 구입한 기계들이니 당연한 결과였다. 사실 그전에도 고장이 잦았는데 그때마다 조금씩 손을 보면서 버텨왔다. 하지만 늘어나는 생산량을 맞추기는 역부족이었던 데다 맥주의 퀄리티를 유지하기도 버거운 상태가 됐다. 결국 때가 왔다는 생각이 들었고 오래전부터 준비만 해온 양조장 확장에 대해 구체적 실행에 들어갔다. 나의 태도와 생각부터 세팅을 다시 했다. 사업을 시작하고 지금까지는 매장을 운영하는 운영자 마인드가 주였다면 이제부터 본격적인 사업가 마인드가 필요했다. 15년 동안 겪었던 모든 경험들이 총동원됐고 여기에 끊임없이 나를 이끌어주었던 선배 사업가인 아버지의 조언을 더했다. 이제는 사업가 마인드가 갖춰지지 않으면 확장도 성공도 어렵다는 각오가 필요했다.

새 양조장 준비는 처음부터 서류와의 싸움이었다. 우선 필요한 것은 역시 자금이었기 때문에 기술보증기금으로부터 보증서를 받아 대출을 이끌어내야 했다. 그런데 그 기술보증서 작업이 만만치 않았다. 회사를 다녀본 경험이 없기 때문에 서류 작업은 내게 큰 산과도 같았다. 문서를 만드는 것은 그저 학교 다닐 때 그룹 과제를 수행하면서 익힌 것이 전부였는데 그 기술로는 대출 심사를 통과할 수 있을 정도의 완성된 서류 작업이 어려웠다. 나 같은 사람들을 위해 전문 업체가 서류를 대신 작성해주는 곳도 있어서 돈만 지불하면 며칠 만에 뚝딱 완성을 해주기도 하지만 그게 내 성격에 맞지 않았다. 비용도 비용이지만 그래도 15년 동안 내가 해온 일인데 서류 작업이 어렵다고 다른 사람에게 맡기고 싶지는 않았다. 개요부터 현재 내가 보유하고 있는 기술 상태, 미래 운영 계획, 그리고 예상 매출까지 꼼꼼하게 따져서 만들어야 했는데 그 모든 내용이 납득할 수 있는 객관성이 필요했다. 필요한 서류에 대한 구체적인 양식을 알아본 뒤 그때부터 밤샘 작업이 시작됐다. 일을 끝내고 새벽에 들어오면 시장을 보러 나가기 전까지 몇 시간을 컴퓨터 앞에 앉아 서류 작업에 몰두했다. 도무지 설명을 어떻게 풀어야 할지 막막해서 몇 시간씩 머리를 싸매기도 했다. 돈이 걸린 문제라 적당히 만들 수도 없는 것이었지만 애초부터 대충 만들고 싶은 생각은 없었다. 그렇게 해서 3주라는 시간이 걸렸고 마침내 기술사업계획서가 완성됐다. 공을 들인 만큼 대출 심사는 한 번에 통과됐고 새 장비를 들일 수 있는 자금 여력이 생겼다.

기계를 마련할 돈이 마련됨과 동시에 설비를 갖출 장소 선정에 나섰다. 마땅한 자리를 위해 전국을 돌아다녔다. 가까운 곳으로는 양평, 양주, 춘천, 포천 등을 돌았고 전주와 완주, 통영까지 돌아보았다. 그러다가 결국 남양주에서 마음에 드는 곳을 발견해 그곳으로 결정을 했다. 자리도 좋았고 오폐수 처리 시스템이 뛰어났다. 무엇보다 바네하임 매장과 가까워 시간 활용이 용이하다는 점이 마음에 들었다. 총 120평 부지에 양조장을 70여 평 할애했고 나머지 50평에는 창고와 사무실을 만들기로 했다. 사무실에는 회의실과 실험실, 직원 휴게실 등이 갖춰졌는데 무엇보다도 작게나마 나만의 공간이 생겨 뿌듯했다. 그동안 손님들이 찾아와도 어수선한 매장에서 이야기를 나눠 마음이 좀 불편했는데 이제는 편안하게 미팅을 할 수 있게 됐다.

자금과 부지가 정해지면서 본격적인 견적 살피기에 들어갔다. 기술보증서 작업에서는 내가 서류를 테스트당한 과정이라면 이번에는 다른 사람의 서류를 내가 심사해야 하는 작업이 진행됐다. 가장 덩치가 큰 것은 역시 양조 기계였다. 15년 전에는 아무것도 모르고 아버지의 손에 이끌려 기계를 계약했지만 이번에는 그때와는 차원이 달랐다. 그동안 내가 맥주를 만들어오면서 느꼈던 모든 노하우를 총동원해 정말 좋은 기계를 들이기로 마음먹었다. 대체적으로 좋은 기계일수록 가격이 높은 것은 당연한데 그렇다고 비싸다고 해서 무조건 좋다고만은 할 수 없어 선구안이 필요했다. 맥주를 제대로 만들 수 있을 정도의 성능을 갖춘 기계를 좋은 조건에서 들이기 위해 견적 작업에 들어갔다. 집을 고를 때 발품을 많이 팔아야 좋은 곳을 고를 수 있듯이 아무리 귀찮더라도 여러 견적을 받아 비교를 해야 좋은 기계를 고를 수 있고 또 후회도 없다.

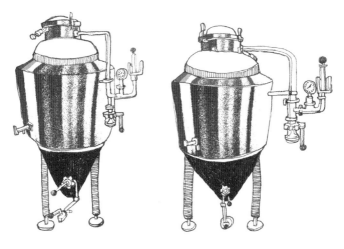

맥주 기계

특히 양조 기계는 고가의 장비이기 때문에 더 세세하게 따져
야 하는 것은 필수다. 한두 군데 견적으로는 어느 장비가 우위에
있는지 알 수 없다. 문제는 양조 기계가 워낙 고가이고 일반인들
은 물론 전문가들도 쉽게 판단을 할 수 없는 것들이어서 시간이
꽤 오래 걸린다는 점이었다. 게다가 시장이 그리 넓지 않다 보니
업체마다 가격의 폭이 천차만별이어서 옥석을 가려내기도 쉬운
일은 아니다. 한 가지 다행스러웠던 건 그동안 바네하임의 이름
이 업계에 제법 알려져 여러 곳에서 좋은 조건의 견적을 보내준

것이다. 내가 경력도 없고 누군지도 몰랐다면 견적조차도 그리 쉽게 받지는 못했을 것이다.

직접 맥주 만드는 일을 해와서인지 양조 기계 견적 작업은 그나마 수월했다. 다음 단계는 더 힘든 일이 나를 기다리고 있었다. 건물을 올리고 그 안에 설비를 갖추기 위한 인테리어를 진행해야 하는데 살피고 고를 일들이 끝도 없이 나타났다. 건물을 올리는 것은 전문가에게 맡겼지만 그 안에 들어가는 보일러와 배관, 냉매배관, 전기 등 굵직한 설비는 별도 견적을 통해 업체를 선정해야 했다. 이런 작업들은 역시 처음이라 이번에도 도움을 요청했다. 이미 브루어리를 운영하고 있는 선배들에게 문의를 했고 그들이 추천해준 업체들을 일일이 만났다. 각각의 사안별로 견적서를 받았는데 한 사안에 대해 적어도 세 개 이상의 견적서를 받아야 검토가 가능했다. 가장 적당한 가격을 제시한 업체들을 만나 세부 사항을 논의했는데 매번의 미팅은 팽팽한 기싸움이 이어졌다. 조금이라도 더 깎으려는 자와 어떻게 해서든 많이 벌어가려는 자의 만남은 언제나 긴장감이 감돌았고 양쪽 모두 만족스러운 결론에 도달하기까지는 엄청난 에너지를 소비해야만 했다. 끝이 나지 않을 것 같은 미팅이 이어졌다. 어떤 날은 하루에 네다섯 개 업체를 연달아 만나기도 했다. 그들은 한 번 설명을 하는 것이지만 나는 같은 이야기를 네 번, 다섯 번을 반복해야 했다. 그러다 보니 이제 인테리어나 기계, 설비 쪽에 반 전문가가 다 되었다. 하루 일과가 끝이 나면 몸이 풀죽이 된 것처럼 녹초가 되었지만 하루하루 살아가는 기분이 들었다.

한번은 과연 새 양조장을 준비하면서 내가 얼마나 많은 분야를 챙기고 있는지를 세어보았다. 바닥공사, 기계설비, 보일러, 보일러 배관, 냉동기, 냉난방기, 냉장창고, 열교환기, 필터, 수도관로, 상수도, 원심분리기, LPG, 인테리어, 사무가구, 트럭과 지게차, 컨테이너 등등 대략만 짚어보아도 스무 가지 가까이 되었다. 여기에 새 브루어리에서 일할 직원들 면접까지 진행하는 중이니 내가 생각해도 어떻게 이 많은 일을 다 하고 있는지 기가 막힐 정도였다. 남들이 이해할 수 없을 만큼 시간을 쪼개 모든 일을 챙기느라 나 스스로가 안쓰러울 때도 많았다. 끼니를 제대로 챙기지 못해 이동 시간을 이용하려고 편의점에서 이것저것을 사 차 안에서 먹다가 나도 모르게 울컥한 적도 있었다. 누구를 만나도 정말 힘들다는 말이 절로 나올 만큼 고된 시간이었다.

주변의 많은 사람들이 양조장 세팅하는 일을 한번 하고 나니 너무도 고생스러워서 두 번 다시 하고 싶지 않다고 말했고 그래서 과연 일을 벌이는 것이 맞는 것인지 걱정도 됐다. 그냥 바네하임 매장 하나로만 만족하고 일을 더 키우지 않는 게 정답일지 모른다는 생각도 없지 않았다. 하지만 볼륨을 더 키워야 하는 상황이었고 어차피 해야 할 일이라면 주저하지 않는 것도 맞았다. 그래서 모든 일을 꼼꼼하게 챙기고 더 세심해질 수밖에 없었다. 일을 해놓고 난 뒤 후회하는 것만큼은 없어야 했기에 오류를 최소화하고 싶었다.

견적 비교를 모두 마치고 공사가 시작되면서 나의 일과 중 하나로 비타민 음료 박스를 챙겨 들고 현장에 나가는 일이 추가됐다. 일하시는 분들이 처음에는 젊은 여자가 현장 드나드는 것을 이상한 눈으로 바라봤다. 여자라고 은근히 무시하는가 하면 아예 '네가 뭘 알겠느냐'며 상대를 하지 않으려고 하는 경우도 있었다. 내가 바네하임 대표라는 사실을 알기 전과 알고 난 뒤 태도가 바뀌는 사람도 있었다. 그럴 때마다 나의 대응은 상대의 스타일을 그대로 맞춰주는 것이었다. 강하게 나오면 나도 강하게 나가고, 무시하면 나 역시 무시하면 될 일이었다. 처음부터 기싸움에서 눌리면 수월하게 풀릴 일도 막히고 불필요한 시간이 들어간다는 걸 알게 되면서 절대 만만치 않게 보여선 안 된다는 점을 터득했다. 그나마 다행인 것은 그런 내 성격 덕분에 일은 무리 없이 진행됐고 바네하임의 새 역사를 쓰게 될 양조장이 완성됐다.

새 양조장 준비 과정이 그저 힘든 시간의 연속만은 아니었다. 처음 일을 시작했을 때 도와주신 분들이 많았던 것처럼 이번 역시 주변의 도움은 정말 컸다. 업계 사람들은 물론 견적을 요청했을 때 어느 업체든 좋은 조건으로 최선을 다해 일을 맡겠다고 나서주시는 것도 감사한 일이었다. 그래서 느낀 점도 많고 배운 것은 더 컸으며, 그 힘든 시간 중 단 1초도 내게 의미 없는 때는 없었다. 무엇보다도 내가 스스로 성장했다는 것을 느낄 수 있어 행복했다. 일을 하면서 내 능력이 어느 정도인지 스스로 테스트해 보는 것도 나름 즐거운 일이었고 가족들, 특히 언제나 나를 어리고 직게만 생각하시는 아버지께 좀 더 당당한 모습을 보여드리는 것 같아 마음이 벅차올랐다. 한창 공사가 진행되고 있을 때 아버지를 모시고 잠시 현장을 둘러본 적이 있었는데 그때 돌아오는 차 안에서 아버지로부터 큰 칭찬을 받았다.

"사업을 하고는 있지만 아무것도 모르는 줄 알았는데 오늘 보니 잘하고 있구나. 내가 이제야 마음이 좀 놓인다."

워낙 무뚝뚝한 아버지라 평생 칭찬 한번 받아본 일이 없었는데 그런 말을 듣게 되니 세상을 다 얻은 기분이 들었다. 그리고 정말 내가 잘해내고 있구나 하는 안도감도 생겼다. 아직 배울 것도 많고 가야 할 길도 멀지만 그렇게 한 걸음 한 걸음 천천히 내딛다 보면 언젠가는 내가 원하는 지점에 다다를 수 있을 것이라는 꿈과 희망도 새록새록 커지고 있다.

새로운 양조장 건립이 15년이라는 결코 적지 않은 시간이 걸렸지만 앞으로의 사업은 좀 더 가속도를 붙여볼 생각이다. 우선은 양조장을 설계하는 동안 동시에 꿈꿔온 바네하임 직영펍 오픈이다. 1호점이 공릉동에 있으니 직영펍은 좀 더 분주한 도심으로 생각하고 있다. 종로나 광화문, 신촌, 홍대 등 이미 많은 크래프트 펍들이 안정적인 성과를 올리고 있는 지역을 후보군으로 올려두었다. 이와 함께 지방 진출도 모색 중이다. 광역도시를 중심으로 브루펍들이 하나둘씩 생겨나고 있고 지역 명소로도 이름을 알리고 있는 만큼 지방 도시들을 공략하는 방법도 생각하고 있다.

증류주 실습

서울 도심과 지방의 직영펍을 통해 안정적 매출 구조를 만든 다음엔 오래전부터 꿈꿔온 한식 사업을 시작하고 싶다. 맥주를 알기 전부터 한식 프랜차이즈를 해보고 싶었고 언젠가는 꼭 그 꿈을 이루고 싶어 좋은 기회가 오기만을 기다리는 중이다. 이제는 맥주가 내 인생의 중심이 된 만큼 한식과 맥주를 접목한 한식펍을 운영해볼까 한다.

주류의 범위를 맥주에 한정 짓지 않고 좀 더 확대하고 싶어 증류주 사업에도 관심을 두고 있다. 특히 위스키는 맥주와는 또 다른 매력이 있어서 도전해 보고 싶은 분야다.

이렇게 앞으로의 계획을 자세히 생각하다 보니 대부분 일과 관련된 것만 떠오르게 되는데 사실 이 모든 것을 앞선 가장 큰 계획은 행복한 가정을 꾸리는 것이다. 대학을 졸업한 직후부터 지금까지 일이 내 인생에 가장 중요한 부분이었고 특히 최근 몇 년간은 사업에만 전념해왔다면 이제는 여자 김정하의 인생 또한 소중히 챙기고 싶다. 행복한 가정이 어떤 모습인지 정답은 없겠지만 나름대로의 그림은 그려놓았다. 두 마리의 토끼를 잡는다는 게 어려운 일이라고 하지만 일과 가정 어느 한쪽도 놓치고 싶지 않다. 무슨 일이든, 특히 사랑은 최선을 다한다고 완성되는 것이 아니겠지만 지금까지 살아온 대로 정도를 걸어간다면, 그리고 나의 신념대로 하고자 하는 의지만 버리지 않는다면 꿈도 희망도 현실이 될 것임을 믿는다.

전파의 힘은 위대하다!
〈수요미식회〉와 〈생활의 달인〉이 가져다준 성과

나와 바네하임의 역사 15년 동안 벌어진 몇 가지 중요한 사건들 중 하나가 바로 방송 출연이다. 낯가림이 심해 남들 앞에서 말도 잘 못 하고 울렁증까지 있는 내가 간단한 인터뷰부터 프로그램 출연까지 다양한 방송 경험을 했다는 것은 정말 놀라운 일이 아닐 수 없다. 그 시작은 2013년 SBS 뉴스 인터뷰라고 할 수 있다. 한국 맥주 산업의 실태를 취재 중이던 기자는 당시 고전을 겪고 있는 수제맥주 업계에서 살아남아 버티고 있는 대표로서 인터뷰를 요청했다. 그때 주세법에 대한 불합리한 점을 이야기했는데 그 인터뷰는 나에게도 큰 의미로 남았다.

SBS 뉴스 방송분 캡처(2013)

지상파 뉴스를 통해 내 의견이 전국으로 나간다는 생각을 하니 말 한마디라도 가볍게 할 수 없었다. 인터뷰를 끝낸 뒤 뉴스의 내용에 대해 곰곰이 되짚어보았다. 초기 엄청난 붐을 일으키면서 많은 사람들에게 각광을 받았던 수제맥주가 힘겨운 상황에 처한 이유가 많은 규제와 세금 때문인 것은 사실이었지만 언제까지 바뀌지 않는 법만 원망하고 있을 수는 없었다. 다른 소규모 맥주사업자와 마찬가지로 바네하임 역시 어려운 상황이었지만 어떻게 해서든 위기를 헤쳐나갈 방법이 필요했다. 내 사업을 포기하지 않고 끝까지 잘해내야 한다는 사명감이 생겼고 새로운 마음으로 다시 시작하겠다는 결심에 매장 리모델링도 진행했다. 리모델링을 하는 동안 매장 구성과 기계 배치 등의 문제로 난관을 겪기도 하고 스트레스도 많았지만 사업과 매장 운영에 대해 나 스스로 환기를 시키는 계기가 된 것도 사실이다.

짧은 인터뷰였지만 한번 방송을 경험하고 나니 다른 기회들도 찾아왔다. 맥주에 대한 이야기는 물론 브루마스터라는 직업에 대해 설명해달라는 요청도 있었다. 그러다가 김정하라는 이름을 알리고 바네하임의 매출에도 큰 영향을 미친 계기가 생겼는데 바로 2017년 tvN의 음식 프로그램인 〈수요미식회〉에 우리 매장이 선정된 일이다.

사실 그 방송에 처음부터 우리 매장이 선정된 것은 아니었다.

담당 작가로부터 전문가로서 음식이 맛있는 맥주집을 몇 곳 추천해달라는 연락이 왔는데 우리 매장을 추천할 수는 없는 노릇이었다. 그래서 조금 아쉽긴 하지만 방송 취지에 어울리는 매장 두세 곳을 알려주었다. 그런데 며칠 뒤 담당 작가가 직접 찾아왔다.

"사실 어제 저희 팀이 바네하임 음식과 맥주를 맛보고 갔습니다. 원칙상 일부러 말씀은 드리지 않았습니다. 추천을 해주신 곳보다는 이곳을 촬영하고 싶어서 오늘 다시 왔습니다."

말은 못 했지만 우리 매장이 소개되면 좋겠다는 생각을 했던 나로서는 기꺼이 환영할 일이었다. 그런데 촬영을 진행하면서 문제가 생겼다. 당시 방송은 안주 맛집 중에서도 치킨과 피자, 소시지, 마른안주 등에 초점을 맞췄으며 바네하임 메뉴 중에서도 소시지와 노가리를 촬영하고 싶어했다. 하지만 그 안주들은 바네하임의 대표 음식으로 방송에 내보내기엔 어쩐지 부족하다는 기분이 들었다. 너무나도 대중적이고 그래서 손님들이 부담 없이 선택하는 음식이긴 하지만 다른 매장과 비교해 차별성이 없어 고민이 됐다. 방송을 통해 소개되는 일이 흔한 일도 아니기에 기왕이면 바네하임이 특별히 잘하는 대표 음식이 조명을 받기를 원했다. 내가 맥주뿐만 아니라 음식에 대해서도 특별한 애정과 경험이 있기 때문에 더 그런 생각이 들었다. 그냥 말로 설명하기보다는 자료를 통해 알려주는 쪽이 효과적일 것 같아서 퇴근 후 바네하임에 있는 매장 푸드 페어링에 관한 설명을 자세히 작성해서 담당 작가에게 보냈다. 그런 노력 끝에 노가리와 함께 바네하임의 대표 메뉴인 떡갈비가 흑맥주에 어울리는 음식으로 선정, 촬영이 진행됐고 방송에 나갔다. 방송의 효과는 예상대로 놀라웠다. 〈수요미식회〉 방송 이후 바네하임을 찾는 사람들이 늘었으며 자연스럽게 매출 상승에 큰 도움이 되었다. 왜 매장을 운영하는 사람들이 그렇게도 방송의 도움을 받으려고 하는지 제대로 알 수 있었다.

사실 당시 바네하임은 매출이 정체를 보이고 있어 매우 어려운 상태였다. 수제맥주 매장들이 갑자기 늘어나 경쟁이 치열해지고 있었고 여기에 마트에서 판매하는 수입맥주가 복병으로 등장했다. 수입맥주의 종류가 다양해지면서 대형마트들은 너나 할 것 없이 '4캔에 1만원' 마케팅을 어마어마하게 펼치고 있었고 그 때문에 수제맥주 펍들이 적지 않은 타격을 입었다. 바네하임도 예외일 수는 없어서 하루하루 힘겨운 고개를 넘어가고 있었는데 방송 이후 분위기가 전환됐다. 프로그램을 보고 매장을 찾아오는 사람들이 늘었고 그 덕분에 나도 직원들도 힘을 얻을 수 있었다. 다만 방송의 힘은 그리 오래 이어지지 않았다는 점이 무척이나 아쉬웠다. 잠시 동안 끊임이 없던 발걸음도 두세 달이 지난 뒤 차츰 잦아졌다. 그럼에도 불구하고 방송의 놀라운 힘을 알게 된 경험은 나로서는 값진 일이었다.

　매장을 소개했던 인연이 이어져 2018년 같은 프로그램에서 다시 연락이 왔다. 이번에는 매장 소개가 아닌 패널로 출연해달라는 요청이었다. 짧은 인터뷰도 아니고 매장을 스케치하는 일도 아니라 스튜디오에 나가 오랫동안 이야기를 나눠야 한다는 것은 나로서는 부담스러운 일이 아닐 수 없었다. 특히 긴 시간동안 내 모습이 노출된다는 것이 낯가림이 심한 나로서는 고민스러울 수밖에 없었다. 하지만 이미 담당 작가와 인연도 있는 데다 나에게 쉽지 않은 일이라고 해서 피한다면 더는 특별한 이력을 쌓을 수 없을 것이라는 생각에 출연을 결정했다.

　한번 마음을 정하고 나니 이번에는 스케줄에 문제가 생겼다. 방송국에서 보내준 촬영 날짜가 미국에서 열리는 월드 비어컵 대회와 겹쳤고 도저히 일정을 맞출 수 없는 상황이 벌어졌다. 미국 출장을 취소할 수는 없는 일이어서 촬영을 포기해야만 했는데 방송국 측에서 다행히도 녹화 일정을 최대한 늦춰주었다. 출장을 마치고 귀국 다음 날 녹화에 참여하기로 최종 확정을 지었다. 미국에서 돌아오자마자 새벽에 대본을 받아 검수를 한 뒤 다음 날 녹화에 참여했다. 시간이 너무 촉박해 잘해낼 수 있을지 걱정도 되었지만 방송 내용이 그동안 내가 해온 일을 알려주는 것이라 차분히 하면 문제는 없으리라 마음을 다졌다.

녹화는 3시간 넘게 이어졌다. 처음에는 분위기가 낯설어서 긴장이 됐지만 시간이 지날수록 마음이 차분해졌다. 출연하는 분들이 모두 오랫동안 방송을 해온 분들이라 다들 말을 잘해서 도무지 어느 시점에 내가 끼어들어 말을 해야 할지 잘 몰랐지만 나중에는 호흡을 조절하면서 해야 할 말들만 정리해 이야기했다. 예전 같으면 그런 자리에서 내 의견을 말하는 것은 상상도 할 수 없는 일이었지만 그동안 마인드 콘트롤을 해온 것이 큰 도움이 됐다. 사람들 앞에서 말하는 것도 업무의 하나일 뿐이니 겁내지 말고 당당하게 해야 한다는 생각을 꾸준히 해온 덕분에 방송 출연도 두려울 것이 없었다.

안타깝게도 〈수요미식회〉 패널 출연은 매장의 매출에 직접적인 영향은 없었다. 하지만 김정하와 김정하가 하는 일을 알리는 시간이 됐다. 케이블 채널이었지만 인기 프로그램이어서인지 방송을 봤다는 사람들이 예상보다 훨씬 많았다. 출연 이후 만나는 사람들마다 방송 잘 봤다며 인사를 했고 가끔 식당이나 술집에서 모르는 분들이 나를 알아보시기도 했다. 특히 브루마스터라는 직업에 대해 관심이 커지면서 브루펍 운영에 대한 문의 등 맥주 만드는 것과 매장을 오픈하는 일 관련하여 문의가 이어졌다. 수제맥주에 대한 관심이 커진다는 것은 산업 성장에 좋은 영향을 미치는 것이 분명하기에 내가 그런 일에 일조했다는 데 뿌듯함이 일기도 했다.

나로서도 특별한 경험이었던 것이 분명한 그날의 방송에서 한 가지 아쉽고 안타까운 점이 있다면 메이크업과 의상이었다. 모든 것을 방송국에서 준비해준다고 하여 아무 생각 없이 갔는데 그런 과한 메이크업을 하게 될 줄은 전혀 예상하지 못했다. 많은 여성들이 결혼식을 하면서 경험한다는 신부화장을 하게 되었는데 특히 눈에 붙이는 긴 속눈썹이 그렇게 불편한 것인 줄 처음 알게 됐다. 녹화를 하는 내내 긴 눈썹이 신경 쓰였다. 또한 방송국 측에서 준비해준 의상이 나와는 너무 다른 여성스러운 스타일이어서 그 역시 몸을 불편하게 했다. 방송에서 내 모습을 본 지인들이 한결같이 알아볼 수 없었다고 말하는 것을 보면 역시 나와는 전혀 어울리지 않았음이 분명하다. 그 때문인지 녹화를 마치고 나오면서 든 생각은 하나뿐이었다.

'다음에 이런 요청이 들어오면 반드시 화장도 직접 하고 옷도 나와 어울리는 것을 미리 준비해야겠다.'

하지만 다행인지 불행인지 그 이후로 아직까지 의상과 메이크업을 준비해야 할 일은 생기지 않고 있다. 다만 내가 일할 때의 모습 그대로를 보여줄 수 있는 기회는 찾아왔다. 바네하임을 더 많이 알릴 수 있는 방송이있는데 바로 SBS의 〈생활의 달인〉 출연이었다.

〈수요미식회〉 패널 출연 때와 마찬가지로 〈생활의 달인〉 촬영 역시 선뜻 나서지 못했다. 주변에서도 말리는 분들이 많았다. 아무래도 프로그램 콘셉트가 특별한 기술을 보여주고 그걸 또 증명해내는 것이라서 나와는 어울리지 않을 수 있다는 이유 때문이었다. 나 역시 그 점이 마음에 걸렸다.

'내가 달인도 아닌데 프로그램 성격을 망치지는 않을까?'

그런 걱정 때문에 머뭇거리고 있는데 담당 프로듀서가 방송의 성격이 예전과는 많이 달라졌고 전문가의 비법을 소개하는 형식이라고 설명을 해줘서 출연을 결정했다. 그리고 무엇보다 바네하임 직원들이 간곡히 원하기도 했다. 〈수요미식회〉 때 매출 상승을 한번 경험한 터라 이번에도 좋은 영향이 더 많을 것이

바네하임 1층 매장과 매장 내 양조실(좌), 2층 매장(우)

라고 입을 모았다.

　이틀 동안 촬영을 계속됐다. 첫날 촬영은 수제맥주를 잘 모르는 사람들을 위해 홈브루잉 방법을 소개하는 데 초점을 맞췄고 다음 날은 상업 양조에 대한 전반적인 그림을 담았다. 이틀 모두 맥주 만드는 모습을 실시간으로 보여주다 보니 이야기를 하는 방송보다 더 신경이 쓰였다. 특히 양조장을 차지하고 있는 큰 탱

크들이 마치 공장을 연상하게 할 뿐 예쁜 그림이 나오지 않는 한계가 있다 보니 보다 많은 콘텐츠를 만들어주기 위해 간단히 지나치는 것 하나 없이 모든 과정을 세심하게 보여줄 수밖에 없었다.

직원들의 바람대로 방송이 나간 뒤 바네하임에 대한 관심은 높아졌다. 특히 〈생활의 달인〉은 지상파 프로그램이다 보니 전국 각지에서 문의 전화가 빗발쳤다. 우리 맥주를 어디서 마실 수 있느냐는 가벼운 문의부터 맥주 사업을 어떻게 시작하면 좋은지 전문적인 질문까지 이어졌다. 특히 수도권이 아닌 타지역에서 전화를 주시는 분들이 많았고 감사하게도 먼 곳에서 일부러 바네하임을 찾아오는 고객들도 늘었다.

정말 감사하게도 방송을 보고 나를 롤모델로 생각해주시는 분들이 있는가 하면 내게 장문의 격려 편지를 보내신 분도 있었다. 특히 손글씨로 쓴 긴 편지는 정말 뜻밖이라 기억에 오래 남아 있다. 방송 내용 중 아버지가 잠깐 인터뷰를 하셨는데 그때 딸인 내가 안쓰럽고 걱정되어서 잠시 울컥하신 장면이 있었다. 방송을 통해 그 모습을 보았는데 아버지는 본인의 의지 때문에 내가 사업을 시작했고 그 이후 쉽지 않은 길을 걷고 있다는 사실에 늘 마음이 무겁다고 말씀하셨다. 아버지가 그런 마음을 가지고 계시다는 것을 전혀 모르고 있던 나는 방송을 통해 나에 대한 아버지의 진심을 알게 돼 좀 놀랐다. 그런데 그 모습이 다른 분들에게도 전해진 것 같다. 편지에는 브루마스터의 인생을 살아가고 있는 나와 그 길을 안쓰럽게 생각하시는 아버지를 걱정하는 마음이 가득 담겨 있었다. 아낌없는 응원을 보내주시면서 정말 고맙게도 아버지와 나의 건강까지 챙겨주셨다.

그러나 방송이 물론 좋은 결과만을 가져다준 것은 아니었다. 아버지가 인터뷰 중 본의 아니게 내가 일 때문에 결혼도 못 하고 있다고 말씀하셔서 내가 아직 미혼이란 사실이 전국 방송을 타고 나갔고 그 때문에 쓸데없는 전화들도 빗발쳤다. 일을 하는 내가 아닌 그저 나를 보겠다고 찾아오는 사람들도 있었다. 그럴 때마다 난감했지만 장사를 하는 입장에서 무조건 매몰차게 대할 수만은 없었다.

방송의 영향으로 고객들이 늘어나니 이를 오해해서 벌어진 일도 있었다. 공릉동의 돈은 김정하가 다 쓸어간다는 소문이 떠돌기도 했고 그게 시샘이 났는지 별것 아닌 것을 트집 잡아 자꾸만 구청에 민원을 넣는 경우도 생겼다. 어느 날에는 구청 직원들이 몰려와서 매장 앞 출입문을 바꾸라고 지시했다. 원래는 주차 공간이지만 심한 경사 때문에 주차를 하지 않고 출입구로 사용하고 있었는데 그게 문제가 된다는 것이었다. 주차를 하지 못한다 하더라도 주차 표시는 해야 한다고 해서 결국 자동출입문을 없애고 구역 표시를 했다. 번거로운 것은 둘째치고 그런 일로 민원을 넣었다는 것이 좀 우습기도 하고 씁쓸하기도 했다.

어떤 일이든 좋은 면이 있으면 또 나쁜 면도 있기 마련이기 때문에 방송을 경험한 것 역시 반드시 좋기만 한 것은 아니었다. 특히 나쁜 일들은 전혀 예상치 못한 형태로 등장해 늘 당황스럽게 만들지만 그럴 때마다 긍정적인 성격이 늘 한몫을 한다.

'그래도 방송 덕분에 나와 내 일도 알리고 바네하임도 유명해졌으니 좋은 거지. 알려졌기 때문에 그런 일도 생기는 것이고. 우리 매장을 잘 모르는 사람이 많은 것보다는 나은 거지.'

어찌 됐건 방송은 내가 단지 긍정적으로 받아들이려고 하지 않아도 좋은 결과를 가져다준 것은 사실이다. 일을 시작하면서 짊어지게 된 빚을 갚기 위해 열심히 일해온 나에게 사명감과 성공의 확신을 심어주었으며 그로 인해 더 큰 세상을 나 스스로 만들어갈 수 있는 토대를 마련해주었다. 최근 마련한 남양주의 새 터전이 바로 그 증거라 할 수 있다. 그 때문에 내게 방송 관련한 또 다른 기회가 주어진다면 언제나 적극적으로 임할 준비가 되어 있다. 꼭 나와 바네하임이 소개되는 것이 아닌 다른 스타일의 방송도 한 번쯤은 해보고 싶기도 하다.

우리나라는 유럽의 다른 나라들에 비해 술에 대하여 소극적인 편이라 술을 다양한 각도로 다룬 방송이 없다는 것이 늘 아쉽다. 아무래도 외국에서는 맥주를 문화로 접근하는 인식이 있지만 우리는 전혀 그렇지 못한 것이 현실이다. 특히 최근 먹방이 주목을 받으면서 음식에 대해서는 많이 다루고 있지만 술과 관련해서는 간혹 다큐멘터리 프로그램이 방송되는 것 말고는 예능적인 요소가 가미된 방송은 거의 없다. 그런 점에서 술과 관련된 방송이 좀 더 만들어졌으면 하는 바람을 가지고 있다. 특히 맥주를 만드는 사람인 만큼 여행과 접목해 해외의 수많은 브루어리들을 소개하는 방송이 생긴다면 꼭 한 번은 참여해보고 싶다. 그런 기회가 언제 나를 찾아올지는 알 수 없지만 만일 그런 때가 온다면 놓치지 않기 위해서라도 내 일을 잘 이끌어가면서 공부 또한 꾸준히 해야 한다는 것을 명심하고 있는 중이다.

맥주 만들기 15년 만에 쌈닭으로 등극하다

얼마 전 오랜만에 같은 업계에 종사하는 사람들과 저녁 식사를 하는 자리가 마련됐다. 나와 같이 브루펍을 운영하는 사람은 물론 수입 맥주를 유통하는 지인도 있었고 맥주를 좋아해 문화협회에서 활동하는 분들도 있었다. 특히 그 자리에는 우연찮게 맥주에 대해 취재를 하고 있는 프리랜서 작가도 함께했다. 다들 각자 다른 직업을 가지고 있지만 역시 공통분모는 맥주였기 때문에 처음부터 맥주에 대한 다양한 이야기가 쏟아졌다. 최근 맛을 본 새로운 맥주부터 올해 트렌드를 거쳐 급기야는 정부 규제와 문제점까지 주제가 한없이 확산됐다. 다들 각자의 관점에서 보고 느낀 점이 다르기 때문에 이야기의 방향도 자유자재로 흘러갔다. 한참 정부와 협회에 대한 이야기를 하던 중 오래전부터 나를 잘 알고 계신 한 분의 말에 사람들의 시선이 일제히 쏠렸다.

"요즘 업계에서 정하 씨 활약이 대단해. 하고 싶은 말 시원시원하게 다 해 주고 다니잖아. 덕분에 쌈닭 다 됐다는 말도 있고…… 난 그게 더 대견하더라."

"쌈닭이요? 김정하 대표가 그렇게 싸움을 잘하나요? 보기에는 전혀 아닌 것 같은데……."

나에 대한 정보가 전혀 없던 작가분이 눈이 동그래져서 반문을 했고 그 반응에 다들 웃음을 터뜨렸다. 나에 대해 잘 알지 못하는 사람이 그런 말을 했다면 불쾌할 수도 있었겠지만 내게 그런 말을 하신 분은 내가 처음 맥주 업계에 뛰어든 시점부터 지금까지 모든 것을 지켜보셨던 분이라 어쩌면 가장 정확한 표현을 했다고 해도 틀리지 않을 것이다. 15년이 넘는 시간 동안 맥주 업계에 종사하다 보니 의도적이었든 그렇지 않든 간에 목소리를 높일 때가 많았다. 처음에는 내가 일을 하면서 느꼈던 불편한 점에 대해 의견을 밝혔고 그 이후에는 나를 포함해 나와 같은 사람들이 당할 수밖에 없는 부당한 일에 대해 참을 수 없었을 뿐이었다. 그 시작은 아마도 내가 맥주대회 심사위원으로 세계대회에 참가하면서부터일 것이다.

2013년 4월 국회에서 주세법 관련 공청회가 열렸는데 그때 패널로 참가해달라는 요청이 왔다. 나를 패널로 선택한 이유에 대해서는 그보다 얼마 전에 있었던 지상파 방송 내용 때문이라는 설명이 있었다. 기억을 더듬어보니 수제맥주 산업의 어려움을 취재하고 있던 방송국에서 인터뷰 요청이 있었다. 많은 관심을 받았던 수제맥주가 크게 성장하지 못하고 위기를 맞고 있는 상황 속에 수많은 펍들이 영업을 이어가지 못하고 있는 이유를 진단해달라는 것이었다. 나는 그 답을 주세법에서 찾아야 한다고 대답했다. 술에 매겨진 세금이 너무 과하기 때문에 소규모 업자들이 감당할 수 없고 그 때문에 많은 펍들이 버티지 못하는 것이 사실이었다. 내가 지적하지 않는다 해도 주세법은 언제나 업계의 가장 큰 이유였다. 공청회는 지속적으로 하향세를 보이고 있는 수제맥주 산업의 문제점을 진단하고 그를 토대로 맥주 발전을 꾀하기 위해 업계의 다양한 의견을 취합하겠다는 취지였다.

예상했던 대로 참가자들은 여러 가지 문제점에 대해 각자의 의견을 내놓았는데 역시 그 중심은 주세법이었다. 공청회가 마무리될 무렵 사회자가 마지막으로 하고 싶은 이야기를 묻는 시간이 주어졌다. 정말로 내가 기다리고 기다리던 때였다. 사실 내가 그 공청회에 참여한 것은 주세법에 대한 문제점도 말하고 싶었지만 그보다 더 하고 싶은 말이 있었다. 바로 세계대회 출품을 위해 맥주 반출을 허가해달라는 것이었다.

그때까지만 하더라도 국내법상 맥주를 반출하는 것이 완전히 금지되어 있었기 때문에 아무리 품질이 좋은 맥주라도 세계대회 참가가 불가능했다. 내가 심사위원 자격으로 2013년 아시아 비어컵에 참여했을 때 다른 국가 심사위원들이 한결같이 왜 한국 맥주는 대회에 나오지 않느냐고 물었다. 나는 맥주의 국외 반출이 법으로 금지되어 있기 때문에 어쩔 수 없다고 했다.

"그런 법이 있어? 정말 말도 안 된다."

다들 어이없다는 표정을 보였지만 정말 어이가 없는 것은 나였다. 맥주 심사를 하다 보니 우리나라 맥주도 얼마든지 세계 무대에서 좋은 평가를 받을 수 있을 거라는 확신이 있었는데 참가 자체가 불가능하다는 사실이 답답하기만 했다. 많은 사람들이 이런 사실을 공감하고 하루빨리 규제가 풀어질 수 있게 나라도 나서고 싶었다. 국회 공청회는 그런 부당함을 이야기하고 제도 개선을 촉구하기에 더없이 좋은 기회였다. 공청회 전날 밤잠을 설치면서 내가 해야 할 말들을 정리했고 공청회가 진행되는 동안에도 계속 마음을 다잡았다. 그런데 막상 끝날 시간이 다가오니 심장이 떨리고 손발이 차가워지면서 용기가 나지 않았다. 이렇게 많은 사람들 앞에서 과연 내가 말을 잘할 수 있을지도 걱정됐고 내 말이 얼마나 공감을 얻어낼 수 있을지도 알 수 없었다. 하지만 이대로 지나쳐버린다면 이 이야기를 할 수 있는 기회가 두 번 다시 오지 않을 것 같은 기분이 들었다. 심호흡을 깊게 한 다음 손을 번쩍 들었다. 그리고 준비했던 이야기를 숨도 쉬지 않고 쏟아냈다. 내 발언으로 인해 장내 곳곳에서 웅성거리는 소리가 들렸다. 그래도 맥주에 대해 알 만큼은 안다는 사람들이 모인 자리였지만 법 때문에 대회에 출품을 못 한다는 사실은 대부분 모르고 있었던 것 같았다.

하고 싶은 이야기를 다 끝냈을 때는 마치 엄청난 노동을 한 것처럼 온몸에서 땀이 났다. 행사가 모두 끝이 나고 집에 돌아온 뒤까지도 마음이 쉽게 진정되지 않았다. 친하지 않으면 친구들 앞에서도 말 한마디 제대로 하지 못했을 정도로 내성적이었던 나로서는 정말 엄청난 경험이었다. 그리고 그날의 일은 그저 나의 특별한 경험으로 끝나지 않았다. 공청회에서 나온 다양한 의견을 바탕으로 법 개정이 추진되었고 맥주 반출 금지가 일정 부문 풀리면서 대회 출품이 가능해졌다. 그 덕분에 나 역시 2015년 인터내셔널 비어컵에 처음으로 참여했으며 그다음 해인 2016년 인터내셔널 비어컵에서 벚꽃라거로 금메달을 따는 영광을 맛보았다. 공청회 때 내가 용기를 내지 못했다면 결코 얻을 수 없는 값진 결과였다.

그때부터 나는 맥주를 만들고 판매하는 사람의 입장으로 느낀 점에 대해 머뭇거리기보다는 과감하게 이야기를 하려고 노력해왔다. 이제는 불합리한 일을 만나게 되면 당당하게 내 의견을 이야기하는 편이다. 특히 맥주와 관계있는 국세청과 식약처, 기획재정부 같은 정부 부처들과 만나게 되면 더욱 목소리가 커진다. 과거와는 달리 맥주 산업 환경이 많이 좋아지긴 했으나 여전히 수많은 정부 규제들이 맥주 발전의 발목을 붙잡고 있는 것도 사실이기 때문이다.

맥주 사업을 시작한 지 3년 차가 되었을 무렵 지금은 수제맥주협회로 명칭이 바뀐 한국마이크로브루어리 협회 간부로 활동을 했다. 당시 협회장님과 함께 맥주 산업의 발전을 막고 있는 규제들이 불편하고 불합리하다는 것을 주장하기 위해 기재부와 정부 부처에 자주 방문했다. 특히 주세의 과세표준이 너무 과하니 그 비율을 낮춰달라는 것과 그 과정에서 세금 측정 기준을 종가세가 아닌 종량세로 바꿔달라는 것이 우리 주장이었다. 우리가 그 문제를 들고 들어갈 때마다 담당 공무원은 근엄한 표정을 보일 뿐 우리의 말을 들을 생각도 하지 않았다. 불균형이 너무 심해 사업자들의 근심과 불만이 워낙 큰 사안이라 우리 입장에서는 하루라도 빨리 정부가 규제를 풀어주기를 간절히 바랐다. 그러던 어느 날 우리의 주장을 듣고 있던 담당자가 짜증 가득한 목소리로 화를 냈다.

"도대체 왜 이렇게 사람을 귀찮게 하는 겁니까? 맥주협회 사람들은 정말 요구 사항이 많네요. 규제를 다 풀면 다른 업계에서 들고일어날 텐데 그걸 우리보고 어떻게 감당하라는 말입니까?"

그런 말을 듣고 있자니 속에서 용암이 부글부글 끓어오르는 기분이었다. 우리의 요구가 그렇게 화를 낼 만큼 황당한 내용도 아니었고 설사 그렇다 하더라도 불쾌하다는 표현은 너무 심하다는 생각이 들었다. 예전 같았으면 그런 대우를 받는다 하더라도 말 한마디 못 하고 물러났겠지만 이건 아니다 싶어서 한마디 했다.

"귀찮게 하다니요. 저희가 할 일 없어서 괜히 이러는 게 아니라는 건 잘 아실 텐데요. 지금 수제맥주 업계 분들이 다들 고전하고 계십니다. 그게 단지 장사가 되고 안되고의 문제가 아닙니다. 아무리 매출이 높다고 해도 감당하기 힘들 정도로 세금이 높다면 문제가 있는 거 아닐까요? 단지 세금 자체가 높다는 얘기가 아니라 책정된 기준이 이상하다는 거고, 그런 우리의 주장에 관심 갖고 귀 기울여주길 부탁드리는 건데 그게 그렇게 안 될 일인가요?"

속도 상하고 화가 나서 일행들이 옆에 계시는 것조차 잊고 나도 모르게 목소리를 높였다. 솔직히 말하자면 공무원의 자질과 태도에 대해서도 지적하고 싶었지만 차마 그렇게까지는 할 수 없었다. 어쨌든 담당 공무원이라면 적어도 귀찮다는 말은 언급하지 말았어야 한다는 게 내 개인적인 생각이었다. 일행들 가운데서 늘 조용히 앉아만 있던 내가 갑자기 말이 많아진 모습에 놀라서인지, 아니면 더 이상 내 말은 듣고 싶지 않다는 뜻에서인지 모르겠지만 담당자는 그지 우리를 빤히 쳐다보기만 할 뿐 더는 어떤 말도 하려 하지 않았다. 우리는 다음 기회에 다시 오겠다는 말을 끝으로 자리에서 물러났다. 돌아오는 길에 함께 갔던 사람들이 다들 한마디씩 건넸다.

"정하 씨, 오늘 좀 달리 보였어. 완전 무섭던데."

"그러게요. 늘 밝은 얼굴로 웃고만 있어서 몰랐는데 그런 강단이 있어 저도 놀랐습니다."

"역시 사업은 아무나 하는 게 아니야. 나이는 어릴지 모르지만 그래도 이 바닥에서 고생하더니 이제 진정한 맥주 사업가가 다 됐어."

언뜻 들으면 칭찬인지 아닌지 도무지 알 수 없었지만 그래도 기분이 나쁘지는 않았다. 무엇보다도 과거의 나라면 절대 드러낼 수 없는 모습을 보여준 것에 대해 나 자신이 뿌듯했다. 예전에는 불리한 일을 당하더라도 그저 참는 것이 최선이라고만 생각했다. 그래서 절대 내 생각을 겉으로 드러내지도 못 하고 무조건 참기만 해왔다. 무슨 안건이건 내가 논리를 제대로 세우지 못했고 무엇보다 자신감이 없었기 때문이었다. 참고 삭히는 시간이 길어지면서 그만큼 마음의 병도 쌓였는데 그게 나를 더 힘들게 한다는 것을 그때는 알지 못했다. 하지만 이제는 참는 게 최선이 아니라 최악이라는 것을 깨달았다. 물론 지금도 내가 모든 일에 대해 논리적으로 접근하는 능력은 부족하다. 하지만 적어도 잘못된 일, 불합리한 일에 대해서는 내 생각을 말하려고 노력하고 있다. 그 덕분에 조금씩 나 스스로가 달라지고 있어 이제는 가끔씩 스스럼없는 사람들로부터 '쌈닭'이라는 놀림도 받고 있다. 하지만 그런 놀림을 받는다는 게 내가 무조건 참기만 했던 과거에 비해 한층 더 성장하고 있다는 것을 증명받는 느낌이어서 오히려 기분 좋을 때가 많다.

그러던 중 협회 문제로 내가 정말 '쌈닭'으로 낙인찍힌 사건이 있었다. 우리나라 수제맥주 업계에는 맥주 매장을 운영하는 대표들이 모이는 수제맥주협회와 맥주를 좋아해서 맥주 문화를 알리는 한국맥주문화협회가 있다. 이 두 협회는 정부에서 인정해준 공식 사단법인이다. 두 협회는 성격과 지향점이 명백히 다른데 특히 수제맥주협회는 일선에서 사업을 하는 사람들이 모인 곳이라 어쩔 수 없이 이권에 따른 세력다툼이 발생했다. 그런 일에 휘말리고 싶지 않아 지금은 협회에서 탈퇴한 상태지만 나 역시 사업을 시작했던 무렵 회원으로 참여했었다. 그러던 중 협회 회장직을 놓고 첨예한 갈등이 빚어졌고 그 과정에서 나는 주요 업체들과 대척점에 서게 되었다. 내 기준으로 당시 회장을 맡고 계셨던 분은 수제맥주 1세대로서 우리나라 수제맥주가 발전할 수 있도록 정말 엄청난 노력을 쏟은 훌륭한 분이었는데 단지 권력과 이권 때문에 그런 분을 내쫓으려는 움직임을 도저히 받아들일 수 없었다. 그래서 협회에 가입한 사람들을 만날 때마다 그 부당함을 주장했다. 이후 협회 총회가 열리기 전 임시 총회에서 소규모 맥주제조자들이 연합을 했는데 나를 뺀 나머지 대표들이 모두 참여했다. 이 사실을 뒤늦게 알게 된 나는 강력하게 항의했다.

"소규모 업자들이 연합을 만든 것도 이해가 되지 않지만 그 연합에서 나 혼자 빠진 것 역시 부당한 일 아닙니까?"

그런 항의에 대해 연합 대표자는 이해 안 되는 답을 했다.

"그거야 김정하 씨가 협회장과 중형 브루어리와 친하지 않습니까. 그래서 당연히 우리 연합에 어울리지 않고 들어오지도 않을 거라 생각했습니다."

그 말에 나는 분노를 터뜨리지 않을 수 없었다. 이런 공식적인 일에 친분을 따지는 것 자체가 말도 안 되는 일이었다. 현실적으로 볼 때 그 사람의 말이 맞는 것인지도 모르겠다. 내가 아무리 내 주장을 강하게 편다고 해도 달라질 것은 없었다. 회장 변경에 명백하게 반대 입장을 보여왔으니 자신들의 입장에서는 득이 될 것이 없을 터였다. 하지만 반대 의견을 갖고 있다고 하여 공식적인 절차에서 배제된다는 것은 말이 안 됐다. 그 일이 있은 뒤 나는 두 번 생각하지 않고 탈퇴를 선택했다. 들리는 소문에 의하면 내가 탈퇴를 하자 "쌈닭이 사라졌다"면서 시원해하는 이들도 있었던 것 같다. 그 말을 전해 들으니 왠지 씁쓸한 마음이 들었다. 같은 말이라도 그 뉘앙스에 따라 얼마든지 달리 들릴 수 있다는 것을 새삼 깨달았다. 비록 내가 좋지 않은 느낌으로 평가받기는 했지만 지금도 그때의 일에 후회는 없다. 똑같은 일이 반복된다고 하더라도 내 선택은 변함이 없을 것이다. 부당한 일에 대해 참지 않았을 뿐만 아니라 용기 있게 나선 것은 분명 의미 있는 일이기 때문이다.

최근 들어 주세 이외에 반드시 제기하고 싶은 업계 이슈가 한 가지 있다. 바로 주류 사업을 하는 사람이라면 피해갈 수 없는 납세증명 부착 문제다. 현재 주세법에 따르면 맥주뿐만 아니라 국내에서 제조되는 주류라면 의무적으로 세금을 납부했다는 의미의 납세증명표를 붙여야 한다. 대형마트에서 팔고 있는 수제맥주를 살펴보면 가끔 캔 상단에 작은 종이 띠가 붙어 있는 것을 볼 수 있다. 이것이 바로 납세증표다. 이런 종이 띠 이외에도 병마개인 크라운 캡에 아예 프린트가 되어 있는 것도 있다. 종이 띠나 인쇄된 크라운 캡은 국가가 정한 업체를 통해 구입하게 되는데 어떤 방식으로든 납세의 의무를 다했다는 것을 표시해야만 한다. 바네하임 역시 20리터짜리 케그에 인쇄된 납세증명 종이를 붙인다.

그런데 아무리 생각해도 이해가 안 되는 것이 이 납세증표를 공급하는 업체가 단 한 곳뿐이라는 것이다. 인쇄된 종이 한 장에 400원이며 최소 1000매 단위로 주문을 받는다. 게다가 3000매를 주문하면 장당 166원으로 가격이 하락한다. 대기업이 대량 주문을 하면 엄청난 혜택을 보게 되는 것은 둘째치고라도 우리뿐 아니라 모든 주류 업체들이 주문을 하기 때문에 그 액수가 엄청난데 그 모든 것을 한 업체가 담당하는 것은 자유경제 논리상 이해할 수 없는 일이다. 그야말로 독점인 시장에서 업체는 그렇기에 가끔 알 수 없는 '갑질'을 하기도 한다. 한 가지 예로 크라운 캡에 납세증을 인쇄하는 한 업체는 몇 해 전만 해도 견적서조차 주지 않았다. 본인들은 견적서를 따로 제공하지 않으니 알아서 구입하라는 말도 안 되는 이유에서였다.

공적인 자리에서건 술 한잔하는 사적인 자리에서건 이런 문제를 제기하면 모든 사람들이 고개를 끄떡거리며 동의하지만 막상 이 문제를 구체적으로 알아보자고 나서는 사람은 없다. 정말 궁금해서, 또 아무리 생각해도 합당하지 않아서 나 혼자라도 이 기묘한 점을 알아보고 싶을 때가 한두 번이 아니다. 이런 생각을 하고 있자면 좋은 뜻이든 나쁜 뜻이든 사람들이 왜 나에게 쌈닭이라고 하는지 알 것도 같다.

예전에는 불합리할지라도 무조건 참았고 스스로 자신감도 부족하고 논리도 없어서 어떤 일이든 나서지 못했다. 하지만 이제는 무조건 참는 것이 좋은 것만은 아니라는 걸 알고 있을 뿐만 아니라 문제가 되는 것은 참지 않으려고 한다. 일을 하면서 더 당당해지고 보람을 찾을 수 있다면, 다른 사람들에게 피해가 아닌 작은 도움이 될 수 있다면 나는 쌈닭이란 별명을 언제라도 기쁘게 받아들일 것이다.

세계 맥주들과 어깨를 나란히, 그 화려한 무대에 우뚝 서다

이제는 우리나라에서도 유럽은 물론 크래프트 비어 강국인 미국의 맥주까지 다양한 제품들을 쉽게 즐길 수 있는 환경이 되었지만 사실 지금처럼 다양한 맥주를 만날 수 있게 된 지는 불과

몇 년 전부터다. 특히 수제맥주의 세계는 그야말로 무궁무진해서 지금도 끊임없이 진화 중이며 그 덕분에 언제나 새로운 맥주를 만날 수 있는 즐거움이 있다. 문제는 여러 가지 맥주를 맛보기 위해서는 각 나라와 그 나라의 양조장들을 찾아다녀야 하는데 만만치 않은 일이다. 그런 점에서 세계 맥주대회는 한 자리에서 독특한 맥주를 만날 수 있다는 큰 장점이 있다. 더불어 내 맥주가 다른 맥주와 견주어보았을 때 어느 정도 위치에 있는지 알 수 있는 기회도 된다.

그런 점에서 나 역시 2015년 열린 인터내셔널 비어컵 대회에 처음으로 내가 만든 맥주를 선보였다. 이미 그 전에 심사위원으로 활동을 했기 때문에 대회에 참여하고 싶다는 생각을 먼저 하고 있었다. 또 내가 만든 맥주가 바네하임에서 어느 정도 인정을 받고 있었지만 과연 그 맛과 수준이 객관적으로 어느 정도인지 궁금했으며 그 궁금증을 풀 수 있는 방법으로 대회 참가만큼 객관적인 것이 없다고 생각했다. 맛도 맛이지만 내가 만든 맥주가 과연 어떤 카테고리에 속하는지 명확하게 알지 못하고 있던 터라 그 또한 확인하고 싶었다.

첫 참가였고 참가 의도 역시 다분히 실험적인 생각이 많아서인지 결과적으로 큰 성과를 얻지 못했다. 처음부터 좋은 점수를 받을 것이라고는 물론 예상하지 않았기 때문에 실망은 없었다.

심사위원으로서가 아니라 심사를 받는 사람의 입장으로 세계대회가 어떻게 진행되는지 알 수 있는 좋은 시간이었다. 그전까지는 내 맥주가 세션 계열인지 아닌지 불명확했는데 그것을 정확히 확인할 수 있었고 더불어 다음 참가에 대한 전의가 불타올랐음은 당연했다.

첫 참여에 이어 두 번째 대회에서도 수상보다는 경험을 쌓는 데 만족해야만 했다. 2016년 4월에 열린 월드 비어컵 대회에 프레아를 들고 나갔는데 이때는 첫 참여 때와는 또 다른 실험을 한 기회였다. 저온 살균을 통해 맥주의 퀄리티를 어느 정도 끌어올릴 수 있는 실험을 하는 것이 주목적이었는데 패키징 작업을 하면서 한계가 있음을 깨달았다. 이 상태로는 수상이 힘들 것이라고 예상했는데 역시 그 예상은 빗나가지 않았다. 좋은 맥주를 탄생시키기 위해서는 마지막 패키징까지 완벽을 기해야 한다는 교훈을 얻었다.

그렇게 두 차례 실험과 실패를 거듭하는 동안 성장은 꾸준히 이어졌고 결국 노력의 보상을 받게 됐다. 앞서 밝힌 바 있듯이 같은 해 인터내셔널 비어컵 대회에 출품한 벚꽃라거가 가장 큰 상인 금메달을 수상하게 된 것이다. 벚꽃라거는 사실 대회 출품을 위해 만든 맥주는 아니었다. 반드시 상을 받겠다는 목표라기보다는 새로운 시도로 좋은 맥주를 얻고 싶다는 생각에 도전한 것이었는데 만드는 동안 대회에 출품해도 좋은 성적을 거둘 수 있으리란 생각이 들었다. 그저 막연한 기대감이 있었지만 그간의 경험을 바탕으로 한다면 본격적인 출품에서 적어도 참담한 결과는 피할 수 있을 것이란 자신감도 있었다. 당시 대회에서는 벚꽃라거를 비롯해 노트와 프레아 등 세 가지 맥주로 도전장을 내밀었고 그중 벚꽃이 금메달을 따냈다. 벚꽃라거의 제품 퀄리티에 어느 정도 자신이 있긴 했지만 금메달이라는 가장 큰 상을 받게 되리라고는 전혀 예상하지 못했다. 벚꽃라거가 처음 도전이었고 만드는 동안 여러 우여곡절이 있어서 금메달이란 결과는 이름만큼이나 내게 큰 행복을 주었다.

수상 소식은 나와 바네하임 둘 다에 큰 전환점이 되었다. 사실 그때까지만 해도 내게는 달갑지 않은 평가가 뒤따르곤 했다. 내가 어떻게 맥주를 시작했고 바네하임을 어떤 식으로 운영하고 있는지 잘 알지 못하는 사람들은 그저 보이는 대로 쉽게 이야기했다. "돈 많은 집 딸이 자기 건물에서 쉽게 돈 벌고 쉽게 돈 쓰는 거잖아." "별 맛도 없는 수제맥주로 공릉동 돈은 다 끌어모으고 있다고 하네."

동네에서는 이런 소문들이 공공연하게 돌았다. 업계에서는 바네하임의 맥주가 그럭저럭 맛은 있지만 그래도 특이한 것 하나 없이 평범한 맥주라는 말이 돌았다. 동네에서든 업계에서든 나를 제대로 알아주기를 원하는 것은 아니었지만 그래도 그간의 노력과 오랫동안 공들인 실력이 완전히 가려져 있다는 것이 늘 나를 속상하게 만들었다.

하지만 벚꽃라거의 금메달 수상은 이런 인식을 한 번에 바꿔놓았다. 그저 그런 맥주가 아니라 세계 무대에서 그 맛을 공식적으로 인정을 받았으니, 뒤에서 수군거리는 소리도 더 이상 들리지 않았다. 무엇보다도 한국에서 만들어진 맥주가 받은 첫 금메달이라는 점이 그간 무성했던 뒷말들을 한순간에 잠재웠다. 오랫동안 나를 괴롭혀오던 소문들이 사라진 것도 반가운 일이었지만 그보다 더 영광스러운 것은 벚꽃라거의 수상이 국내 소규모 수제맥주가 세계 무대에서 활발하게 활동할 수 있는 물꼬를 터주었다는 사실이었다.

벚꽃라거 이전에도 우리의 수제맥주들이 세계대회에 조금씩 참여하고 있었지만 이렇다 할 성과는 얻지 못했다. 맥주 자체의 품질에도 문제가 있었겠지만 무엇보다 대회에 참여하고자 하는 많은 브루어들이 기준을 명확하게 알지 못하고 있으며 관심 또한 많지 않았기 때문일 것이다. 벚꽃라거 이후 세계대회에 시선이 쏠리면서 누구나 한 번쯤 도전해봄 직한 일이라는 인식이 커졌고 이후 국내 소규모 양조업자들이 세계대회를 위한 다양한 시도를 하고 있다. 그 결과 우리 맥주가 세계 무대에서 위상이 한층 높아지고 있는 중이다.

세계대회에 참여하기 위해서는 신경을 써야 할 점이 한두 가지가 아니다. 일단 맥주를 선적해 대회 조직위원회가 정한 날까지 보내기만 하면 그 이후에는 별다른 문제점이 없지만 그 전까지 확인해야 할 일들이 많다. 대회 일정을 비롯해서 내가 만든 맥주가 과연 어떤 카테고리에 속하는지를 알아야 한다. 그것이 확인되면 참여 기준 물량이 어느 정도인지 알아야 하고 어떤 방식으로 패키징을 해야 하는가도 규정에 맞춰야 한다. 모든 것은 대회 홈페이지에 자세히 나와 있지만 신경을 쓰지 않는다면 이 또한 쉬운 일이 아니다. 출품 비용은 물론이고 물류비용도 감당해야 한다. 가까운 일본에서 열리는 대회일 경우는 큰 부담이 아닐 수 있지만 호주나 독일, 미국 등 먼 곳까지 보내려면 그 또한 만만치 않다. 선적 직전에는 대회장에 도착할 동안 맥주가 최상의 조건을 유지할 수 있도록 포장을 하는 것이 중요하다. 나 역시 처음에는 이런 경험이 없어서 시행착오가 많았는데 나무로 박스를 제작했다가 규정에 맞지 않아 전량을 폐기해야 하는 일도 있었다. 이후에는 노하우가 생겨 대형 스티로폼 박스로 포장을 해 보내고 있다. 규격에 맞는 라벨링, 이후 인보이스 작성 등 역시 대회의 원칙에 따라야 한다. 이 모든 과정이 다 내 손을 거쳐 나가야 하는 일이기 때문에 펍을 운영하는 사람들이 이를 모두 해내기에는 쉬운 작업이 아닐 수 있다. 나 역시 한 대회를 위해서는 맥주 만드는 시간 이외에 약 두 달간을 바짝 집중해야 하기 때문에 늘 대회 참여를 앞두고 고민에 빠진다.

'할 일도 많은데 이번 대회는 그냥 넘길까?'

그러다가도 막상 일정이 다가오면 어느새 참여할 준비를 서두르게 된다. 내 맥주를 객관적으로 평가받을 수 있는 좋은 기회인 동시에 내가 지금의 자리에서 안주하지 않고 더 성장할 수 있는 자극을 받기 때문이다. 심사가 끝나면 심사위원들의 평가가 적힌 일종의 답안지를 받게 되는데 그 안에 내 맥주가 어떤 상태인지 매우 자세하면서 적나라하게 적혀 있다. 처음엔 그 평가지를 받고 좋은 말이 하나도 없는 것을 본 뒤 많이 속상했다. 처음부터 아무런 기대 없이 참여하기는 했지만 막상 내가 공들여 만든 맥주가 쓴소리만 듣게 되니 애지중지 키운 내 아이가 밖에서 욕을 먹고 들어온 기분이 들었다.

아직도 당시 평가지를 보관하고 있는데 그 서류에 맥주에서 좋지 않은 향이 난다, 마시기 편하지 않다, 홉을 더 써야 하는데 너무 적게 넣었다, 이동 중 산화된 느낌이다, 바디감이 전혀 느껴지지 않는다 등등 맥주 만드는 사람의 마음에 비수를 꽂는 말들뿐이었다. 그 때문에 마음이 너무 상했지만 그게 나에게는 큰 약이 됐다. 다음 맥주를 준비하면서 평가지에 적힌 말들이 하나 하나 떠올랐고 그들의 지적을 피하기 위해 더 노력했다. 사실 업계에서는 다른 양조장의 맥주에 대해 좋은 소리는 해도 쓴소리는 잘 하지 않는다. 아무래도 계속 만나야 할 사람이고 또 일도 같이 해야 하는 사이이므로 가급적 상대에게 상처를 주지 않으려고 하기 때문일 것이다. 하지만 발전을 위해서는 이런 쓴소리는 귀담아들어야 하고 같은 실수를 반복하지 않기 위해 변화를 시도해야 하는 것은 어느 분야나 마찬가지다. 남의 쓴소리를 약으로 받아들인다면 반드시 성장할 수 있다는 사실을 알고 있기에 나의 경우는 어느 자리에서든 문제를 이야기해달라고 하고 그들의 말에 귀를 기울이려고 노력 중이다.

비판이나 질책에 거부감이 있다면 고쳐야 한다. 내가 달라지지 않으면 아무것도 바뀌지 않는다. 간혹 양조에 대해 자신만의 스타일을 고집하고 다른 의견은 들으려 하지 않는 사람들을 만나게 되는데 그럴 때마다 안타까운 마음이 든다. 본인만의 확실한 색깔을 가지는 것이 반드시 필요한 일이기도 하지만 그 모습이 정답이라고 확신해서는 안 되기 때문이다. 특히 양조는 끊임없이 변화해야 하고 그 변화를 통해 사람들의 마음을 사로잡아야 한다. 트렌드를 읽고 그때그때 잘 대응해야 하는 것도 이 때문이다. 그런데 다른 사람의 말이 자신의 생각과 다르다고 해서 귀를 닫는다면 늘 같은 자리에 머무르거나 뒤처질 수밖에 없다.

벚꽃라거와 다복이 등 내 맥주가 세계대회에서 인정을 받았지만 더 발전하고 싶은 생각 때문에 또 다른 대회 출전을 포기할 수 없다. 특히 2016년 이후 수상 소식이 잠시 주춤하고 있어 왠지 퇴보하고 있는 것이 아닌가 살짝 조바심이 나려는 중 오랜 가뭄 끝에 단비와 같은 소식이 들려왔다. 2019년 세계 3대 맥주대회 중 하나인 호주국제맥주대회에 출품한 여섯 개의 맥주 중 다섯 개가 상을 받았다. 역대 최다 수상인 것도 기뻤는데 무엇보다 최근 출시한 '도담도담'이 은메달을 받게 됐다. 소식을 전해 받은 순간 울컥하는 마음에 눈물이 맺혔다. 도담도담은 3년 가까이 힘들게 연구해 얻은 결과물이라 기쁨이 몇 배나 컸다. 게다가 첫 번째 담금에서 은메달이라는 성과를 얻었으니 그간 고생한 기억이 모두 사라지는 기분이 들었다. 두 번째 배치부터 시중 판매를 시작했는데 이제는 대중들이 어떤 평가를 해줄지 기다리는 중이다.

물론 상을 받는다고 해서 소비자들이 선택해주고 또 매출에 직접적인 영향을 받는 것은 아니다. 예를 들어 '다복이'는 2017년 인터내셔널 비어컵에서 동메달을 수상했고 2018년에는 맥주대회 중 가장 큰 규모로 열리는 월드 비어컵 대회에서 파이널까지 올랐지만 일반인들의 입맛에는 호불호가 명확히 갈린다. 대회에서는 일반적인 맛을 중시하는 대중성보다 균형감과 독창

성으로 승부를 봐야 하기 때문이다. 때문에 매출만 생각한다면 대회보다는 누구나 좋아하는 보편적인 맛의 맥주만 만들면 된다. 그렇지만 양조를 하는 입장에서 이런 도전을 두려워한다거나 귀찮아한다면 더 큰 꿈도 꿀 수 없다는 것을 잘 알고 있기에 멈출 수가 없다.

세계 무대에서 다른 나라의 훌륭한 맥주들과의 경쟁은 앞으로도 꾸준히 이어갈 예정이다. 그렇기에 벚꽃라거의 눈부신 성과와 큰 잠재력을 가지고 있는 다복이의 뒤를 이를 새로운 맥주를 고민하는 일 또한 지속해나가고 있다. 최근에 선보인 쌀맥주 '도담도담'도 그 일환의 하나다. 그들과 어깨를 나란히 하고 또 한층 더 뛰어난 평가를 받기 위해, 그래서 대한민국의 수제맥주도 최고의 맛과 품질을 가지고 있다는 평가를 받기 위해 세계 무대를 위한 도전은 오늘도 계속되고 있다.

유기견을 위해 탄생된 '다복이'가 세운 값진 교훈

2016년 벚꽃라거로 인터내셔널 비어컵에서 금메달을 수상한 이후 상 소식이 주춤하고 있는 가운데 2018년 안타까운 동시에 기쁜 소식이 들려왔다. 세계에서 가장 큰 무대인 월드 비어컵 대회에 출전한 바네하임의 '다복이'가 파이널 무대까지 올라갔다는 것이다. 비록 메달은 따지 못했지만 최종 단계까지 올라갔다는 것만도 다복이의 가능성을 충분히 입증했다고 생각한다. 특히 다복이는 특별한 사연이 있는 맥주라서 개인적으로 더 영광스러웠다.

다복이는 벚꽃라거가 큰 인기를 누리고 있던 무렵인 2016년 하반기에 개발이 시작돼 그 이듬해인 2017년에 출시됐다. 출시 이후 이름을 다복이라고 정한 것은 그 무렵 나와 13년을 동거동락하다 세상을 떠난 애완견을 생각하고 만들었기 때문이다. 다복이는 내가 사용할 수 있는 가장 많은 부재료를 넣은 맥주다. 그렇기 때문에 호불호도 가장 명확하다. 깨끗하고 가벼운 맥주를 선호하는 사람이라면 다소 불편할 수 있지만 독특한 맛을 즐기는 사람들은 한 모금에 극찬을 아끼지 않는다. 다복이가 세계 무대에서 마지막까지 올라간 것도 바로 다양한 부재료로 인한 특별한 맛 때문일 것이다.

국제대회에 나가면 다복이와 같은, 아니 그보다 더한 여러 부재료를 사용한 맥주들을 많이 만날 수 있다. 부재료를 많이 사용할수록 양조 과정이 섬세하고 복잡하기 때문에 기술도 뛰어나야 한다. 하지만 우리나라에서는 규제가 심해 부재료 사용이 극히 제한되어 있다. 예를 들어 유럽에서는 오크 맛을 내기 위해

다복이 재료

숙성된 오크통을 사용하거나 그게 어려우면 오크칩을 맥주에 넣는다. 하지만 우리나라는 오크칩이 먹는 재료가 아닌 그저 땔 감으로 규정되어 있어 사용이 금지된다. 또한 동물성 재료는 모두 금지라서 갑각류도 사용하지 못한다. 굴을 사용한 오이스터 맥주를 즐기는 유럽이나 가스오부시를 넣은 맥주가 많은 일본과도 상당히 비교가 된다. 법에 허용되는 재료를 사용해야 하기 때문에 식물성 부재료를 주로 쓰는데 다복이는 블루베리와 그랜베리, 카카오닙스, 천연감미료인 나트비아 등이 들어갔고 여기에 코코아파우더까지 더해져 달콤하면서도 깊은 향을 지니고 있다.

다복이를 이야기할 때는 늘 세상을 떠난 광팔이 생각이 난다. 광팔이를 처음 만난 것은 월드컵으로 나라 전체가 떠들썩했던 2002년 6월이었다. 한국과 스페인 8강전이 있던 날이었고 남자친구와 함께 경기를 보기 위해 학교 쪽으로 걸음을 옮기는 중이었다. 그런데 학교 노천극장 앞에 웬 강아지 한 마리가 목줄도 없이 돌아다니고 있었다. 마른 데다 몸의 털이 많이 빠져 있던 녀석은 바닥에 배를 질질 끌며 다녔는데 한눈에 보아도 유기견이었다. 불쌍한 마음에 시선을 거두지 못하고 있는데 그때 눈이 마주쳤다. 상태가 안 좋은 몸과는 달리 눈빛은 초롱초롱 빛이 났다. 도저히 그냥 지나칠 수 없어서 남자친구에게 구해주자고 말했고 그도 동의했다.

유기견은 우리가 다가가자 자신을 잡으려 한다는 걸 알았는지 도망을 쳤다. 하지만 멀리 가지는 않고 우리와 일정 거리를 유지했다. 아예 몸을 피하지 않는 모양이 경계를 하면서도 자꾸만 자신을 도와달라고 하는 것만 같았다. 제대로 붙잡으려면 케이지 같은 게 있어야 할 것 같아 학교 뒷문에 널브러져 있는 플라스틱 우유 박스를 주워왔고 그 박스에 개를 넣어 근처 동물병원으로 달려갔다. 수의사가 한참을 살펴보더니 6개월 정도 된 새끼인데 유기된 지 꽤 지나 피부병이 심각한 상태라고 설명했다. 그리고 키울 것인지 아닌지를 물었다. 데리고 가지 않을 경우 유기견 센터로 보내지고 그곳에서 안락사당하는 것이 일반적인 수순이라는 말에 고민이 시작됐다.

"그런데 데려다 키우실 거면 먼저 피부병부터 치료해야 합니다. 지금 상태가 상당히 심각하네요."

"치료를 하면 시간과 비용이 많이 드나요?"

"시간도 시간이지만 비용이 더 만만치 않겠네요."

"돈이 얼마나 들까요? 사실 저희가 학생들이라 여유는 없습니다."

"글쎄요. 치료를 진행하면서 경과를 봐야겠지만 약으로 거의 목욕을 시켜야 할 만큼 비용이 많이 들 것 같은데……."

고민이 시작됐다. 비용이 많이 들 거란 말에 잠시 멈칫했지만 두고 갈 수 없었다. 결국 남자친구와 내가 그동안 아르바이트를 해서 모은 돈을 몽땅 털었다. 우리의 마음이 기특했는지 수의사도 치료비 전액이 아니라 최소한의 약값만 받겠다고 했다. 그렇게 해서 내 품에 들어온 강아지가 바로 광팔이다. 월드컵 8강전

광팔이(2015년)

때 광운대에서 극적으로 만났기 때문에 광팔이라고 이름을 지어주었다. 치료가 끝날 때까지 병원에 머물렀던 광팔이는 회복이 빨랐다. 그것은 무척이나 다행스러운 일이었는데 문제는 퇴원 후 어떻게 집으로 데려갈 것인가가 문제였다. 가족들을 설득시켜야 했는데 무엇보다도 엄마가 문제였다. 절대 안 된다고 반대하실 게 불 보듯 뻔했는데 역시나였다. 결국 광팔이를 키워야 한다는 데 동의를 한 언니와 동맹을 맺고 독립을 감행했다.

　개 때문에 집을 나간다는 것에 어이없어하신 부모님은 무척이나 화를 내셨다. 특히 엄마의 분노는 어마어마했다. 사실 집을 나와 독립을 하려고 한 것은 단지 광팔이 때문만은 아니었다. 오래전부터 기회만 엿보고 있었는데 결정적인 계기가 광팔이가 된 것이었다. 그런 핑곗거리라도 있어야 집을 나오는 데 어느 정도 명분이 있을 것 같았고 또 이때가 내게는 둘도 없을 기회였다. 우리 뜻대로 집을 나서는 거라 부모님의 도움은 꿈도 꾸지 못했다. 언니랑 내가 들어놓은 적금을 깨서 보증금을 마련했고 그 돈으로 옥탑방 하나를 구했다. 방 한 칸짜리 옥탑은 좁은데다 낡고 지저분하기가 이루 말할 수 없을 정도였다. 특히 방에 딸린 화장실은 타일이 새카맣게 변해 있을 정도였는데 몇 시간 동안이나 쭈그려 앉아 그걸 닦느라 허리와 엉덩이에 담이 오기도 했다. 그때부터 어느 공간이든 화장실만큼은 반드시 깨끗해야 한다는 강박이 생기기도 했다. 그렇게 고생스럽고 힘든 공간이었지만 광팔이를 키울 수 있다는 것 하나만으로도 다행이라 여겼다. 늘 긍정적인 내 성격이 이때도 큰 도움이 됐다.

이사를 하는 날은 아침부터 비가 부슬부슬 내렸다. 집을 나가겠다고 결정을 한 날부터 화가 난 어머니는 방에서 나와보지도 않으셨다. 이사 며칠 전부터 언니랑 둘이서 싸두었던 짐은 단출했다. 작은 트럭 하나에 짐을 옮겨 실은 뒤 그 차를 타고 새집으로 갔다. 왠지 민망한 생각에 아저씨한테 말을 건넸다.

"아저씨, 저희 집 좀 이상하죠?"

그랬더니 아저씨가 예상과는 달리 아주 시크하게 대답했다.

"이상하긴요. 뭘 이 정도로…… 이런 집 많습니다. 더 이상한 집도 많고요."

예상치 못한 아저씨의 한마디에 웃음이 터졌다. 오랜 숙원사업이었던 독립을 감행하면서도 엄마의 반대로 계속 마음이 무거웠는데 전혀 모르는 사람한테 그런 말을 들으니 어쩐지 위로받은 기분이 들었다. 그렇게 광팔이 덕분에 언니와 함께 독립한 나는 그때부터 본격적인 홀로서기를 시작했다. 생활비를 벌어야 했기 때문에 아르바이트를 늘렸다. 학기 중에는 교내식당에서 식권을 팔기도 했고 당시 한창 유행이던 비디오방에서도 일했다. 그렇게 2년 가까이 지내면서 나는 더 단단해졌고 조금씩 성장했다. 그날 광팔이가 나에게 오지 않았다면 내 청춘의 시절이 조금은 다른 모습으로 흘러갔겠지만 돌이켜보면 고맙고 다행스럽다는 생각도 든다.

광팔이로 인해 독립을 하고, 부재료를 가장 많이 넣은 다복이를 만들기도 했지만 또 하나 내 인생에서 소중한 경험을 시작한 일이 있는데 바로 유기견 후원이다. 광팔이가 무지개다리를 건널 무렵인 2016년은 내가 양조를 시작하고 맥주 사업을 한 이래 가장 바쁜 시기였다. 낮에는 양조를 하고 오후부터 밤까지 매장에서 일하고 또 새벽이면 시장을 돌아다녀야 했기에 집에 머무를 시간이 너무 없었다. 그 때문에 광팔이를 보살피는 일은 언니의 몫이었는데 언니가 외부 활동보다는 집에 있는 것을 더 선호하다 보니 광팔이 역시 집 안에 머무는 시간이 더 많았다. 13년 정도 살다 갔으니 그 정도면 수명을 다한 거라고 볼 수도 있지만 조금 더 관리를 잘해주었더라면 더 살 수도 있었을 테고 적어도 이런저런 병을 얻지는 않았을 거란 생각이 들었다. 여러 가지로 미안한 마음이 들었지만 이미 무지개다리를 건넌 이상 녀석에게 해줄 것이 더는 없었다. 그래서 유기견에 대한 관심을 더 많이 갖게 되었고 광팔이를 만난 뒤 알게 된 동물자유연대의 후원을 더욱 활발하게 진행했다. 지금도 유기견, 유기묘가 세상으로부터 외면당해 많은 어려움을 겪고 있는 만큼 작은 도움이라도 보태고 싶었다. 동물자유연대가 남양주에 반려동물 복지센터를 건립할 때 1천만원을 보냈고 정기후원과 더불어 다복이의 판매금 일부를 꾸준히 후원하고 있다. 작은 도움인데도 남양주 센터 주춧돌에 바네하임의 이름이 들어가 있어 나로서는 영광스럽고 감사한 일이다. 시간을 내서 봉사를 한다면 더 좋겠지만 늘 일에 쫓기다 보니 여유가 없어 금전적으로나마 마음을 보태고 있다.

'다복이'가 워낙 호불호가 명확히 갈리는 맥주이다 보니 매장에서의 판매량이 많지 않은 점이 한 가지 아쉬운 점이긴 하나,

맥주 한 잔에 담은 동물 사랑,
브로이하우스 〈바네하임〉

인터뷰·정리 홍천진 팀장

지난 11월, 동물자유연대 감사의 밤에 참석한 〈바네하임〉 김정하 대표님이 〈바네하임〉에서 개발하여 국제맥주대회에서 메달을 수상한 '다복이' 맥주 판매 수익금을 동물자유연대에 전달하셨습니다. 동물자유연대의 오랜 회원이기도 하신 〈바네하임〉 김정하 대표님을 인터뷰했습니다.

〈바네하임〉 김정하 대표님은 반려동물복지센터 건축에도 많은 기부를 해주셨고, 얼마 전에는 '다복이'라는 수제맥주를 개발, 그 수익금을 전달해주셨는데요. 동물에 관심을 갖게 된 계기와 동물자유연대의 첫 인연이 궁금해요.

어린 시절부터 동식물을 두루 좋아했어요. 아버지가 좋아하셨던 TV 프로그램 〈동물의 왕국〉을 보면서 동물을 더욱 좋아하게 된 것 같아요. 당시 아버지가 입시 보호 차원에서 강아지를 자주 데리고 오셨는데요. 예쁜 아이들과 금방 헤어지게 되어 항상 아쉬웠지만 두 분 모두 일을 하셔서 강아지를 지속적으로 키울 수는 없었던 것 같아요. 대학생이 되었을 무렵, 강아지를 너무 키우고 싶어 고민하던 때가 있었는데 그때가 2002년 한일 월드컵 시즌이었어요. 어느 날 광운대 노천극장에서 이탈리아와의 8강전을 보려고 친구와 경기를 기다리던 그때, 갑자기 털이 다 빠지고 앙상하게 마른 새끼 강아지가 저희 쪽으로 다가오는 거예요. 그 어린 강아지를 키우면서 유기동물에 대한 관심이 높아졌고 동물자유연대를 알게 됐어요. 그 강아지의 이름은 '광

용이(광운대의 광, 8강진의 용)'로 지었죠.

브로이하우스 〈바네하임〉에 대한 소개도 부탁드릴게요.
2004년 설립된 서울 노원구 공릉동에 위치한 맥주 레스토랑입니다. 음식점도 같이 겸하고 있는 1세대 브루펍(브루어리+레스토랑)이라 보시면 돼요. 지난해 5월, 미스트롤 그랜이 〈수요미식회〉의 '맥주안주 편'에 저희 업장이 선정되었죠.

2017년 동물자유연대 감사의 밤 행사에 '다복이' 맥주를 포함한 다양한 맥주를 후원해주셔서 행사가 더욱 풍성하고 즐거울 수 있었는데요. '다복이'란 이름을 어떻게 지으셨는지도 궁금해요.
다복이가 두 가지의 베리(블루베리, 크랜베리)가 들어간 과일 맥주입니다. 블루베리와 크랜베리에서 베리의 파생어 처럼에 '베리 베리'로 지었는데요, 나중에 단어의 머리글자 '베'를 'V'로 바꿔봤어요. 'Very Very'가 글자의 한문 의미가 많을 '다(多)'더군요. 이 발음 덕에 복지를 생각했는데, 맥주에서 알코올 도수가 높은 맥주를 복비어(Bockbier)라 부르거든요. 한편 좋이 적인 프로모션 '복(福)'이 많은 맥주를 뜻하고 싶었어요. 다복이라는 어감이 참 정감 있고 강아지 이름 같기도 해서 지은 것이기도 하고요. 다복이는 지난 2017년 일본에서 열린 국제맥주대회(International Beer Cup)에서 Fruit Beer 부문 동메달을 받았답니다.

마지막으로 전하고 싶으신 말씀이 있으실까요?
주류를 만들다 보니 어떤 양비론적 협심을 하는 것에 부담이 많은 것은 사실입니다. 그렇지만 맥주는 제가 잘하고 좋아하는 부분이기 때문에 맥주를 이용하여 어떻게든 좋은 일에 쓰고자 합니다. 이번 다복이 프로젝트를 기점으로 행복해지는 일들을 더 많이 만들어보고 싶어요. 제가 좋아하는 것들로 세상을 더욱 행복하게 만드는 것, 제 목표이기도 합니다. 동물자유연대! 늘 응원하고 함께할게요!

유기견 후원에 대해 설명드리면 취지에 동감하면서 선뜻 다복이를 선택해주시는 분들이 많아 매우 훈훈할 때가 종종 있다. 다복이가 2017년 인터내셔널 비어컵에서 동메달을 받았고 2018년 월드 비어컵에서는 파이널 무대까지 올라 그 맛을 어느 정도 인정받고 있으니 조만간 대회에서 좋은 소식을 안고 돌아온다면 더 많은 판매량을 기록할 수 있을지 기대하고 있다.

동물자유연대뿐만 아니라 다른 단체 후원도 지속하고 있는데 유니세프와 세이브 더 칠드런을 통해 어려운 아이들을 돕고 있는가 하면 초록우산 어린이 재단에도 기부 중이다. 특히 초록우산 어린이 재단에서는 재능기부를 진행하는데 기업에서 강의를 할 경우 그 과정에서 나오는 강의료가 직접 전달된다. 또 음악을 좋아하고 관심도 많아서 한국대중음악상에도 일정 금액을 후원하고 있다. 당시 오랫동안 요식업에 종사하고 있던 친구가 바네하임의 수익과 지출을 모두 들여다보더니 좀 어이없다는 듯 이렇게 말한 적도 있었다.

"정하야, 돈 벌어서 좋은 일 많이 하는 것도 중요한데, 너무 과한 거 아니니? 내가 보기에 매출 대비 기부금이 너무 큰 것 같아. 물론 더 많이 하는 회사나 단체들도 많이 있겠지만 지금 네 형편으론 좀 아닌 거 같다."

친구가 어떤 뜻으로 한 말인지 모르는 바는 아니다. 하지만 일단 시작한 기부는 중단하지 않는다는 게 나의 원칙이다. 그래서 기부처를 더 많이 늘리지는 못하지만 액수는 줄이고 싶지 않다. 특히 내가 정기적으로 후원하고 있는 네팔 소년의 소식이 들려올 때면 액수를 줄이고 싶은 마음은 전혀 들지 않는다. 네 살 때부터 나의 후원을 받고 있다는 소년은 벌써 열한 살이 됐다. 해마다 잘 자라고 있는 아이의 사진을 받는데 그 모습을 볼 때마다 마음이 뜨거워진다.

한때는 내가 이런 후원을 진행하고 있다는 사실을 밝히고 싶지 않았다. 많은 액수도 아닌 데다 그게 뭐 그리 대단한 일인가 하는 생각에 오히려 부끄러웠다. 하지만 좋은 일은 널리 알려야 더 멀리 퍼진다는 누군가의 이야기에 공감이 됐고 별건 아니지만 나도 이런 일을 하고 있으니 많은 사람들이 뜻을 같이해주길 바라는 마음에서 이제는 스스럼없이 공개하고 있다. 하지만 한 가지 분명한 사실은 이런 후원을 함으로써 다른 사람을 돕는 데 그치지 않고 나 스스로도 행복해진다는 것이다. 그래서일까? 나는 어제보다 오늘 더 행복하고, 오늘보다 내일 더 행복해질 것이다.

이명룡(한국 맥주문화협회 이사)

하느님은 맥주를 사랑하실까?

이 질문에 대해 맥주의 역사는 어떻게 답할 수 있을까? 맥주는 약 6,000년 전 유프라테스강과 티그리스강 유역에서 메소포타미아 문명을 이룬 수메르인에서 유래되어 바빌로니아, 이집트, 근동, 유럽으로 전해진다. 기독교의 역사는 하느님의 외아들 예수가 태어나기 전의 구약시대와 그 이후의 신약시대로 구분된다. 구약성경을 살펴보면 포도밭, 포도주에 대한 이야기는 자주 언급되지만, 구체적으로 맥주라고 콕 집어서 말할 수 있는 대목은 찾을 수가 없다. 예정에 없던 예수의 첫 기적도 가나의 혼인잔치에서 포도주가 떨어진 것을 안타깝게 여긴 성모 마리아의 간청에 의해 물을 포도주로 바꾼 것이다. 그리고 최후의 만찬에서 포도주를 식사와 곁들이며 남긴 비유적 표현을 보면 정말 성부와 성자는 포도주를 우대하고 맥주에는 별 관심이 없어 보인다. 하지만, 하느님의 사랑은 인간의 시간관념으로는 이해하기 어려울 수도 있다.

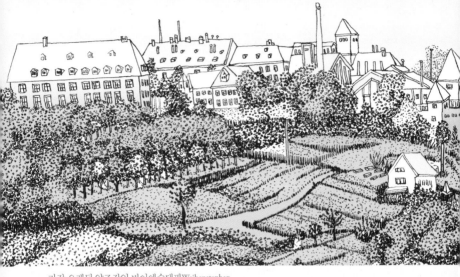

가장 오래된 양조장인 바이엔슈테판Weihenstephan

서기 476년에 서로마가 멸망하고 유럽 전체가 야만과 혼란의 시기로 접어들 때, 수도원의 수도사들은 다양한 이유로 맥주를 양조하기 시작했고, 오염된 식수원으로부터 중세인들을 지켜냈다. 맥즙을 끓이는 과정이 양조에 포함되어 있어 오염된 물을 살균처리할 수 있었기 때문이다. 그래서 역사가 가장 오래된 양조장인 바이엔슈테판Weihenstephan의 기원이 수도원인 것은 어쩌면 당연한 일인지도 모른다. 12세기 천재 수녀원장인 힐데가르트 폰

빙엔^{Hildegard von Bingen}은 방부효과가 있고 쌉쌀한 맛을 내는 홉^{Hop}의 기능을 기술하여 맥주를 한층 더 발전시켰다. 종교개혁 시기에, 맥주를 마시면 천국에 갈 수 있다고 말할 정도로 맥주를 사랑한 마르틴 루터를 대표주자로 발탁한 것도 맥주계에서는 신의 한수로 통한다. 중세시대를 거쳐 산업혁명의 시대를 맞이할 때까지 맥주가 고된 일에 지친 서민들의 갈증을 해소해주고 희로애락을 함께한 사실은 누구도 부정할 수 없다.

포터^{porter} 맥주가 산업혁명과 함께 시작된 거대자본, 거대장치 사업의 첫 대상이 된 것은 그만큼 맥주가 대중화되었고 상품성이 있었다는 방증일 것이다. 하느님은 어렵게 만든 맥주가 좀 더 오랫동안 유통될 수 있도록 미생물 학자인 파스퇴르의 손에 저온살균법^{pasteurization}을 건네주었다. 이와 함께 기온이 떨어진 시기에만 양조가 가능했던 라거^{lager}를 조금 안타깝게 여겼는지 카를 폰 린데^{Karl von Linde}에게 특별한 은총을 내려 냉장기술을 라거 양조에 적용하게 했다. 이제 1년 365일 어느 곳에서나 라거를 생산할 수 있게 되었다. 이렇게 대량생산으로 가격이 저렴해지고 유통기한 또한 획기적으로 길어진 맥주는 발전하는 철도산업에 힘입어 세상 구석구석까지 공급되었다. 이제 전 세계 모든 이가 맥주를 즐길 수 있는 시대가 열렸고 아울러 아시아와 신대륙에 많은 맥주회사들이 새롭게 탄생했다.

혹자는 하느님이 정말 맥주를 사랑했다면 헨리 8세나 나폴레옹이 수도원을 국유화하는 모습을 지켜보지 않았을 것이라고 반문한다. 하지만 이 역시 좀 더 긴 안목으로 본다면 다르게 보일 것이다. 프랑스 혁명 이후 실제 유럽국가의 많은 수도원이 폐쇄된 것은 맞지만, 당시 1300년 가까이 존속해온 수도생활의 전통마저 사라진 것은 아니다. 수도사들은 폐허에 가까운 터전에서 다시 일어섰고, 수도원 맥주는 벨기에 트라피스트Trappist 맥주를 필두로 하여 오늘날에도 여전히 많은 사람들에게 사랑받고 있다. 세계에서 가장 규모가 큰 축제 중 하나인 독일의 옥토버페스트Octoberfest는 뮌헨에서 매년 열린다. 뮌헨은 '작은 수도사의 도시'라는 의미를 갖고 있으며 옥토버페스트에 참여하는 6개 맥주회사 중 아우구스티너, 파울라너는 수도원 명칭에서 유래한다. 수도원의 양조전통은 아직까지도 진행형이다.

하느님의 맥주 사랑은 사실 지금 이 순간까지 이어지고 있다. 다국적 거대 맥주회사들이 맥주 시장을 오랫동안 과점하는 모습은 바람직하지 않다고 생각했는지 전 세계 맥주계에서는 소규모의 독립적이고 전통적인 양조방식을 고수하는 크래프트craft 맥주 문화가 힘을 얻고 있다. 대형 맥주회사가 생산하는 획일적인 몰개성의 맥주를 거부하고 지역에서 양조되는 창의적이고 개성이 가득한 소규모 맥주회사의 맥주를 마시는 사람이 늘고 있다. 금주령으로 맥주 산업이 거의 고사 직전까지 몰렸던 미국에서 크래프트 맥주 문화가 꽃을 피운 것도 반전 중 하나이며 해방 이후 줄곧 두세 개 맥주회사의 라거 외에 다른 선택권이 없었던 대한민국에도 다양한 외국 맥주와 크래프트 맥주에 대한 관심이 폭발적으로 증가하고 있는 현실은 하느님이 맥주를 사랑하신다는 거부할 수 없는 증거가 아닐까 싶다.

4장

브루펍을 시작하고 싶은 사람들을 위하여

처음 아무것도 모르고 맥주를 만들기 시작한 뒤 지금까지 15년이란 시간이 흘렀다. 적지 않은 그 시간 동안 내가 생각한 것은 오로지 어떻게 하면 내 사업을 꾸준히 이어갈 수 있을까 하는 것이었다. 맛있는 맥주를 만들고 그 맛을 인정받는다면 모든 게 다 이루어질 것이라고 생각했지만 그건 엄청난 착각이었다. 좋은 맥주를 만드는 것은 양조를 하는 사람으로서 기본적으로 갖추어야 할 자질일 뿐 그것만이 모든 것을 해결해주지는 않았다. 사업가라면 거기에 알맞은 정신과 태도를 유지해야 하며 더불어 미래를 준비해야 한다는 것도 알게 되었다.

수제맥주에 대한 관심이 늘어나면서 많은 분들이 브루펍 운영에 관해 질문을 주신다. 그 질문들 가운데는 그냥 관심에 머무는 것이 아니라 정말 사업을 진행하고자 하는 간절함이 드러나는 경우가 많기 때문에 대답을 가볍게 할 수 없다. 15년이라는 기간 동안 내가 겪었던 일이 그분들에게 작은 도움이 될 수 있기를 바라며 그동안의 경험을 이야기하려고 한다.

맥주도 만들고 펍도 운영하고 싶다면

바네하임 운영을 위해 신경 쓰는 부분이 많지만 특히 고심하는 것 중 하나가 새로운 인력을 채용하는 일이다. 정식 직원의 변화는 그리 많지 않지만 매장에서 일하는 아르바이트 인력은 변동이 잦기 때문에 수시로 면접을 진행하고 있다. 비록 업무가 한정적인 아르바이트이지만 사람과 인연을 맺는 일이라 면접에 꽤 공을 들이는 편이다. 내가 상대에게 궁금한 섬이 있는 만큼 상대도 나와 바네하임에 대해 자세히 알고 일을 시작하는 편이 좋을 터이기 때문에 어떤 질문이라도 최선을 다해 대답해준다. 그러다 보니 어떨 때는 면접관과 면접 대상자가 바뀐 게 아닌가 하는 기분이 들 때도 있다. 얼마 전 새로 준비하고 있는 남양주 브루펍에서 일할 사람들을 뽑기 위한 면접이 있었는데 그때도 면접을 시작했다가 내가 면접을 '당하는' 입장으로 끝이 난 적이 있었다. 면접이 어느 정도 마무리되면 나는 늘 상대에게 더 질문을 받는다.

"일하시는 분도 직장에 대해 알고 있어야 하니까 궁금한 점 있으면 다 물어보셔도 됩니다."

"기본 보수나 업무 환경에 대해서는 설명을 해주셨으니 따로 궁금한 것은 더 없긴 합니다. 그런데…… 사장님은 어떻게 이 일을 시작하게 되었나요? 맥주 만드는 일과 펍을 같이 운영하면 다른 맥주집과는 좀 차별이 있는 것이죠?"

내 일에 대해 워낙 많은 사람들이 궁금해한다는 것을 알고 있기에 이런 질문을 받으면 거의 대답을 해준다. 이날도 맥주에 대해 정말 호기심이 많은 사람인 듯해서 하나둘씩 대답을 해주다 보니 결국 내가 일을 시작한 시점에서부터 매장 운영에 대한 세세한 이야기까지 꽤 많은 말을 하게 됐다. 인터뷰를 마치고 나니 이번에도 역시 내가 면접을 주관하는 게 아니라 면접을 당한 기분이 들어서 웃음이 나왔다. 나에 대해 질문을 하는 사람들의 공통점은 내 인생이 궁금해서라기보다는 내 일에 관심이 많은 것이고 그 궁극의 목표는 맥주 장사를 하고 싶다는 데 있다. 특히 얼마 전부터 불어닥친 수제맥주의 바람은 열풍이라고 할 만큼 대단하다. 술집이 밀집되어 있는 곳이라면 곳곳에서 수제맥주를 판다는 간판을 내걸고 있다. 딱히 맥주 덕후가 아니더라도 많은 사람들이 맛있는 음식점을 찾아다니는 것처럼 맛있는 맥주집을 일부러 방문한다. 그러니 창업에 대한 관심이 높아지는 것도 당연한 일일 터이다.

인력을 채용하기 위해 인터뷰를 할 때 내 나름의 한 가지 방식이 있다면 면접 시간을 길게 잡는 것이다. 오랜 시간 면접을 진행할 경우 면접자의 긴장이 서서히 풀어지면서 감춰진 모습이 드러난다. 그 과정에서 이력서나 자기소개서에 기술한 것과 그저 첫인상으로 나타나는 것 이외 상대의 내면을 파악하게 된다. 상대가 과연 나와 일을 제대로 오래 할 수 있는 사람인지를 파악하는 데 큰 도움이 된다.

최근 많은 사람들이 브루펍에 대해 여러 질문을 한다. 맥주 만드는 일과 펍에서 맥주를 파는 일을 동시에 하고 싶다는 사람들을 만나면 난 이 일을 왜 하고 싶은지 먼저 묻는다. 대부분 돈을 벌고 싶다고 말하지만 같은 대답이라 하너라도 정말 하고자 하는 의지가 있는지 아닌지가 나타난다. 아무리 자본이 많다고 하더라도 장사를 하면서 맞닥뜨리는 힘든 일을 견딜 수 있는 의지가 없다면 처음부터 시작을 하지 않는 것이 좋기 때문이다. 누구든 장사를 쉽게 생각하는 사람은 없겠지만 막상 시작해보면 상상하던 것 이상으로 힘들다는 걸 잘 알지 못하는 듯하다. 그 부분은 나 역시 마찬가지였다. 무엇보다도 펍을 운영하는 것은 맥주와 음식을 동시에 해야 하는 일이기 때문에 일반적인 식당 운영보다 세 배 이상 힘들다고 봐야 한다. 단지 음식점에서 맛좋은 수제맥주를 파는 것이라고 간단하게 생각하면 큰 오산이다. 특히 브루펍에 대해 일반적인 음식점과는 차원을 다르게 봐야하는데 바로 주세법이 걸린 제조업이기 때문이다.

맥주 만드는 일은 제조업이기 때문에 마진율이 높은 것은 장

점이라 할 수 있다. 하지만 맥주는 일반 제조업이 아니기 때문에 복잡한 주세법을 제대로 알아야만 한다. 과거에는 맥주를 만들면 자신의 매장 안에서만 판매가 가능할 뿐 유통이 금지되었기 때문에 사업을 키우기가 무척이나 힘들었다. 지금은 법이 풀려 유통이 가능한 시대이기 때문에 과거와 비교했을 때 환경이 엄청나게 좋아진 것은 사실이다. 하지만 환경이 좋아졌다고 해서 주세법 또한 간단해진 것은 아니다. 사업을 시작하기 전 세금에 대한 이해가 없다면 나중에 엄청난 폭탄을 맞게 되는 일에 큰 충격을 받을 수도 있고 힘든 상황을 견뎌내기 쉽지 않다. 전문가의 도움을 받을 수는 있겠지만 본인 스스로가 공부를 철저히 해두지 않으면 제조장 운영에 대한 계획을 수립하기 어렵다.

제조장만 할 것인가 브루펍을 동시에 운영할 것인가에 대해 신중하게 결정을 하는 것도 중요하다. 제조장만 할 경우에는 생산시설도 어느 정도 규모를 갖추고 박리다매 콘셉트를 유지하면 어느 정도 수익을 낼 수 있다. 최근 많은 제조장들이 이런 스타일을 유지하면서 사업 규모를 키워가고 있다. 하지만 나에게 어느 방향을 추천할 것인가를 묻는다면 당연히 브루펍까지 동시에 할 것을 권한다. 펍을 운영하게 되면 리스크가 커지는 것은 어쩔 수 없다. 특히 음식을 같이 준비해야 하기 때문에 직원들 규모도 늘려야 하고 음식 관리도 철저히 해야 한다. 당연히 정신

지역빵집과 협업해서 만든 메뉴인 흑맥주빵 플래터

바네하임 흑맥주를 넣고 지역빵집과 협업한 흑맥주빵

적으로나 육체적으로 피곤함이 더 크다. 하지만 모든 일이 그렇듯이 마음을 더 쓰는 만큼 보람도, 결과도 크다. 특히 매장에서 손님들과 직접적으로 만나 내 맥주에 대한 이야기를 듣는 것은 맥주를 만드는 사람으로서 큰 성취감을 맛볼 수 있기에 그저 맥주를 다른 곳에 제공하는 일과는 완전히 다른 기분을 느낄 수 있다. 게다가 손님들의 만족도 역시 크다. 직접 생산하는 곳에서 다양한 종류의 맥주를 신선한 상태로 즐길 수 있으니 정말 맥주를 좋아하는 사람은 물론 맥주를 그리 선호하지 않는 사람들이라도 새로운 손님으로 만들 가능성이 크다.

물론 앞서 말한 대로 음식 관리와 그로 인해 발생하는 사건사고는 피할 수 없는 부분이다. 나 역시 매장을 운영하는 초창기에 음식 문제로 적지 않은 스트레스를 받았다. 음식 맛이 제대로 자리를 잡지 못해 손님들에게 항의를 받는가 하면 주방을 담당하는 직원이 갑자기 무단결근을 하는 바람에 우왕좌왕한 적도 있었다. 하지만 그런 일들은 누구라도 예상할 수 있는 흔한 일이다. 이와 함께 식당에서 가장 꺼려하는 블랙컨슈머(의도적으로 악성 민원을 제기하는 소비자)에 대한 촉각도 늘 곤두세우고 있어야 한다. 운도 좋고 손님 응대도 잘한다 할지언정 주의가 필요한 고객은 늘 있기 마련이라 나 역시 호되게 당한 기억이 있다.

바네하임이 문을 연 지 3년여가 지났을 무렵이었다. 브루펍으로서 보다 확실하게 자리 잡기 위해 새로운 음식을 고민하고 있던 차에 마침 고객들의 요청도 있고 하여 족발을 새로운 안주로 내놓게 됐다. 차가운 스타일의 족발이라 맥주와 잘 어울렸고 손님들의 반응도 상당히 좋았다. 여러 음식과 함께 바네하임의 대표 안주로 알려지면서 찾는 사람도 더욱 늘어났다. 그런 와중에 사건이 터졌다. 손님 테이블에 나간 족발의 연골 부분에서 곰팡이가 발견됐고 이 일로 매장이 발칵 뒤집혔다. 곰팡이가 발견된 것은 어쨌든 변명의 여지가 없었다. 정중하게 사과를 하고 우리가 할 수 있는 모든 조치는 다 취했다. 그리고 문제의 원인을 추적했는데 우리에게 그 음식을 제공한 제조사의 문제로 밝혀졌다. 제조사의 대표도 잘못을 인정하고 재발 방지를 약속했다. 그런데 그것으로 일이 끝나지 않았다. 그때 문제의 음식을 주문한 손님들 중 보험사 관계자가 있었는데 이런 사건에 대한 생리를 이용해 병원과 말을 맞추고 거액의 배상금을 요구해왔다. 제조사의 실수라고는 해도 바네하임 매장에서 나간 음식이기 때문에 우리 역시 관리 소홀의 책임을 피할 수 없었다. 잠시도 지체할 수 없는 일이라 곧바로 피해를 보았다는 사람들을 만났다. 누가 보더라도 그들이 요구한 액수는 사안에 비해 심히 과했다. 제조사 역시 갑자기 태도를 바꿔 책임을 피하려고만 했다. 돈 이외에 협상의 여지는 없었고 결국 나는 의사인 친척 아저씨에게 도움을 청할 수밖에 없었다. 전문가의 소견을 앞세우자 그들도 어쩔 수 없었는지 한발 물러났다. 결국 그들이 요구한 액수의 절반 수준에서 사건은 일단락됐다. 아마도 전문가의 의견이 없었더라면 끝까지 물러서지 않았을지도 모른다. 요식업계에서는 '블랙컨슈머'라는 전문용어가 있지만 우리끼리 '진상 고객'으로 단정 짓는 손님들은 그 이후에도 끊임이 없었다.

바네하임에서 만난 블랙컨슈머 중에는 최근 사회문제로까지 확대된 적이 있는 소위 '맘충 고객'도 빠지지 않는다. 바네하임이 브루펍이다 보니 이른 시간부터 가족 단위 고객들이 많이 찾는 것도 특징이라 아이들을 데리고 오는 분들을 심심치 않게 만날 수 있다. 그날도 조금 이른 시간이었고 젊은 부부가 네다섯 살쯤 되어 보이는 아들과 함께 와서 맥주와 음식을 주문했다. 그런데 음식이 나오자마자 부부는 아이를 먹이려고 하니 오렌지 주스를 달라고 요구해왔다. 주스는 따로 판매하고 있었기에 정식으로 주문해달라고 했더니 벌컥 화를 내는 것이었다.

"아이가 먹으면 얼마나 먹는다고 그걸 안 주나요? 그게 몇 푼이나 한다고⋯⋯."

"죄송합니다. 그래도 메뉴판에 있는 품목은 주문을 하셔야 합니다."

"그래서 도저히 못 해주겠다는 건가요? 그럼 저희 그냥 가겠습니다. 돈 안 내도 되죠?"

"하지만 이미 주문하신 음식과 맥주는 서빙됐는데요. 계산을 안 하고 가시면 곤란합니다."

"그건 우리가 알 바 아니고요."

이쯤 되니 정말 속이 뒤집히고 화가 머리끝까지 솟았다. 공짜로 요구한 주스를 안 준다는 이유로 주문한 음식값을 지불하지 않겠다는 것은 상식적으로 받아들일 수 없는 말이었다. 주문한 음식이라 할지라도 손님이 단 한 번도 손을 대지 않았으면 음식 값을 지불하지 않아도 문제될 것이 없다는 게 우리 법이다. 그것을 알고 그랬는지는 모르겠지만 어찌 됐건 그들의 태도는 도를 지나친 게 분명했다.

"손님, 알겠습니다. 그럼 돈은 내지 말고 그냥 가세요. 그냥 가시는 건 상관없고요. 대신 앞으로 저희 매장은 다시는 이용하지 않으셨으면 좋겠습니다. 저희 서비스가 맘에 안 드신 거니까 다시 오실 일은 없을 것 같네요."

나 역시 마음이 많이 상한 상태였고 그래서 아무리 서비스 정신을 잃지 않으려고 해도 좋은 이야기가 나오지 않았다. 그런데 나의 그런 말에 돌아오는 대답은 더 황당했다.

"왜요? 우리 또 올 건데요. 우리가 오고 싶으면 또 오는 거지 그걸 이래라저래라할 권리는 없잖아요?"

그날의 실랑이는 대충 그렇게 마무리됐고 그 부부가 다시 왔는지는 기억에 없다. 아마 그들도 다시 올 생각이 없었는데 내 태도가 맘에 들지 않아서 그렇게 말했을 것이다. 돌이켜보면 끝까지 내가 공손하게 응대를 했어야 옳았을지도 모르겠다. 하지만 아무리 나와 직원들의 일이 고객들에게 서비스를 제공하는 것이라 할지라도 상식과 이해에 어긋나는 부분까지 모두 맞춰 줄 수는 없었다. 정도의 차이가 있겠지만 무리한 요구나 예의를 완벽하게 벗어난 태도로 일관하는 손님들은 언제나 존재했다. 한 가지 다행스러운 점은 매장을 처음 시작했을 때에 비해 그 빈도가 상당히 줄어들었다는 것이다. 하지만 서비스업계에 종사하면서 이런 일들이 전혀 일어나지 않을 수는 없다. 소위 '곱게 자란' 사람들과 '좋은 직장'에만 근무했던 사람들이 바 운영을 문의해올 때 내가 신중히 한 번 더 생각해보라고 조언하는 것도 이 때문이다. 겪어보지 않고서는 얼마나 힘들고 괴로운 일인지 알지 못하는 것은 누구나 마찬가지인 듯하다.

맥주의 기본은 주세법 공부부터!
맥주가 발전하지 못하는 여러 관문들

매일매일 벌어지는 고객 대응이 일상적이면서도 기본적인 문제라고 한다면, 좀 더 구체적이고 전문적인 문제가 있다. 바로 주세법을 비롯해 정부 정책을 제대로 숙지해야 하는 일이다. 술 사업은 일반 음식점과는 달리 철저한 정부 규제에 묶여 있다. 그렇기 때문에 법을 알지 못한 상태에서 일을 시작할 경우 큰 낭패를 볼 수 있다. 나를 비롯해 처음 수제맥주를 시작한 1세대 중 누구라도 주세법 때문에 머리를 싸매고 앓아누울 만큼 엄청난 스트레스를 절대 피하지 못했다. 그도 그럴 것이 수제맥주 사업이 처음 시작되는 만큼 법 규정이 명확하지 않았고 그야말로 코에 걸면 코걸이, 귀에 걸면 귀걸이식 법이 적용되었기 때문이다. 여기에다 근거는 없지만 소규모 맥주사업자가 무섭게 성장하는 모습에 긴장한 대기업의 영향도 어느 정도 작용되었을 것이라는 추측 또한 할 수 있다.

처음 바네하임에 제조 설비를 들여놓고 매장을 운영할 무렵 법에 대해서는 완전 무지했기 때문에 맥주를 만들면 세금을 내야 하는 사실조차 모르고 있었다. 당시 아버지 사업의 세금을 담당해오던 세무서 사무실이 있었기 때문에 바네하임의 세금 업무도 같이 맡기게 됐다. 그 사무실의 담당자로부터 맥주에는 여러 가지 세금이 있으므로 이를 잘 지켜서 내야 한다는 말을 들으며 세금에 대해 어느 정도 인지를 하고 있는 정도였다. 하지만 그 세무서 역시 수제맥주 관련 업무는 처음이라 정확한 방법을 알지 못했다. 강북에는 수제맥주를 하는 곳이 없었기 때문에 먼저 사업을 시작한 강남 지역의 펍에 대해 관리를 하고 있는 세무 관계자를 찾아가 자문을 구하고 오기도 했다. 그 조언에 따라 새로운 계산법을 만들었고 그것을 바탕으로 세금의 가이드라인을 만들어갔다. 내가 맥주를 만들 때 몰트와 홉, 효모를 얼마큼 사용했는지 자료를 넘겨주면 그 자료로 내야 할 세금을 계산해주었다. 위낙 세금에 대해 잘 모르기도 해서 전문가에게 맡긴 만큼 그 부분은 전적으로 믿고 의지할 수밖에 없었다.

바네하임을 오픈한 지 1년 정도 되었을 무렵 국세청에서 조사를 나왔다. 1년에 한 번씩 하는 세금 관련 정기 점검이었다. 담당 공무원 몇 명이 매장을 찾아왔고 그때까지의 모든 자료를 뒤지기 시작했다. 원료 대장부터 직원들의 월급 장부, 주세 납부 서류 등 증빙 자료는 몽땅 뒤졌다. 그 모습을 지켜보고 있자니 왠지 무섭고 떨렸다. 아무 잘못을 한 것도 아닌데 마치 검찰에서 기업들을 조사하는 드라마 장면이 떠오르면서 내가 법을 어겨 엄청난 조사를 받는 것 같은 기분이 들었다. 서류를 찾고 뒤지는 것만도 꽤 많은 시간이 걸렸는데 그 모든 자료를 다 복사해서 가져갔다. 일단 면밀히 검토한 뒤 결과를 알려주겠다는 말을 남긴 채 돌아갔는데 그때까지만 해도 아무런 문제가 없을 거라고 장담했다. 하지만 일은 그리 만만하게 끝나지 않았다.

세금 조사가 진행되고 있다는 사실을 까맣게 잊은 채 매장 운영에 신경을 곤두세우고 있을 무렵 국세청으로부터 전화를 받았다. 여러 복잡한 설명을 했는데 주요 골자는 한마디로 내가 탈세를 했고 그렇기 때문에 추징금을 내야 한다는 말이었다. 그 액수가 무려 2천만원이나 됐다. 그 말을 들으니 그야말로 앞이 캄캄해졌다. 추징금 액수가 나로서는 도저히 감당해낼 수 없는 규모였을 뿐만 아니라 그 이전에 내가 탈세를 했다는 사실 자체를 받아들이기 힘들었다. 도대체 왜 일이 이렇게 되었는지 세무 담당자에게 묻자 돌아오는 대답은 그저 황당했다.

"매달 내는 월세에 세금이 포함되는데 그것을 뺐다고 하네요. 재료비와 인건비 같은 모든 경비에 세금이 포함되기 때문에 다 계산을 해서 넣었는데 월세에도 세금이 붙는다는 사실은 저희도 몰랐던 내용입니다. 이게 빠졌기 때문에 추징금을 내는 것은 어쩔 수 없을 것 같습니다."

명확한 가이드라인이 없기 때문에 예상하지 못했다는 것이 세무서 사무실 측 답변이었다. 자신들의 실수가 명백한데 그것을 인정하지도 않았다. 나로서는 억울할 수밖에 없는 일이었다. 하지만 이미 추징금이 정해졌고 이를 내지 못하면 장사를 접을 수밖에 없는 상황이었다. 이야말로 울며 겨자 먹기가 아닐 수 없었다. 힘든 상황에서 겨우 돈을 마련했고 부들부들 떨리는 마음을 가까스로 진정시키며 추징금 전액을 납부했다. 그리고 처음 사업을 시작하면서 겪을 수 있는 일이니 수업료를 크게 치렀다는 생각으로 나 스스로를 위로할 수밖에 없었다.

그리고 또다시 1년이 지나갔다. 지난해와 비슷한 시기에 맞쳐 국세청 직원들이 조사를 나왔다. 한 번 겪은 바가 있어 두 번째는 조금 마음에 여유가 있었다. 이번에는 만반의 준비를 다 했으니 지난해와 같은 황당무계한 일은 없을 것이라고 확신했다. 하지만 그러면서도 조마조마한 마음은 어쩔 수 없었다. 아무 일 없이 지나가길 간절히 바랐는데 결국 또다시 추징금 통보가 날아왔다. 액수는 1천만원이었다. 이번에는 정말 아무리 생각을 해도 말이 안 되는 이유였다. 매장 오픈 당시 은행으로부터 대출을 받았는데 그 대출금 이자에 대한 세금을 내지 않았다는 것이었다. 당시 대출금은 매장 운영 자금으로 빌린 것이어서 이미 재료비나 인건비, 월세 등에 세금을 냈기 때문에 말이 안 되는 것이었다. 하지만 국세청 담당자는 그 대출이 매장 운영에 쓰인 것이 아니라 기계를 들이는 데 쓰였고 그렇기 때문에 당연히 물어야 할 세금이었다고 주장했다. 그야말로 속이 터질 노릇이었다. 이번만큼은 무슨 일이 있어도 억울함을 풀어야겠다는 심정으로 국세청을 뛰어 들어갔다. 그리고 담당자에게 조목조목 사정을 설명했다. 정말 무릎만 꿇지 않았을 뿐 두 손 모아 비는 것 이상으로 내가 할 수 있는 일은 다 했다. 너무 억울했고 이런 말도 안 되는 일로 엄청난 세금을 부과하는 것은 영세한 소규모 사업자들의 목을 졸라 결국 문을 닫게 만들겠다는 것과 다를 바가 없었다. 하지만 아무리 사정을 해도 그들의 태도는 바뀌지 않았다.

"이것저것 사정을 다 봐줄 수 없습니다. 그걸 다 들어주면 나중에 감사에서 우리가 걸리고 내가 징계를 당합니다. 어쩔 수 없는 일입니다."

아무리 부당함을 호소하고 사정을 이야기해도 절대 물러나지 않는 그들의 모습을 보며 나는 몸에서 모든 힘이 다 빠져나가는 것을 느꼈다. 어떤 생각을 하면서 매장으로 되돌아왔는지 기억도 나지 않는다. 납득할 수 없는 조항으로 엄청난 세금을 정하고 이를 어기면 또다시 높은 과태료를 책정해 엄청난 액수의 벌금을 내도록 하는 것은 소규모 사업자들에게는 치명적인 일이었다. 실제로 당시 수많은 수제맥주 사업자들이 국세청과의 끝나지 않는 싸움에 지쳐갔고 결국 영업을 포기하는 사람들도 많았다. 이 과정에서 대기업의 입김이 들어갔다고 추측하는 것도 바로 이러한 실정 때문이다.

국가에서 맥주 면허가 풀리면서 수제맥주 면허가 급속도로 증가했고 이 때문에 대기업이 바짝 긴장을 하고 있다는 기사가 심심치 않게 나오고 있던 때였다. 우리나라 경제가 대기업 중심으로 움직이고 있는 상황에서 맥주 업계 역시 기업들의 힘은 엄청났다. 그들 입장에서 이제 막 태어난 수제맥주 산업이 엄청난 속도로 발전하는 것을 편안한 눈으로 볼 수만은 없었을 터이다. 하지만 어차피 자본이나 시장 점유율로 보면 게임이 될 수 있는 구조는 아니며 같은 맥주라 해도 스타일이 다른 이상 얼마든지 상생할 수 있다는 것을 왜 받아들이지 못하는지 이해할 수 없었다. 하지만 어디까지나 이것은 나의 개인적인 견해일 뿐 드러난 것이 없기 때문에 어디 가서 하소연조차 할 수 없는 일이었다. 결국 1천만원의 추징금을 고스란히 내놓을 수밖에 없었다.

내가 바네하임 운영에 악착같이 매달리기 시작한 것도 이때부터다. 대출을 받았으니 이자를 내고 원금을 갚는 것은 당연한 일인데 이자에 세금이 붙고 그 세금까지 떠안아야 한다는 사실을 도무지 납득할 수 없었다. 하지만 이미 나라에서 정한 세금 기준을 내가 바꿀 수는 없는 노릇이었다. 아무리 억울하다고 떠들어대도 내 목소리에 귀를 기울여주는 이는 단 한 사람도 없었다. 그렇기에 내가 할 수 있는 다른 방법을 찾아야 했고 그 방법은 오직 빠른 시간 내에 대출금은 갚는 것이었다. 대출 원금을 갚으면 이자가 줄어들고, 이자가 줄어들면 거기에 붙는 세금 역시 줄어들기 때문에 가장 간단하면서도 빠른 방법이었다.

국세청과의 밀당은 그 이후에도 계속됐다. 수제맥주 산업이 해를 거듭할수록 발전하면서 관련 법도 많이 변하고 있다. 특히 지난해에는 유량계 수치로 판매량을 측정해온 방식이 사라졌다. 지금까지는 맥주 판매 수치를 각 라인에 설치되어 있는 유량계의 표시를 기준으로 삼았다. 그 때문에 무조건 라인마다 유량계 설치는 필수였을 뿐만 아니라 여분 유량계까지 보유하고 있어야 해서 추가 비용이 발생했다. 문제는 이 유량계가 거의 무용지물이었다는 것이다. 유량계의 수치가 실제 판매량과는 전혀 맞지 않았고 이를 정부에서도 잘 알고 있었다. 그렇기에 단 한 번도 유량계를 체크한 장부를 보자고 하는 일조차 없었다. 실제 쓸모도 없고 그래서 사용할 필요가 없는 장비를 법이 정했다는 이유로 설치하고 관리해야 했고 그에 따른 손실 비용이 발생했다. 다행히 이런 형식적인 법이 2018년에 사라졌다. 내가 맥주 업계에 뛰어든 지 14년 만의 변화다.

눈에 띄는 또 다른 변화는 맥주 제조와 음식이 분리된 것이다. 이 역시 유량계와 마찬가지로 2018년에 바뀌었는데 그전까지만 하더라도 브루펍을 운영하기 위해서는 반드시 레스토랑을 함께 열어야 했다. 맥주만 만들어서는 안 되고 음식까지 같이 할 수밖에 없었다. 이 때문에 맥주를 좋아해서 맥주만 만들고 싶어도 반드시 레스토랑까지 운영해야 하는 부담이 있었다. 하여 음식 면허를 같이 내서 매장에 자리만 만들어놓고 실제로는 제조와 유통만 할 뿐 음식 영업은 하지 않는 편법까지 등장했다. 음식 장사는 아예 포기하고 제조와 유통에만 매진해도 수익이 발생하는 업주들이 쓰는 방법이었다. 다행히 2018년부터 법이 개정되면서 이런 편법까지 쓰지 않아도 맥주를 만들 수 있게 됐다. 맥주를 좋아하는 사람이라면 굳이 음식점까지 차리지 않고 제조만 할 수 있게 된 것이다. 법이 바뀌기 전에는 나를 찾아와 맥주 제조를 하겠다고 조언을 구하는 사람들에게 웬만하면 생각을 다시 해보라고 조언을 할 수밖에 없었다. 맥주가 좋아서 시작하려고 하는데 음식까지 해야 한다는 사실을 모르는 경우가 대부분이었기 때문이다.

수제맥주 초창기부터 사업을 진행해 지금까지 유지해오고 있는 내 경험으로 볼 때 여러 가지 제도도 개선되고 법도 많이 좋아진 것이 사실이다. 단적으로 과세표준이 120%에서 72%로 낮아진 것만 보아도 환경이 좋아지고 있음을 알 수 있다. 하지만 여전히 관련 법이 정리되어 있는 것도 아니고 여기저기 분산되어 있어 이를 제대로 알기란 쉽지 않다. 주세 계산법 또한 명확하지 않고 너무나 복잡하다. 그렇기 때문에 사업을 시작하려고 결정하고 관련 법을 공부하기가 쉬운 일은 아니다.

이 시점에서 정부라도 나서야 한다는 것이 내 견해다. 대부분 사람들이 법에 대해 알지 못하고 있고 알려고 해도 접근 방법이 쉽지 않다. 하지만 맥주 사업은 무엇보다도 법을 잘 파악하고 시작해야 한다. 요즘에는 여러 아카데미에서 제조를 가르쳐주면서 주세법을 커리큘럼에 넣고는 있지만 그 내용이 자세하지 않다. 그렇기 때문에 막상 펍을 열고 나서 낭패를 보는 사람이 한두 명이 아니다. 시작하기 전에 어느 정도 알고 있어야 그것이 경험으로 발전되는데 아예 처음부터 모르고 시작하는 사람들에게는 그저 넘기 힘든 난관일 수밖에 없다. 따라서 정말 창업을 희망하는 사람들을 대상으로 정부가 나서서 교육을 진행해야 한다고 본다. 정부가 나서면 신뢰도도 높을 뿐 아니라 실질적인 정보를 줄 수 있으므로 산업 발전에 큰 도움이 될 것이 분명하다.

 주세법에 대하여

　맥주에는 매우 높은 세금이 책정되어 있다. 1980년대까지만 해도 대중주가 아닌 일부 고소득층이 즐긴 고급술이라는 인식 때문이었다. 오랫동안 확고부동했던 주세법에 변화가 시작된 것은 우리나라에 수제맥주 열풍이 불기 시작한 2002년 무렵이다. 그전까지만 해도 맥주 제조를 할 수 있는 주류제조면허가 일반면허뿐이었다. 이 면허를 취득하기 위해서는 대규모 생산설비를 갖춰야 했는데 그 기준이 대기업이 소유하고 있던 대형 맥주공장 수준이었다. 이 때문에 자본이 약한 개인이나 소기업이 진입할 수 있는 시장이 아니었다. 이 같은 높은 진

입 장벽이 허물어진 것은 2002년 '소규모 맥주제조자' 면허가 도입되면서부터다.

소규모 맥주제조자 면허는 2002년 월드컵을 앞두고 도입된 것으로 대기업 수준이 아닌 소규모로도 맥주 비즈니스를 시작할 수 있는 여건을 마련해주었다. 당시 '하우스맥주'라고 불리는 수많은 브루펍들이 생길 수 있었던 것도 이 때문이다. 일반면허 취득 조건이 완화되었다고는 하지만 여전히 높은 진입 장벽은 2008년 또 한 번 하향 조정되었다. 이렇게 법적으로 제약이 많이 풀렸다고는 하나 현실적 제약이 없어진 것은 아니다.

당시 소규모 맥주제조자들은 외부 유통을 할 수 없었기 때문에 생산한 맥주를 자신의 매장에서 모두 소비할 수 있는 규모가 아니라면 사업을 유지하기가 힘들었다. 2004년에는 소규모 맥주제조자의 제조장과 영업장을 배관으로 연결한다는 '배관조항'이 신설되는 등 시설기준이 강화되면서 어려움은 더 커졌다. 2008년 배관조항을 제조장과 영업장이 붙어 있는 경우로 한정하고 2009년 제조자가 직접 운영하는 다른 장소의 영업장에서도 판매할 수 있도록 규제가 약해지기도 했다.

이렇게 시간이 지나면서 규제도 서서히 완화되긴 했으나 실질적인 효과가 없었기 때문에 맥주제조 면허 수는 지속적인 감소세를 보였다. 결국 높은 관심 속에서 성장이 기대됐던 하우스맥주 산업은 유통의 제한으로 사업 확장이 어려운 점 때문에 서서히 몰락하는 양상을 보였다. 2002년 처음 소규모 맥주제조자 면허가 도입된 이후 그 수가 점점 증가해 2005년 118개에 달하던 면허 총수는 이후 계속 감소해 2013년 61개까지 줄어들었다.

이 같은 여러 규제로 인해 대한민국 맥주 산업에서 소규모 양조업자들이 살아남기란 갈수록 힘들었는데 그 중심에는 무엇보다 높은 세금이 원인으로 자리하고 있다. 1949년 제정된 주세법에서 정한 주세 과세 방식은 지금과는 다른 종량세였다. 맥주의 경우 1석당 1949년에는 20,000원, 1950년에는 25,000원, 1965년에는 77,830원이 부과됐다. 그러던 것이 1967년 탁주, 약주 및 주정을 제외한 주류가 종가세로 전환되고 1971년에는 주정을 제외한 모든 주류가 종가세로 바뀌었다. 맥주는 1972년 120%의 주세가 붙었으며 1973년에는 150%까지 증가됐다. 이후 그 비율은 점차 낮아져 2007년부터 72% 주세가 이어지고 있다.

또한 맥주에는 주세 이외에도 각종 세금이 부과되어왔다. 방위세, 교육세, 부가가치세 등이 여러 해 동안 포함되면서 주세 부담이 높아졌다. 1990년대 정점을 기록했던 주세는 이후 조금씩 낮아지면서 부담이 많이 줄어들기는 했지만 여전히 소규모 양조장 사업자들의 발목을 붙잡으며 성장을 가로막고 있다. 현재 우리나라 주세율 72%는 다른 나라와 비교했을 때 무척이나 높은 편인데 여기에 교육세 30%까지 붙어 사업자들의 부담이 만만치 않다. 무엇보다도 종량세가 아닌 종가세는 대기업 사업자에 비해 중소기업 및 소규모 맥주사업자들의 부담이 상대적으로 높은 것이 사실이다. 이런 점들을 지적해 정부를 상대로 주세법 개정을 건의하고 있지만 다른 주류와의 형평성을 이유로 법 개정을 쉽게 진행하지 못해왔다. 그러나 최근 들어 수제맥주 산업에 대한 관심이 지속적으로 커지고 있고 정부 역시 수제맥주 사업을 하나의 산업으로 발전시켜야 한다는 데에는 같은 의견이어서 앞으로 주세법 개정이 어느 방향으로 변할지 관심이 모아지고 있다.

《비어포스트》 2017년 9월호 기사 참고)

강한 체력, 그보다 더 건강한 정신력이 필요하다

지난겨울부터 내가 가장 많은 시간과 노력을 쏟은 일은 남양주에 터를 내린 바네하임 제2 양조장이었다. 사업을 시작한 지 15년 만에 확장을 하는 것이기 때문에 많은 신경을 쓸 수밖에 없었다. 무엇보다도 제조시설과 매장 크기가 1호점에 비해 훨씬 크기 때문에 부지 선정과 건물 신축, 인테리어까지 무엇 하나 수월히 넘어가는 일이 없었다. 이른 아침부터 저녁까지 새 매장 설계에 공을 들였고 저녁이 되면 다시 영업에 매진하느라 어느새 체력이 바닥에 이르고 있다는 사실을 깨닫지 못했다. 몸에서 자꾸만 이상 신호가 왔고 결국 가까스로 시간을 내서 받은 건강 검진 결과를 보고 정신이 번쩍 들었다. 당뇨 전단계인 내당능 장애 판결이 나왔고 조심하지 않으면 급속하게 당뇨로 진행된다는 것이었다. 아직 젊고 체력도 자신 있었는데 그런 판결을 받게 되자 덜컥 겁이 났다. 무엇보다도 가족력이 있기 때문에 절대 조심해야 한다는 전문의의 소견은 지금의 생활을 바꾸지 않으면 안 된다는 결론에 이르게 했다.

사실 브루마스터가 되려면 무엇보다도 중요한 것이 체력이다. 정신력이 강해야 한다는 것만으로 그치는 게 아니라 정말 단단한 육체적 능력도 반드시 갖추어야 한다. 우리나라뿐만 아니라 전 세계적으로 여성 마스터가 많지 않은 이유는 여자가 남자보다 기초 체력이 떨어지기 때문이다. 맥아나 효모 등 기초 재료를 운반하는 것부터 맥주는 만들 때 쉼 없이 저어주어야 하고 또 만들고 난 뒤 케그에 담아 옮기는 일까지 끊임없이 힘을 필요로 한다. 맥주 제조를 하고 싶어도 체력이 안 되어 할 수 없이 그만두는 동료들도 상당히 많았다. 이런 과정에서 함께하는 동료의 도움을 받을 수도 있겠지만 언제까지 의지할 수만은 없는 일이다. 내가 혼자 할 수 없는 일이라면 제대로 할 수 없는 것이다.

그나마 나의 경우엔 맥주를 시작하기 전 검도로 몸을 다진 것이 큰 힘이 되었다. 내가 검도를 시작하게 된 계기는 좀 엉뚱하긴 하지만 드라마의 영향이 컸다. 당시 드라마 〈모래시계〉가 전국을 강타하고 있었는데 극중 보디가드로 나온 이정재가 검도를 하는 모습에 많은 사람들의 시선이 쏠렸다. 그 덕분에 검도 열풍이 불었고 나 역시 그 쉽지 않은 스포츠에 관심을 갖게 되었다. 무엇보다도 검도가 정신 수양에 좋다는 말에 덜컥 레슨을 신청했다. 내가 검도를 한다는 말에 친구들은 얼마 못 가 포기할 거라고 했지만 예상과는 다르게 나의 검도 수련은 5년 동안 꾸준히 이어졌다. 뭔가 하나 시작하면 꾸준히 하는 성격이기도 했지만 검도 자체가 나와 잘 맞는 운동이라는 것을 하면 할수록 깨닫게 된 덕분이기도 했다.

검도를 시작하기 전에 어깨와 허리에 통증이 있었는데 검도를 하면서 자세를 바르게 하고 근육을 단련하다 보니 어느새 아팠던 곳이 어디였는지 잊을 정도로 몸이 좋아졌다. 특히 몸 전체적으로 근육이 붙으니 기초체력이 놀랄 정도로 달라졌다. 건강도 내 의지에 따라 단련할 수 있는 것이라는 사실이 내게 자신감을 더해주었다. 그 덕분에 맥주를 시작할 수 있었다고 해도 과언이 아닐 것이다.

5년 넘게 이어온 검도를 그만둔 것은 비네히임을 시작한 뒤 조정하기 쉽지 않은 시간 때문이었다. 그때까지만 해도 저녁에 도장을 나갔는데 매장을 시작하면서 아침으로 바꾸다 보니 하루를 버티기가 쉽지 않았다. 그 정도면 기초 체력은 다진 셈이니 이제는 유지가 중요하다는 생각에 검도를 접고 요가를 시작했다. 검도만큼 강한 운동은 아니었지만 요가 역시 근육을 유지하는 데 큰 도움을 받았다.

이렇듯 일을 위해 꾸준히 운동을 하면서 체력을 관리해왔건만 건강을 유지하기란 정말 쉬운 일이 아니었다. 그 첫 번째 관문이 마흔도 안 된 나이에 닥친 오십견이었다. 운동에 대한 강박이 있어서였는지 휴일에 잠시 틈만 나면 요가 이외에도 다른 운동을 조금씩 했는데 그날따라 과격하게 한 캐치볼이 문제였다. 어깨에 문제가 있다는 사실을 완전히 잊고 다른 때보다 오랫동안 캐치볼을 하고 들어왔는데 밤부터 통증이 시작됐다. 서서히 아프기 시작한 어깨는 잠을 이루지 못할 정도로 통증 정도가 심해지더니 급기야는 어깨를 완전히 쓰지 못할 지경이 되었다. 부랴부랴 병원에 달려갔더니 오십견 판정이 나왔다. 오십견은 오십이 넘어야 걸리는 병이라고 생각했는데 나이는 상관이 없는 것이었다. 게다가 한번 걸리고 나니 치료가 쉽지 않았다.

그전까지 어깨에 통증이 있을 때는 그저 아픈 것을 참아내기만 하면 되었는데 막상 어깨 자체를 쓰지 못하게 되니 불편하기가 이만저만이 아니었다. 밥 먹을 때도, 샤워를 할 때도 시간이 두 배 세 배 걸렸다. 옷 입을 때는 그야말로 진땀을 빼야 했다. 셔츠같이 간단한 옷을 갈아입는 것도 어마어마한 일이 됐다. 한번은 지인의 결혼식에 가기 위해 평소에 잘 즐기지 않는 원피스를 꺼내 겨우 입었는데 등 뒤의 지퍼를 도저히 올릴 수 없었다. 결국 절반쯤 올리다 포기하고 겉옷으로 가린 채 식장까지 갔고 그곳에서 만난 친구에게 부탁해 화장실에서 나머지를 채웠다. 집에 돌아와서는 언니의 도움을 받아야만 했다. 그날 저녁 내 상황이 정말 어이가 없어서 혼자 한참 동안 웃었던 기억이 난다.

무엇보다도 심각한 것은 어깨를 쓰지 못하니 맥주를 만들 수 없었다. 무거운 재료와 케그통을 거뜬히 들어 올려도 모자랄 판에 아예 아무것도 들지 못하는 상태가 됐으니 제조장에는 얼씬도 못 했다. 결국 제조를 잠시 직원들에게 맡긴 채 온종일 사무실에 틀어박혀 있어야만 했다. 맥주를 만들지 못하니 우울증도 따라왔다. 정말 설상가상, 엎친 데 덮친 격이 아닐 수 없었다. 이러다가 영영 맥주를 만들지 못하게 될 수도 있다는 생각에 겁도 났다. 하루하루가 힘겹게 지나가고 있을 무렵 상담을 하기 위해 정신과 전문의를 만났고 어깨 상태 때문에 우울증이 심해지고 있다고 토로했다. 선생님은 오십견 치료를 잘한다는 병원을 소개해주었고 그다음 날로 그곳을 찾아갔다. 그전에도 여러 병원을 다녔는데 별다른 효과를 보지 못해서 반신반의했지만 다른 방법도 없었다. 마지막이란 심정으로 꾸준히 치료를 받았는데 다행히 서서히 차도가 나타났다. 움직이기만 해도 생겨나던 통증이 차츰 줄어들더니 어느새 조금씩 팔이 돌아갔고 이제는 완전히 예전의 컨디션을 되찾았다. 제조장에 다시 들어가도 될 만큼 완치가 되었을 때는 정말 다시 세상에 태어난 것 같은 기분이 들었다.

오십견의 경험이 내가 겪은 육체적 난관이었다면 정신적 난관으로 인해 병원 신세를 진 사건도 있었다. 가까스로 오십견에서 탈출해 다시 맥주 제조에 집중할 무렵 함께 일하던 직원 때문에 엄청난 스트레스를 받았고 그 일로 쓰러지는 일이 발생했다. 매장에서 일하는 정직원이었는데 그가 출근하는 날부터 퇴사하는 날까지 2년이 넘는 동안 내게 스트레스가 이어졌다. 직원 때문에 사장이 스트레스를 받는다고 하면 선뜻 이해가 가지 않는 상황이라고 할 수 있겠지만 처음부터 출발이 불안하더니 아슬아슬한 인연은 마지막까지 이어졌다. 딱히 어떤 말로 규정을 지을 수는 없지만 어쩐지 면접 때부터 산뜻한 느낌이 들지 않았다. 그냥 내 개인적인 감정이라 큰 문제는 없을 거라 여겼는데 시간이 가면 갈수록 산뜻하지 않은 느낌은 답답하면서도 불길한 기운으로 퍼졌다. 일을 잘하고 못하고를 떠나 가장 거슬리는 점은 자꾸만 규율과 규칙을 애매하게 어긴다는 것이었다. 차라리 눈에 띄게 어기면 정식으로 해고 처리를 하면 됐지만 그러기에는 또 사소했다. 한마디로 업무와 비업무 사이에서 아슬아슬 줄타기를 잘해나가며 나와 다른 직원들을 이용했다. 그런 직원을 잘 다루고 또 그런 행동들을 크게 신경 쓰지 않는 사람들도 있겠지만 명확한 것을 좋아하는 내 성격상 이와 같은 상황을 감당해내기가 힘들었다. 결국 모든 스트레스는 고스란히 내 몫이 되었다. 이 직원이 오늘은 또 어떤 식으로 내 신경을 건드릴지 하루하루 살얼음판 위를 걷는 기분이었다.

그러던 중 어느 날 맥주 사업을 하면서 알게 된 지인 몇 명이 바네하임에 찾아왔고 오랜만에 기분을 달래기 위해 매장이 아닌 다른 식당으로 식사를 하러 나갔다. 자리에 앉아 메뉴를 정할 때부터 어쩐지 몸 상태가 안 좋았지만 별일은 아닐 거라 여기고 참았다. 상태가 그래서인지 술 생각도 나지 않았다. 그런데 시간이 지날수록 몸 상태는 더 안 좋아졌고 화장실을 다녀와야겠다는 생각에 자리에서 일어났다. 그리고 식당 문을 열고 나가는데 갑자기 시야가 뿌옇게 흐려지더니 그대로 쓰러지고 말았다.

평소에도 자주 다니던 곳이라 안면이 있던 주인아주머니가 놀라서 나를 일으켜주셨다. 무슨 일이냐고 묻는 아주머니께 일행 한 사람을 불러달라 이야기했고 함께 식사를 하던 동료가 뛰어나와 나를 부축했다. 그 와중에 엄청나게 커진 그의 눈을 보면서 '이 사람 눈이 원래 이렇게 컸나?' 하고 생각했던 기억이 아직도 생생하다. 아무튼 잠깐 정신을 차린 나는 화장실까지만 데려다달라고 부탁하며 천천히 걸음을 옮겼다. 그런데 계단을 오르던 중 다시 온몸에서 힘이 빠져나가는 듯하더니 또다시 정신을 잃었다. 그런데 이번에는 그냥 쓰러진 것에 그치지 않았다. 몸이 계단을 향해 앞으로 고꾸라지면서 난간에 얼굴을 부딪혔고 그 바람에 앞니 하나가 완전히 부러졌다. 옆에 있던 동료도 어찌할 수 없을 만큼 순식간에 벌어진 일이었다. 놀란 동료가 다급한 목소리로 구급차를 부르는 사이 희미하게 정신이 돌아왔고 계단 구석에 하얀 조각이 떨어져 있는 게 눈에 들어왔다. 본능적으로 그게 내 부러진 이라는 것을 느낀 나는 얼른 주워서 주머니에 넣었다. 어쨌든 내 거라는 생각에 그냥 둘 수 없었다. 잠시 후 구급차가 도착했고 나를 차에 실은 구급대원이 물었다.

"이가 부러지셨어요. 부러진 이 어디 있습니까?" 나는 정신없는 와중에도 주머니를 뒤적거려 부러진 이를 보여주었다.

"그래도 다행이네요. 잘 챙겨오셨습니다. 주머니 말고 입 안에 넣으세요. 입 안에 있던 거라 그게 가장 안전합니다."

병원에 도착한 다음 응급처치와 함께 여러 가지 검사가 이어졌다. 구급대원 말대로 이를 잘 챙겨온 것은 정말 불행 중 다행이었다. 그 덕분에 큰 문제 없이 감쪽같이 이를 붙일 수 있었다. 몇 가지 검사가 끝난 뒤 담당 의사는 내게 이가 부러진 것은 행운 중 행운이라고 말했다.

"이가 부러진 것으로 그쳐서 다행입니다. 뒤로 넘어졌을 때 심각한 뇌진탕을 일으켰을 가능성이 컸는데 혈관이 튼튼해서 뇌출혈도 피하셨습니다. 평소 스트레스가 엄청나신 것 같은데 그것만 잘 다스리시면 됩니다. 참, 이는 잘 붙었다고 하더군요. 그래도 당분간 앞니는 조심해서 사용하셔야 한다는 말 들으셨죠?"

의사가 돌아간 뒤 하룻밤 입원을 하고 있는 동안 그간의 내 생활을 돌아보았다. 정말 의사 말대로 뇌진탕이나 뇌출혈을 일으켰다면 지금의 나는 없었을지도 모른다. 그 말을 곰곰이 되새겨보자니 머릿속이 서늘해졌다. 아직 결혼도 못 했는데 이대로 인생이 엉망이 될 뻔했다는 생각을 하니 등골까지 오싹해졌다. 예민한 성격이라 늘 위장장애를 달고 살았는데 거기에 극심한 스트레스까지 겹치니 몸이 버텨내지 못한 것이었다.

그렇게 연속해서 몸과 마음을 다치고 나니 이대로 살아서는 안 되겠다는 생각이 더욱 강하게 들었다. 다시 운동에 매진하는 것은 물론 스트레스를 다스리는 일도 간과하지 말아야겠다고 마음을 다잡았다. 그러고 보니 언젠가 친구가 한 말이 떠올랐다.

"넌 너무 참기만 하더라. 참는 게 좋은 것만은 아닌데. 다른 사람들 생각해주는 것도 중요하겠지만 우선 너 자신을 생각해야지."

돌아보니 그 친구 말대로 난 언제나 참는 데 익숙했다. 어릴 때부터 아파도, 힘들어도 무조건 참아야 한다고만 생각했다. 내가 할 수 있는 것은 그저 참는 일뿐이었고 그래서 더 잘 참아왔다. 아무리 힘든 일이라도 참다 보면 지나갈 테고 그렇게 잊어가는 거라 여겼다. 그런데 그저 참기만 하다 몸이 망가지고 마음이 힘들다는 것을 실제로 경험해보니 참는 게 좋은 것만은 아니라는 친구의 말이 피부에 와닿았다.

그래서 남양주 브루어리 공사가 들어가는 것과 동시에 내 몸과 마음의 공사도 시작했다. 웨이트 트레이닝을 시작해 그간 소홀했던 몸의 근력을 다시 채우고 있다. 또한 스트레스를 받으면 무조건 참기보다는 다른 방법으로 이를 풀어나갔다. 더 많이 사람들을 만나고 듣고 싶었던 강의도 듣고 공부에도 집중 중이다. 그리고 그리 여유롭지는 않아도 그 가운데서 나만의 시간을 충실히 챙기고 있다. 몸이 건강하고 마음이 튼튼해야 현재를 즐기고 미래를 계획할 수 있으며 무엇보다도 나 자신이 행복해야 성공도 의미가 있다고 믿기 때문이다.

원활한 매장 운영은 직원 케어부터 시작된다

매스컴을 통해 내 이야기와 바네하임이 널리 알려지면서 브루펍 사업에 대해 조언을 구하러 오는 사람들이 많다. 꼭 일 때문이 아니더라도 사람들을 만나는 자리라면 누구나 브루펍을 어떻게 시작하면 되느냐부터 매장 운영에 있어서 가장 중요한 것이 무엇인지를 물어본다. 그때마다 무슨 말을 어떻게 해주어야 할지 고민이 된다. 그래도 가장 먼저 떠오르는 것이 있다면 역시 직원 관리다.

어느 날 홀을 담당하는 팀장이 조심스럽게 면담을 요청해왔다. 평소 일이 있으면 바로바로 이야기하는 사람이라 따로 할 이야기가 있다는 말에 잠시 긴장이 됐다. 무슨 일 때문일까 하고 생각을 해보니 짚이는 게 한 가지 있긴 했다. 주방 안에서 근무하는 두 명의 직원이 최근 열애 중이었는데 아무래도 그 문제인 듯했다. 내 예감은 적중했다.

"두 사람 관계 눈치채고 계셨죠?"

"알고 있죠. 그렇게 티가 나는데 어떻게 모르겠습니까. 그런데 무슨 문제라도 있나요?"

"사귀는 것까지 뭐라고 할 수는 없는데 주방 분위기가 점점 이상해지고 있습니다. 처음에는 다른 사람들 눈치를 보면서 조심하더니 이제는 그런 것도 없습니다. 사이가 좋을 때든 싸우고 나올 때든 어찌나 티격태격하는지 일에 지장이 있을 정도입니다."

"그래요? 두 사람이 사귀는 건 알고 있었는데 일에 지장이 있는 정도인지는 몰랐네요. 어떻게 하면 좋을까요?"

"둘 중 한 사람을 그만두게 하든지, 최소한 다른 업무를 맡기든지 해야 할 것 같습니다."

팀장은 그렇게 에둘러 말했지만 당장이라도 둘 다 해고 조치를 해줬으면 하는 눈치였다. 하지만 연애를 한다고 해고할 수는 없는 노릇이었다. 나는 조금만 더 지켜보자는 말로 면담을 끝냈다. 좀 두고 보자고 한 것은 그들이 정신을 차리고 일에 몰두할 수 있기를 기다려주겠다는 뜻은 아니었다. 경험상 그렇게 매장 내에서 연애를 시작하면 내가 나서지 않아도 어떤 방식으로든 알아서 결론이 나기 때문이다. 팀장이 걱정하던 두 사람은 결국 시간 차이를 두고 사표를 냈다. 더 큰 문제를 일으키지 않고 각자 떠나주었으니 다행이긴 했지만 바네하임으로서는 손실이 만만치 않았다. 새로 직원을 뽑아야 하고 그 직원을 교육시키는 데 들어가는 시간과 비용이 발생하기 때문이다.

사실 이번뿐만 아니라 바네하임 안에서의 '사내커플' 탄생은 종종 있는 일이었다. 처음 매장을 구성했을 때는 양조장 일이 워낙 힘들어서 남자 직원만 채용했었다. 여자인 내가 양조를 하고 매장을 운영하면서 가장 힘든 점이 아무래도 체력이었기 때문에 그런 면에서 우위인 남자 직원을 선호한 것은 사실이다. 하지만 언제까지 남자 직원만 둘 수는 없었기 때문에 점차 여성 직원의 수를 늘렸는데, 바로 거기서 등장한 문제가 바로 사내커플이었다.

젊은 남녀가 한 공간에서 오랫동안 일을 하다 보면 마음이 맞기도 하고 그러면 연애를 하는 것은 자연스러운 일이다. 그걸 말릴 생각도 없었고, 말린다고 될 일도 아니었다. 어리긴 해도 성인들이니 일도, 사랑도 알아서 해야 할 터였다. 그런데 그런 내 생각이 너무나도 낭만적이었다는 것을 시간이 알려주기 시작했다. 사내커플들은 일정한 패턴을 보였다. 사귀는 게 알려지면 처음에는 더 열심히 일을 하다가도 반드시 6개월 안에 남녀 모두가 매장을 그만두었다. 보통은 여자 직원이 먼저 나가고 한두 달 안에 남자 직원이 따라서 그만두었다. 두 사람의 관계가 틀어져 깨지면 당연한 일이었고 좋은 관계가 유지된다 해도 그 패턴은 언제나 일정했다.

그나마 직원으로서의 개념이 있는 커플들은 큰 문제는 일으키지 않았다. 그런데 그렇지 않은 경우도 당연히 있었다. 매장 직원은 서비스 정신을 갖추고 있어야 하는 것이 기본인데 커플 중 한 명이 손님들에게 친절하게 대하는 것을 질투하고 참지 못했다. 또 여자친구가 힘들다는 이유로 자신의 일뿐만 아니라 상대의 일까지 도맡아 해서 주변으로부터 핀잔을 듣는 직원도 있었다. 여자 직원은 원래 일을 잘하는 인재였는데 남자친구의 도움을 받다 보니 점점 게을러져서 나중에는 아무 일도 하지 않으려고 했다. 매장에서 대놓고 사랑싸움을 하는 커플도 있었다. 처음에는 티격태격하는 모습을 보여 어째 불안하다 싶었는데 결국 한 사람은 주방에서, 다른 한 사람은 홀에서 소리를 지르며 싸워 나를 비롯한 다른 직원들을 황당하게 만들었다.

그런 일이 있은 뒤부터 바네하임의 직원 매뉴얼에 사내연애 금지 조항이 추가됐다. 채용면접 때 미리 그 사항을 자세히 설명해준다. 금지라는 강력한 단어를 사용하고 있기는 하지만 남녀의 연애는 말릴 수 없는 것이기에 적어도 직원들에게 들키지 말

것이며 그로 인해 업무에 발생하는 어떤 지장도 용납할 수 없음을 전달한다. 사내연애 금지를 면접 때도 미리 알리고 직원 매뉴얼에까지 명기하는 이유는 업무를 완벽하게 이행하는 것과 함께 업무에 방해되는 요소는 사전에 차단하는 것이 운영자로서 해야 할 일이라는 걸 뒤늦게 깨달았기 때문이다.

물론 사내연애 금지가 직원 매뉴얼에서 차지하는 부분은 극히 일부다. 바네하임의 매뉴얼은 정직원이든 아르바이트 직원이든 일단 바네하임의 식구가 된 이상 일원으로서 지켜야 할 모든 행동양식들이 적혀 있다. 매뉴얼이 마련되기 전까지는 그저 자신의 업무가 무엇인지 숙지하고 그 업무를 잘 이행해달라고 당부하는 것이 전부였다. 하지만 바네하임의 덩치가 점점 커지고 들고 나는 사람들이 많아질수록 문서화된 양식이 필요해졌다. 이 문제를 의논하기 위해 노무전문가를 만나 상담을 했다. 내가 직원운영에 대한 힘겨운 사안들을 설명하면서 매뉴얼 이야기를 꺼내자 있으면 좋으니 한번 만들어보라고 조언했다.

미팅을 마치고 돌아오자마자 매뉴얼 작성을 시작했다. 업무에 대한 기본 규칙은 물론 그동안 바네하임을 운영해오면서 겪어온 일들 중 제대로 지켜지지 않은 문제들을 세세히 포함시켰다. 다섯 달 뒤 내가 만든 매뉴얼을 들고 다시 노무전문가를 만났다. 그는 문서를 살펴보면서 혀를 내둘렀다.

Employee Manual

BrauHaus Vaneheim

update. 2019.04
Prepared by Kim Jungha

Employee Manual

BrauHaus Vaneheim

2013. 05. 01

메뉴얼북 첫 번째 Ver.(좌), 최근 업데이트 Ver.(우)

　"필요하다고 해서 만들어보라고 말했지만 정말 이렇게 만들어서 가지고 올지 몰랐습니다. 그런데 항목이 정말 세세한 게 더 놀랍네요. 매장을 운영하는 다른 사람들한테 샘플로 보여주고 싶을 정도입니다."

　다섯 달이란 적지 않은 시간을 들여 만든 바네하임의 교과서는 노무사로부터 칭찬을 받긴 했지만 아직도 완벽하다고 할 수는 없다. 누군가는 매장을 운영하는 데 굳이 빽빽한 내용의 매뉴얼이 필요하느냐 반문할지도 모르겠다. 하지만 20명 가까이 되는 직원들을 효율적으로 관리하기 위해서는 필수불가결한 요소라고 강조하고 싶다. 내가 직원 매뉴얼에 공을 들인 것은 10년 가까이 매니저 역할까지 하며 매장을 관리하면서 터득한 노하우의 결정체라 할 수 있다. 지금이야 조직이 커져서 중간 매니저가 있지만 그렇지 않았을 때는 직접 직원 교육을 시켰다. 특히 단기 아르바이트가 많은 분야라 교육은 해도 해도 끝이 없었다. 그렇다고 대충 하거나 알아서 하라는 식으로 넘기면 매장은 그야말로 난장판이 됐다. 이제는 매니저도 있고 매뉴얼까지 갖추고 있어서 교육에 들어가는 비용과 시간이 줄었을 뿐만 아니라 그만큼 업무에 집중할 수 있어 효율적인 면에 있어서 성공했다고 말할 수 있다.

매뉴얼을 통해 새로 들어오는 직원을 교육하는 일만큼 중요한 것이 나가는 직원들을 관리하는 일이다. 일을 그만두면 그것으로 끝이 절대 아니었다. 그만두는 사람들과의 마무리가 깨끗하지 않으면 노사문제가 발생하고 그로 인해 여러 가지 골치 아픈 일들을 당할 수 있다. 나 역시 일을 그만둔 사람 때문에 노동부에 불려 들어간 적이 있다.

1년 넘게 아무 문제 없이 일했던 직원인데 퇴사 직후 노동부에 나를 고발했다. 대체 무슨 일인지 놀란 마음을 진정시키고 나가보니 내가 퇴직금을 떼어먹었다는 게 노동부 측 설명이었다. 그래서 그동안 지급했던 월급 내역서와 퇴사할 때 지급한 퇴직금 서류를 모두 찾아서 정리해보았더니 계산 착오가 드러났고 결국 다시 정산을 해주면서 문제가 해결됐다. 액수는 그리 크지 않았다. 그 일이 있은 뒤 아무리 적은 액수라도 사람의 감정을 상하게 할 수 있겠다는 사실을 알게 됐다. 특히 함께 일할 때는 모르겠지만 일터를 떠난 뒤에는 감정에 따라서 좋은 고객이 되어 다시 만날 수도 있으므로 더욱 조심해야 한다.

물론 현재 매장에서 일하고 있는 직원들에 대한 복지 역시 대표가 챙겨야 할 중요한 문제다. 바네하임의 대표적인 직원 복지는 홀과 주방 사이에 마련된 서비스 스테이션이다. 서비스 스테이션은 원래 주방에서 나온 음식을 홀로 전달하는 접점 공간인데 이곳의 한편에 직원들이 일을 하는 동안 아무 때나 먹을 수 있는 음식들을 준비해둔다. 이 공간의 음식은 누구나 먹고 즐길 수 있다. 쉴 새 없이 움직이는 직원들에게 먹는 것만큼은 부족함 없이 해주고 싶은 마음에서 생겨난 공간이다. 자주는 아니지만 가끔씩 내가 주방에서 일을 할 때면 야식으로 특별 메뉴를 만들어주기도 한다. 다른 사람에게 마음과 정을 전할 수 있는 것이 음식이며 또 반대로 가장 빈정 상하게 만드는 아이템 역시 음식이기 때문에 이 부분만큼은 잘 챙겨주려고 노력 중이다. 양조장의 특성을 살려 한 달에 한 번 전 직원이 원하는 만큼 맥주를 챙겨가는 '맥주데이'도 운영 중이다. 맥주에 대해 좀 더 애정을 갖는 동시에 바네하임 맥주에 자부심을 갖게 되길 바라는 뜻으로 진행하고 있다.

직원 복지는 앞으로도 다양한 방식으로 보강을 할 예정이다. 얼마 전까지 한 달에 한 번 외식 지원금으로 5만원을 책정했다가 매출이 감소하면서 잠시 중단하고 있는데 이 또한 새로운 형식으로 부활할 예정이다. 그리고 〈수요미식회〉 이후 전 직원이 제주도 워크샵을 진행했는데 좀 더 분발해서 해외 워크샵도 진행하고 싶다.

대표로서 직원 관리를 위한 다양한 고민을 이어오고 있지만 이와는 별개로 반드시 지켜야 할 한 가지가 있다. 그것은 바로 대표와 직원 사이에 명확한 선이 있어야 하고 객관적인 감정을 유지해야 한다는 점이다. 나 역시 처음에는 선도 냉정함도 제대로 지키지 못했다. 워낙 정이 많은 스타일이라 무턱대고 사람을 믿었고 마음을 주었다. 그런데 좋은 감정으로 좋게 대하다 보니 어느 순간 대표와 직원의 위치가 뒤바뀐 적이 한두 번이 아니었다. 그 때문에 스트레스도 많았지만 사람에게 불필요한 감정을 주지 않는 법을 배우게 됐다. 명확하게 선을 긋고 감정을 나누지 않다 보니 처음에는 너무 냉정하다는 오해를 사기도 했다. 그 이후부터는 한 발 떨어진 곳에서 직원들을 관찰하고 문제가 보일 때에는 주저 없이 대화를 시도했다. 사소한 오해라도 바로바로 풀지 않으면 마음의 골이 깊어지고 결국 서로에게 상처만 남기게 되는 것을 미리 막는 차원이었다. 물론 일 잘하고 또 잘하려고 노력하는 모습에는 칭찬도 아끼지 않았다. 결국 사람과의 관계는 심리전이기 때문에 상대의 심리를 잘 파악하고 대처해야 하며 이는 누구보다 대표라면 더욱 갖추어야 할 덕목일 것이다.

매장 운영에 있어서 직원 관리만큼 신경을 써야 할 또 다른 점은 문서화에 정성을 기울여야 한다는 것이다. 바네하임은 작은 매장이지만 웬만한 중소기업과 맞먹을 만큼 서류가 많다. 업무에 관련된 모든 사항은 문서로 작성하고 이를 자료로 남겨놔야 한다는 것이 매장 운영에 대한 나의 원칙이다. 자료가 많다는 것은 어떤 일이든 체계적인 시스템을 만들 수 있다는 것을 의미하며 시스템이 마련되면 업무에 대한 직원들의 태도 또한 달라진다.

매장에서 갖추어야 할 자료의 가장 기본은 역시 지출결의서다. 현재 바네하임에서는 아무리 사소한 물건을 산다 하더라도 사전 지출결의서를 작성하고 결재를 받아야 한다. 회사를 다니는 사람이라면 너무 당연한 것 아니냐고 생각하겠지만 일반적인 매장에서는 이 당연한 일이 귀찮다는 이유만으로 제대로 이루어지지 않고 있다. 그렇다 보니 돈 관리도 힘들 뿐만 아니라 소소하게 발생하는 누수액이 나중에는 눈덩이처럼 불어나기도 한다. 내가 바네하임에서 처음 지출결의서를 만들었을 때 직원들은 익숙하지 않은 제도에 귀찮다는 반응을 보였다. 심지어 회사 규정이라고 강조를 해도 제대로 지키지 않을 때가 많았다. 당장 필요한 물건이 있는데 시간 없고 급하다는 핑계로 결재도 받지 않고 제멋대로 구입을 해서 문제를 발생시켰다. 결국 지출결의서 없이는 무엇 하나도 구입이 불가능할 뿐만 아니라 어떤 사유에서든 비용 지급이 안 된다고 못을 박았다. 그 뒤로 직원들의 태도가 조금씩 바뀌면서 문서 결재가 자리를 잡아갔다. 결재 시스템이 갖춰지니 미리 재고 파악이 가능해졌고 비용 손실도 줄어드는 등 업무 능률이 높아진 것은 두말할 필요도 없었다.

이 밖에도 매장 운영에 대해 경력자로서 이야기해주고 싶은 사안은 수없이 많다. 적은 돈으로 맥주 바를 운영하고 싶다는 사람부터 넉넉한 자본을 바탕으로 제법 큰 브루어리를 하고 싶다는 사람들이 창업을 앞두고 조언을 구하러 올 때마다 해주고 싶은 이야기가 넘쳐난다. 하지만 내가 그간 경험한 이야기를 밤을 새워 풀어놓는다고 하더라도 본인이 직접 경험하지 않고는 자신의 것이 될 수 없다. 나 역시 그런 시간을 거쳐 여기까지 왔으니 정도의 차이가 있을 뿐 누구나 비슷한 생각을 가지고 있는 것 같다. 그런 사람들에게 매장 운영에서부터 직원들 관리까지 세세한 조언을 해주고 싶지만 그저 이 한마디로 마무리하려 한다.

"스스로 하고자 한다면 못할 것이 없다는 말을 믿어야 합니다. 조금은 진부할 수도 있겠지만 사업에 있어서 본인의 의지만큼 중요한 것은 없으니까요. 마음과 성의를 다한다면 못할 것도 없고 안 될 것도 없습니다."

발전을 위해서는 공부도 일만큼 중요하다

얼마 전 좀 특별한 강연을 요청받은 적이 있다. 도시재생프로그램의 일환으로 마련된 '어쩌다 난곡' 맥주학교 프로젝트였다. 맥주를 주제로 청년들이 어떤 일들을 할 수 있는지 알려주는 강의였고 강사로 초청이 된 나는 그 자리에서 양조 재료와 프로세스를 설명했다. 최근 수제맥주가 각광을 받고 있고 젊은 층에서 미래의 직업으로 관심이 많기 때문에 이루어진 강연이었다.

현장에는 20대 후반부터 30대 후반의 젊은이들이 30여 명 모여 있었다. 강의가 시작되기도 전, 맥주에 대해 관심이 높다는 것을 분위기만으로도 알 수 있었다. 이전에 여러 지자체에서 맥주 테이스팅에 대한 강연을 종종 한 적은 있지만 맥주 전반을 다루는 수업은 극히 드물어서 나 역시 많은 준비를 갖추고 참여했다. 두 시간이 넘도록 이어진 이날 강연에서 젊은 청년들이 어떤 것을 배우고 느꼈는지 나로서는 알 수 없는 일이지만 적어도 맥주와 맥주 만드는 일이 단순한 작업은 아니라는 것을 조금이나마 알고 돌아간 것만큼은 분명하다. 그날 내가 강조한 부분은 양조가 보기와는 다르게 강도 높은 노동이라는 점이었다. 그 점을 꼭 강조하고 싶었던 것은 강연에 참석한 대부분의 사람들이 맥주 만드는 일을 너무나 환상적으로만 알고 있었기 때문이다.

"맥주 만드는 일을 좋게만 보는데 한마디로 노동입니다. 좀 더 격하게 표현을 하자면 '노가다'라고 할 수 있죠."

내가 이렇게 말하자 강의를 듣는 사람들이 매우 난감하다는 표정을 보였다. 흔히 '노가다'라고 하면 일 중에서도 가장 힘든 일을 지칭할 때 쓰는 표현이라서 거부감이 들 수밖에 없다. 하지만 나로서는 그렇게 강한 말로라도 현실을 알려주고 싶었다. 그건 단지 그날 모인 청년들뿐만 아니라 바네하임에서 일하는 직원들과 양조 사업을 준비하고 있는 모든 사람들에게 해주고 싶은 말이었다.

직접 체험하지 않고 겉으로 볼 때는 일이 그저 멋있게 보이기만 하는 분야가 많다. 양조도 그중 하나다. 양조 과정이 어떻게 이루어지는지보다는 그저 맛있는 술이 나오는 모습만 미화되었기 때문에 그 모습이 전부라고 생각하는 사람들이 많다. 그렇기 때문에 양조 일을 시작한 뒤 힘들고 실망스러워서 포기하는 사람들도 많다. 차라리 포기를 하는 쪽이 어쩌면 나을 수도 있는데 철저해야 할 양조 과정을 아예 무시하고 대충대충 술을 만드는 경우는 더 큰 문제가 된다.

내가 양조를 '노가다'라고 말할 수밖에 없는 것은 엄청난 체력이 뒤따라야 하기 때문이다. 뿐만 아니라 양조는 모든 과정에 책임감을 동반한다. 양조는 자식을 하나 낳아서 성인이 될 때까지 키우는 일과 다를 바 없다는 게 내 생각이다. 어린 자식을 돌보면서 어쩔 수 없이 겪어야 하는 스트레스를 감내해야 하는데 그 일이 귀찮다고 내버려두어서는 안 되는 것과 마찬가지다. 우선 양조는 매우 위생적으로 진행되어야 한다. 위생적이란 말이 그저 깨끗함을 유지하면 되는 것처럼 단순하지 않다는 게 문제다. 양조를 시작하면서부터 맥주가 완성될 때까지 대략 한 달의 시간이 걸리는데 그동안 작은 것 하나도 지나치지 않고 철저하게 관리를 해야 한다. 자칫 작은 한 부분이라도 소홀하게 넘기면 원하는 맥주를 얻을 수 없으며 엄청난 양의 재료를 다 버려야한다. 특히 효모는 발효가 되는 과정에서 이산화탄소와 알코올을 배설하는데 이를 지켜보면서 걸러주는 작업을 반복해야 한다. 매일 해야 하는 이 작업을 게을리하거나 귀찮다고 지나치면

술에서 이상한 냄새가 발생하고 깨끗한 맥주를 얻을 수 없다. 그런데 양조에 대해 제대로 알지 못하고 시작한 대부분의 사람들이 이 일을 제대로 진행하지 않는 모습을 수없이 보아왔다. 힘들다는 이유로, 혹은 별거 아니라는 생각으로 세심함을 놓친 다음 기대 이하의 결과물에 실망하고 양조 현장을 떠난다. 그렇기 때문에 이 일에 뛰어들기 전에, 아니 일을 시작했다면 처음부터 이 점을 제대로 알고 있어야 한다.

내가 이렇게 힘든 부분을 강조해서 강의를 했더니 듣는 사람들이 꽤 충격을 받은 듯했다. 양조를 쉽게들 생각하는데 결코 행복하거나 아름답게 여겨서는 안 된다는 말로 강의가 마무리됐다. 끝나기 직전 질의응답 시간이 오자 한 여성 참가자가 조심스럽게 질문을 던졌다.

"양조가 힘든 일이라고 했는데 그래도 일을 하면서 웃을 일이 많지 않을까요?"

그 질문에 내 답은 역시 칼 같았다.

"물론 있겠죠. 왜 웃을 일이 없겠습니까. 하지만 웃을 일은 본인이 스스로 만들어야 합니다. 맥주를 만들면서 힘들다는 이유로 배합도 제대로 하지 않고 발효도 세심하게 챙기지 않는다면 절대 좋은 술이 나오지 않습니다. 좋은 맥주가 나오지 않는데 과연 웃을 수 있을까요? 웃음이 나오도록 잘 만들려면 그만

국제한식조리학교 강의(사진출처: 국제한식조리학교)

큼의 노력이 필요하고 수고를 견뎌내야 합니다. 그 수고를 너무 만만하게 보지 않기를 바라는 것이 제가 이야기하고 싶은 내용입니다."

매우 심각한 분위기로 강연이 마무리됐지만 이후 평가는 좋았다. 기본 지식을 알려주는 것을 떠나 현장에서의 경험과 목소리를 제대로 들을 수 있어서 많은 도움이 됐다는 의견들이 다수였다. 피드백이 좋은 강연이라 나 역시 뿌듯했다. 강의 때마다 그저 책에서 얻을 수 있는 단편적인 지식이 아닌 생생한 정보와 분위기를 전달하려고 노력하고 있기 때문에 그런 피드백을 받

내 유니폼과 애정하는 맥주 진열장

는 것이 나로서도 행복한 일이다.

내 일을 하면서도 강연을 계속 이어가고 있는 것은 나 역시 배우는 점이 많기 때문이다. 강연을 하다 보면 사람들이 맥주에 대해 어떤 생각을 가지고 있으며 또 내가 그 생각들을 현장에 어떻게 응용해야 하는지 자연스레 고민하게 된다.

배움에는 끝이 없다고 한다. 나와 같이 매장을 운영하는 사람이라면 절대 잊지 말아야 하는 말이다. 학교에서 배우고 책을 보고 아는 것이 끝이 아니라 현장에는 살아 움직이는 지식들이 넘쳐난다. 특히 같은 업종에 종사하는 사람들과의 대화는 그저 좋은 시간을 보내는 데 그치는 것이 아니라 각자의 경험을 나눌 수 있다는 점에서 더욱 소중하다. 그 때문에 틈만 나면 맥주를 만들고 펍을 운영하는 사람들을 만나고 또 찾아 나선다. 그들이 만든 새로운 맥주를 맛보는 일은 내 맥주를 만드는 일에도 큰 도움이 되고 그들의 매장을 둘러보는 일은 내 매장을 한 단계 업그레이드할 수 있는 자료로 쓰인다.

이런 이유 때문에 나뿐만 아니라 업계의 다른 많은 사람들이 시간을 쪼개가면서 벤치마킹을 위한 노력을 아끼지 않는다. 지인 가운데 수도권에서 주류매장을 운영하고 있는 한 젊은 사장님은 한 달에 두 번 쉬는 휴일을 평일보다 더 바쁘게 보내고 있다. 매장 문을 닫는 날이면 전국 곳곳의 양조장과 브루펍을 돌면서 새로운 맥주와 음식을 맛보고 매장과 손님들의 분위기를 체험하러 다닌다. 매일 늦게까지 일하기 때문에 휴일이면 쉴 법도 한데 그런 시간조차도 자신의 발전을 위해 투자하고 있는 것을 보면 그 대단한 열정이 놀라울 뿐이다. 그런 노력 때문인지 그의 펍은 언제나 활기가 넘친다. 규모는 그리 크지 않지만 갈 때마다 소소하나마 변화가 느껴진다. 작은 소품으로 매장의 분위기를 바꾸기도 하고 새로운 메뉴로 신선함을 시도한다. 그런 변화들이 손님들의 발걸음을 끊이지 않게 하는 요소가 되고 있는 것이 분명하다. 공부를 게을리하고 늘 정체되기만 한다면 아무리 맥주 맛이 좋다고 해도 손님들에게 즐거움을 줄 수 없다는 것을 그는 잘 알고 있는 것이다.

그와 같이 어떤 방식으로든 공부를 지속한다는 것은 나를 비롯해 모든 매장 운영자들이 배워야 할 태도다. 특히 맥주는 단순히 술이라기보다는 문화를 담고 있다. 그동안 우리나라는 맥주를 두 곳의 대기업이 주도해왔고 그래서 종류도 다양하지 않아 특별하거나 다양한 문화가 형성되지 못했지만 수제맥주가 활성화되면서 분위기와 트렌드가 점점 바뀌어가고 있다. 음식에 대한 공부는 당연한 일이고 맥주를 즐기는 사람들이 어떤 분위기와 문화를 좋아하는지 세대별 관심도에 대해서도 파악하고 있어야 죽지 않는 매장을 유지할 수 있다.

꼭 매장을 위한 공부뿐만 아니라 자기계발을 위한 공부도 적극 추천하고 싶다. 나의 경우엔 대회 심사를 위한 영어 공부와 여유로운 생활을 위한 음악 공부를 몇 년간 이어가고 있는 중이다. 영어는 국제대회 심사위원으로 참여하면서부터 나에게 정말 필요한 일부가 되었기 때문에 시작했다. 처음에는 그저 필요해서 그 절실함으로 시작을 했지만 하면 할수록 욕심이 생겼다. 처음과 비교하자면 영어 실력이 많이 늘기는 했지만 내 의견을 보다 더 유창하게 전달하고 싶은 마음에 계속해서 수업을 받고 있다. 음악은 일 때문이라기보다는 내 생활이 좀 더 풍요로워지기를 바라는 마음에서 시작했다. 어릴 때부터 좋아하기도 했는데 악기 하나는 완벽하게 다루고 싶어 피아노를 꾸준히 배우고 있는 중이다. 양조와 매장 관리 때문에 늘 바쁜 스케줄을 이어가고 있어 여유를 찾는다는 것이 가끔은 사치스러운 느낌도 들지만 내 인생을 위해 이런 사치쯤은 얼마든지 누릴 수 있어야 한 걸음 더 나아갈 수 있는 힘이 생긴다.

'기회는 스스로 준비된 사람을 절대 지나치지 않는다.'

언젠가 책에서 읽었던 문구인데 오랫동안 잊히지 않고 기억에 남아 있다. 준비가 되어 있지 않다면 어떤 기회가 다가오더라도 붙잡을 수 없다. 하지만 내가 어떤 방식으로든 준비를 하고 있다면 좋은 기회가 다가왔을 때 놓치지 않을 실력과 자신감을 가질 수 있다. 그런 점에서 공부는 필수불가결한 요소다. 공부를 위해 시간을 쪼개 투자하는 일은 미래를 위해 반드시 필요한 일일 것이다.

다음 스텝을 위하여…… 새로운 꿈은 성공을 위한 필수 조건

'꿈은 크고 원대하게!' 흔한 말이라 좀 식상한 느낌도 있지만 난 이 말을 좋아한다. 크고 원대한 꿈을 가지고 있는 사람은 그 꿈을 반드시 이루지 못한다 하더라도 늘 최선의 노력을 다하며 결국에는 기대 이상의 결과를 얻는다는 것을 믿기 때문이다. 그래서 난 언제나 큰 꿈을 마음에 품고 다녔고 언젠가는 그 꿈을 이룰 수 있을 것이라는 희망도 간직해왔다.

바네하임을 시작한 직후부터 지금까지 내가 꿈꾸고 있는 것은 두 가지다. 하나는 바네하임의 직영점을 운영하는 것, 그리고 맥주와 한식을 접목시킨 전문 한식펍을 여는 것이다. 이 두 가지 꿈은 이미 오래전부터 계획과 준비가 진행되고 있었고 이제는 실현을 위한 구체적인 실행단계에 접어들고 있다.

먼저 바네하임의 직영펍은 말 그대로 바네하임의 덩치를 좀 더 키우기 위한 작업이다. 직영펍은 바네하임을 시작한 지 2년 정도가 지난 뒤부터 떠오른 숙제와 같은 것이었다. 학교 다닐 때부터 프렌차이즈 사업을 생각해왔지만 바네하임을 운영하면서 프렌차이즈에 대한 문제점을 구체적으로 알게 됐고 직영점이 답이라는 생각이 확고해졌다.

직영이 아닌 프렌차이즈의 가장 큰 문제점은 관리가 제대로 되지 않는다는 것이다. 수제맥주는 제대로 만드는 것도 중요하지만 사후 관리 역시 신경을 써야 한다. 손님들의 발걸음이 이어지도록 하기 위해서는 한결같은 맛이 유지되어야 하는 것은 기본이다. 본사에서 좋은 맥주를 제공한다고 하더라도 매장에서 관리를 제대로 하지 못하면 맥주의 맛과 질은 한순간에 변한다. 그리고 한번 맛이 변하기 시작하면 원래의 맛으로 되돌아오기 쉽지 않다. 따라서 맥주를 관리하는 사람이 늘 신경을 곤두세우고 있어야 하는데 철저한 교육과 관리를 한다고 해도 직접 운영하는 것이 아닌 만큼 문제는 발생하기 마련이다.

맥주의 맛이 변할 경우 직접적으로는 매장의 매출이 떨어지겠지만 거기서 그치는 것이 아니라 본사 이미지도 크게 손상될 수밖에 없다. 세계적인 브랜드 스타벅스가 모든 매장을 직영점으로 운영하고 있는 것도 다 이런 이유 때문이다. 맥주뿐만 아니라 음식에 대한 콘셉트나 관리도 본사와 맞지 않는 경우가 허다하다. 처음에는 본사의 시스템과 스타일을 따르지만 시간이 지나면 그 콘셉트를 제대로 따르는 곳이 그리 많지 않다. 이런 문제점들 때문에 바네하임의 모습과 색깔을 지키기 위해서는 좀 늦더라도 직영점을 내는 것이 옳은 방향이라고 결정했다.

사실 바네하임을 시작한 지 1년도 안 되었을 때부터 프렌차이즈 매장을 내어달라는 요청이 많았다. 특히 아버지 지인들이 매장에서 우리 맥주와 음식을 맛본 뒤 크게 만족하시면서 자신들이 식당을 창업할 테니 맥주만이라도 제공해달라고 요구해왔다. 아버지 역시 프렌차이즈로 사업을 확장하는 것이 좋겠다면서 여러 차례 권유를 하셨다. 하지만 이미 프렌차이즈에 대한 문제점을 알고 있었기 때문에 마음이 움직이지 않았다. 이 문제 때문에 아버지와 의견 충돌도 있었다.

"맥주를 싸게 공급하고 싸게 팔아서 많은 사람들이 마실 수 있게 되면 양쪽 다 좋은 것 아니냐."

아버지는 그야말로 장사의 기본이라 할 수 있는 '박리다매'의 원칙을 주장하셨지만 수제맥주는 싸게 많이 팔 수 있는 아이템은 아니었다. 대기업처럼 많은 자본금을 가지고 있다면 가능한 일이겠지만 소규모 양조업자가 아무 생각 없이 시도했다가는 맥주의 질을 유지하지 못해 소비자들로부터 외면받는 결과가 될 게 불 보듯 뻔했다. 다행히도 당시에는 맥주 유통이 법으로 금지되어 있었기 때문에 아버지를 설득할 수 있는 명분이 있었다. 하지만 2014년부터 유통이 자유로워지면서 프렌차이즈에 대한 논쟁은 다시 시작됐다. 이제는 내가 왜 직영점을 운영하고 싶어하는지 구체적인 이유로 아버지를 설득해야 했다.

"프렌차이즈 사업은 본사가 식자재를 공급하고 정기적으로 인테리어를 바꾸는 것으로 수익을 내는데 그런 구조는 저와 맞지 않아요. 특히 맥주는 관리가 생명인데 매장을 운영하는 주인과 직원들이 제대로 하지 않고 대충한다면 바네하임 자체가 흔들릴 수 있어요. 바로 그렇기 때문에 바네하임을 키우기 위해서는 직영점을 오픈하는 게 맞아요. 그래야 제가 만든 맥주의 질도 변함없이 유지되고 바네하임의 색도 지킬 수 있어요."

내 이야기에 공감하신 아버지는 더 이상 프렌차이즈에 대한 이야기는 꺼내지 않으셨다. 평생 본인의 방식으로 사업을 해온 분이었기에 가끔은 딸의 사업 방식이 이해 안 되고 마음에 들지 않을 때가 많겠지만 그래도 내 의지를 이야기하면 받아들이고 인정해주신다.

"그래, 알았다. 네 말이 일리도 있고 또 너만의 방식이 있을 테니 그렇게 해라. 그러면 직영점은 언제, 어떻게 할 생각이냐?"

"아직은 때가 아닙니다. 현재의 바네하임이 흔들림 없이 정착되는 게 우선이고 그다음은 지금보다 더 많은 맥주를 만들 수 있는 양조 시스템을 갖춰야 해서요. 시간이 더 필요하니까 지켜보시면서 기다려주세요."

사실 직영점을 내고 싶은 마음은 아버지보다 내가 더 절실했다. 바네하임을 운영하면서 한계를 느끼고 문제점들을 파악했고, 이를 바탕으로 더 큰 성장을 위해 필요한 것이 무엇인지 잘 알게 되었다.

지금의 바네하임이 가지고 있는 가장 큰 취약점은 위치다. 바네하임은 공릉동에서 유일한 수제맥주 펍으로 자리를 잡아가기 시작했지만 지리적인 특성 때문에 한계가 명확했다. 상업지구가 아닌 주택가에 위치하다 보니 아무래도 찾아오는 고객의 수가 늘어나지 않아 지속적인 매출 증가를 기대하기 힘들었다. 여기에다 주말은 주말대로, 명절은 명절대로 타격이 컸다. 상업지역이 아니다 보니 새로운 고객들이 지속적으로 유입되지 않아 생기는 일이었다. 이 때문에 직영점은 반드시 상권이 발달된 곳을 염두에 두고 있다. 특히 3년 전부터는 시내 중심가로 들어가야 한다는 마음이 더 강해져서 그때부터 틈만 나면, 혹은 일이 있어 시내에 나가게 되면 종로나 홍대, 공덕동을 돌며 적당한 자리를 찍어두고 있다. 그중 공덕은 상업지역과 주택지역이 적절하게 조화를 이루고 있어서 일순위에 올려두고 있는 중이다.

장소를 정하는 것도 중요하지만 그 이상으로 중요한 것은 양조 시설을 갖추는 것이다. 현재 바네하임의 양조 시스템으로는 직영점을 감당해낼 수 없다. 기계가 오래되다 보니 고장이 잦았고 무엇보다 크기가 작아 공급량을 맞추기 힘들었다. 그 때문에 직영점 내는 일보다는 새 양조장 설립을 우선으로 생각했는데 남양주 양조장이 완공되면서 모든 것이 가능해졌다. 단지 서울뿐만 아니라 다른 도시까지도 직영점 확대를 계획할 수 있는 여력이 생긴 것이다.

하드웨어가 준비되는 동안 내가 좀 더 신경 쓰고 있는 부분은 인력을 구성하고 운영하는 일이다. 매장 운영에 있어서 인력 관리는 가장 중요한 일이면서 가장 힘든 일이라는 것을 알게 됐다. 왕도도 없고 정답도 없는 일이라서 더 어렵지만 사람을 어떻게 쓰고 관리하느냐에 따라 매장이 앞으로도 꾸준히 성장을 하느냐 아니면 한순간에 무너지느냐가 결정되기에 소홀히 할 수 없다. 다행히도 지난 15년간 사람에 대해 다양한 경험을 했고 실패와 성공을 여러 차례 맛보았기에 그것을 바탕으로 얼마든지 꾸려갈 자신이 생겼다. 전에는 어떻게 해서든 빨리 사람을 뽑으려고 했고 능력이 적당히 있으면 일을 맡겼지만 이제는 크게 서두르지 않고 있다. 주방과 홀에서 일할 사람들도 그렇지만 특히 양조를 담당해야 할 직원은 더 신중하게 선택하고 싶다. 천천히 기다리다 보면 반드시 좋은 사람이 나타나고 그런 사람을 만나야 오랫동안 문제없이 손발을 맞출 수 있을 것이다.

인력 관리는 다양한 분야에서 끊임없는 공부가 필요한 일인데 스타벅스나 코스트코 등 글로벌 기업을 벤치마킹 중이다. 두 기업은 세계적으로 성공한 기업이고 무엇보다도 효율적인 인력 관리를 한다는 점에서 배울 점이 많다. 특히 코스트코는 전직원들이 회사의 모든 업무를 다 해낼 수 있도록 인력을 관리하고 있는데 이런 시스템이 내가 주목하고 있는 부분이다. 모든 직원들이 회사의 여러 가지 일을 경험하고 처리하다 보니 업무 공백이 생기더라도 쉽게 대처할 수 있을 뿐만 아니라 개개인의 로열티까지 높아서 이직률도 낮다.

특히 요식업에 종사하는 사람들은 자신의 일을 너무 쉽게 생각하고 자부심이 높지 않아 쉽게 일을 그만두는 경향이 많다. 매장을 운영하는 사람들이 가장 힘들어하는 부분도 직원들이 책임감이 별로 없고 예고도 없이 안 나오는 경우가 많다는 것이다. 자신의 일에 자부심을 갖게 하는 방법은 여러 가지 일을 경험해 볼 수 있는 기회를 주는 것이다. 언젠가 홀에서 근무하는 직원에게 양조탱크 닦는 일을 맡긴 적이 있는데 그 일이 있은 뒤로 그 직원의 태도가 전과는 달라졌음을 알게 되었다.

"홀에서 음식을 나르고 손님을 응대하는 일만 했을 때는 전혀 몰랐는데 막상 양조탱크를 청소하다 보니 맥주 만드는 일이 얼마나 고된 작업인지 알게 되었습니다. 제가 나르는 맥주 한 잔이 그렇게 소중한 것이라고 생각하니 대충 일해서는 안 되겠다는 마음이 들어요."

그 직원은 한참 뒤에야 그런 말을 하면서 다른 사람의 업무를 알게 된 것이 자신에게도 큰 도움이 되었다고 털어놓았다. 물론 모든 사람이 이렇게 긍정적인 생각으로 일을 대하지는 않을 것이다. 자신의 업무가 아닌 다른 일을 시키면 단번에 입을 내밀고 불만을 드러내는 사람들도 많다. 그런 직원을 변화시키기란 쉬운 일이 아니다. 그렇지만 열정을 가지고 일을 배우고 싶어하는 직원들도 있기에 나 역시 여러 방법을 시도하고 있고 앞으로도 그 시도를 포기하지 않을 것이다.

직영점 오픈이 계획대로 진행되고 운영도 순조롭게 이루어지면 그다음 시도는 정말 오래전부터 하고 싶었던 한식펍에 도전할 생각이다. 한식은 내 전공이기도 하지만 그전부터 좋아했고 또 잘할 수 있는 분야다. 맥주를 만나지 않았다면 아마도 나는 지금 한식과 관련된 일을 하고 있을지도 모른다. 맥주 사업을 시작해 펍을 운영하고 있지만 항상 내 마음 한구석에는 언젠가 한식 관련 사업을 꼭 할 것이라는 목표가 있다.

한식펍은 말 그대로 맥주와 함께 먹을 수 있는 음식을 한식으로 구성하는 것이다. 우리나라에서 맥주는 누구나 즐길 수 있는 술이 되었지만 곁들여 나오는 메뉴에서 한식을 찾아보기는 힘든 게 현실이다. 와인을 즐기는 사람들 사이에서 와인과 한식이 잘 어울린다는 인식이 퍼져 있는데 맥주 역시 와인만큼 한식과 잘 어울린다. 그렇기에 조금만 관심을 기울여 개발한다면 다양한 메뉴를 만들어낼 수 있다. 이미 바네하임에서 선보여 검증된 메뉴들이 몇 가지 있는데 대표적인 것이 떡갈비, 박대구이, 딱새우찜, 찹쌀새우볼 등이다. 특히 떡갈비는 〈수요미식회〉를 통해 맥주와 페어링이 좋은 메뉴로 선정된 이후 큰 사랑을 받고 있다. 찹쌀새우볼은 맥주와 잘 어울리는 찹쌀도너츠에서 영감을 얻었는데 2019년 미슐랭가이드 원스타를 받은 '한식공간'의 조희숙 셰프님께서 조언을 주셨다. 통새우를 찹쌀가루로 버무려 튀기고 사이드도 다양한 채소를 된장으로 간하여 완성했는데 예상 밖으로 맥주와 조화가 뛰어났다.

전 메뉴를 한식으로 구성할 예정이라 한식에 대한 공부도 꾸준히 하고 있다. 공부를 하다 막히면 학창 시절 수업을 들었던 선생님들께 연락해 자문을 구하고 있고 시간이 될 때마다 필요한 여러 나라의 요리 수업을 듣고 있다. 한식이라고 해서 그저 전통음식을 그대로 활용하는 것은 아니기에 어떤 재료가 맥주와 어울리는지, 또 그 재료들을 어떤 방식으로 조리하느냐를 지속적으로 고민하고 시도해보아야 하기 때문이다.

나의 두 가지 꿈인 직영점과 한식펍이 계획대로 모두 이루어

요리에 큰 도움을 주시는 배화여대 신계숙 교수님과 함께

진다면 아마도 사업 규모가 지금과는 비교할 수 없을 정도로 커

질 것이다. 단지 바네하임 매장 하나를 운영하고 있는 현재의 나

를 본다면 꿈이 지나치게 큰 것 아니냐고 말하는 사람도 분명 있

다. 하지만 꿈의 크기만큼 내 안의 열정도 존재한다. 그 열정이

부산 명물 구포국수를 이용한 골뱅이 소면

란드(아이리쉬 레드에일)와 세발나물 무침
곁들인 통삼겹살 구

꺼지지 않는 한 꿈을 향해 걷는 내 발걸음의 속도는 줄어들지 않을 것이다. 그 열정으로 15년을 보냈고 새롭게 다가오는 시간도 같은 열정으로 채워나갈 것이다. 원대한 꿈이 있는 이상 내가 해야 할 일은 여전히 많을 것이며 그 과정에서 지금보다 더 성장한 나를 만날 수 있으리라 기대한다.

이명룡(한국맥주문화협회 이사)

맥주는 왜 정치적일까?

중동 지역에서 시작되어 지금까지 이어지는 맥주의 역사에서 정
치적 성격의 풍미를 느낄 수 있다면 지나친 상상일까? 정치의 정
의가 권력을 획득하고 유지하며 행사하는 활동으로 구성원 상호
간의 이해 조정, 인간다운 삶의 영위 그리고 사회질서 유지 등의
역할을 하는 것이라면 맥주는 매우 정치적인 대상, 혹은 수단이
었다고 할 수 있다. 이런 주장을 펼치는 근거는 다음과 같다.

첫째, 맥주는 다수의 서민들이 즐기는 저도수의 술이다. 따라
서 맥주는 다수의 서민을 공략할 수 있는 매개체가 된다. 정치인
들은 서민의 술, 맥주를 통해 서민적인 이미지를 만들어낼 수 있
고 그런 이미지는 표와 직결될 수 있기 때문이다. 아울러 알코올
도수가 낮기는 해도 엄연히 술이라 구성원의 건강도 보호해야 한
다. 함무라비법전이나 독일의 맥주순수령이 맥주의 재료 또는 품
질관리를 엄격히 규제하는 것도 이런 맥락으로 볼 수 있다.

연설하는 히틀러

둘째, 영국의 펍, 독일의 비어홀, 미국의 태번은 지역 공동체의 회합장소였고, 여기에서 많은 이야기들이 자유로이 오고 갔다. 요즘 개념으로 정보교환의 허브^{Hub}로서 여론형성 및 선동의 장소가 되기도 했다. 바빌로니아가 맥주집에서 역모를 꾀하는 회합을 보고도 신고하지 않은 주인을 사형에 처한 것, 미국 독립전

호프브로이하우스 전경

쟁의 기운이 싹트고 꽃을 피운 곳이 보스톤의 그린드래곤 태번이
며, 나치의 히틀러가 대중 선동의 장소로 호프브로이하우스 같은
비어홀을 선택한 것, 이 모두가 결코 우연이 아니다.

　셋째, 맥주는 전통적으로 세금징수의 원천이다. 동서고금을
막론하고 정치권력과 돈은 불가분의 관계로 인식된다. 역사적으
로 모든 권력집단은 맥주에 세금을 징수했다. 우선 맥주를 양조
할 수 있는 권리나 맥주 양조에 꼭 필요한 재료에 대해 세금을 매

겼다. 맥주에 홉^{Hop}이 사용되기 전 풍미를 내기 위해 사용된 여러 약초나 풀, 향신료 등의 혼합물을 말하는 그루트^{Gruit}를 판매할 수 있는 권리인 그루트권^{Gruitrecht}을 통해 많은 세금을 거둘 수 있었다. 종교개혁 시기에 영국의 헨리 8세는 홉의 사용을 금지시켰고, 루터를 비롯한 프로테스탄트들은 그루트를 사용하면 가톨릭 세력에 세금을 내는 꼴이니 홉의 사용을 권장하기도 했다. 우리나라의 경우도 맥주 출고가 중 약 절반이 세금이고 정부는 맥주의 세금부과 체계인 종가세를 종량세로 변경하려는 과정에서 맥주를 즐기는 국민의 정서를 상당히 의식하고 있다.

넷째, 나라별 대표맥주와 다양한 맥주 문화가 있다. 영국의 에일, 독일의 라거, 체코의 필스너, 벨기에의 람빅 등 국가대표 맥주는 나라 고유의 음식, 문화와 함께 소비되기 때문에 차별화된 국가정체성으로 연결되기도 한다. 이런 정체성을 강조하거나 외교수단으로 활용하면 구성원에게 자긍심을 불러일으킬 수 있고 덤으로 강력한 정치적 지지도 기대할 수 있다. 벨벳혁명으로 민주화를 쟁취한 체코와 미국의 정상회담이 1994년 1월에 있었다. 클린턴 대통령과 함께 프라하 태생의 UN 미국대사 올브라이트가 체코를 방문했다. 하벨 체코 대통령은 민주인사들의 사랑방 격이었던 '우 즐라테호 티그라'라는 맥주집에서 당시 세계적인 베스트셀러 버드와이저 맥주의 생산국인 미국 정치인들에게 맥주 역사에서 절대 빠질 수 없는 스타일인 체코의 자랑 필스너 우르켈을 대접했다. 이 모습은 체코인들에게 더없는 자부심을 느끼게 했고, 동석한 올브라이트의 속마음도 더없이 자랑스러웠을 것이다. 고도로 계산된 외교행사였지만 맥주가 직접적으로 정치무대에 오른 대표적인 사례로 꼽힌다. 미국 민주당의 오바마 대통령은 홈브루어였고, 자신의 정치적 기반인 시카고를 대표하는 구스아일랜드를 영국의 캐머런 총리에게 소개하기도 했다. 맥주를 통해 서민적인 모습을 부각시키고 시카고와 지역 크래프트 맥주를 홍보했던 오바마 대통령은 자신의 아일랜드 혈통을 강조하며 성 패트릭데이 때, 아일랜드 기네스 맥주를 아이리쉬 펍에서 마시곤 했다. 수많은 아이리쉬계 미국인들의 지지를 아일랜드 대표 맥주 기네스를 통해 얻었다. 독일의 메르켈 총리는 이런 오바마 대통령을 독일 바이에른 주 작은 도시로 초대하여 독일 바이젠과 흰 소시지인 바이스부르스트로 오찬을 대접했다. 독일이 맥주의 최강국임을 은근히 알려준 외교행사였다고 상상해본다.

지금까지 설명한 근거들은 맥주에 포함된 상당한 세금을 제외하면 우리나라와 연관성이 별로 없어 보인다. 그러나 촛불혁명 이후 문재인 대통령은 청와대 경제인 만찬에서 국내 크래프트 맥주를 마셨다. 예전 대통령에게서 볼 수 없는 모습이다. 대형 맥주회사의 제품이 아닌 크래프트 맥주회사의 맥주를 시민들과 함께 마시는 사진도 청와대 홈페이지에 게재되어 있다. 적폐청산, 기득보수 탈피, 개혁진보라는 정치적 이슈에 기존의 거대 맥주회사가 만든 획일적인 맥주보다는 개성 있고, 창의적이고, 거대 맥주회사의 몰개성에 저항하는 크래프트 맥주의 이미지를 덧입히려는 의도는 없었는지 궁금하다.

자! 이제 맥주는 왜 정치적일까?라는 물음에 답을 할 수 있겠나? 사실 잘 모르겠다고? 괜찮다. 집에 맥주가 있다면 어떤 맥주라도 좋다. 맥주 한잔 마시면서 천천히 다시 한번 읽어보자. 잔을 비울 때까지도 긴가민가하다면 그게 맞다. 맥주가 정치적인지 아닌지 누가 알겠는가? 그리고 그게 뭐 그리 중요한가?

김정하가 알려주는 맥주와 음식 페어링

우리나라의 술 문화를 한마디로 꼽는다면 맛있는 음식과 함께한다는 것이다. 좋은 재료로 맛있는 음식을 만들면 반드시 그 음식과 어울리는 술이 따른다. 맥주도 마찬가지다. 일반적으로 맥주만 즐기는 서양 문화와 달리 우리는 맥주를 마실 때 반드시 그와 어울이는 음식을 찾는다. 어떻게 보면 맥주는 음식을 더 맛있고 풍성하게 해주는 역할을 하는 조연이라 할 수 있다. 아마도 오래전부터 이어져온 '반주 문화'의 성격 때문인지도 모르겠다. 나 역시 이 점을 고려해서 음식을 돋보이게 할 수 있는 맥주를 만들려고 노력한다. 맥주를 만들면서 어떤 음식과 잘 어울릴지를 고민하고 또 그 맥주와 잘 맞는 메뉴는 어떤 것이 있을지 생각한다.

술과 음식의 궁합

일반적으로 맥주는 자극적인 음식과 잘 맞는다고 말한다. 그 말도 틀린 것은 아니다. 하지만 무조건 자극적인 음식이 모든 맥주와 어울린다고 할 수는 없다. 특히 맛과 스타일이 다양한 수제맥주는 잘 어울리는 음식과 함께하면 맛도 즐거움도 더 커진다. 술자리에서 음식 메뉴와 잘 어울리는 맥주를 선택해 주목받을 수 있는 몇 가지 팁을 알아보자.

맥주는 개인 취향에 따라 선택의 기준도 다르지만 일반적인 기준을 따른다면 큰 실패가 없다.

- 드라이한 맥주로 시작해서 단맛이 나는 맥주로 마무리한다.
- 마일드한 맥주로 시작해서 아로마가 풍부한 맥주로 마무리한다.
- 알코올 도수가 낮은 맥주로 시작해서 알코올 도수가 높은 맥주로 마무리한다.
- 색이 연한 맥주로 시작해서 짙은 색의 맥주로 마무리한다.

맥주와 함께하는 요리들은 각 나라별, 취향별로 매우 다양하다. 반주 문화가 보편적인 우리나라에서는 메인 식사 때 다양한 술을 함께하는데 요리별로 어떤 맥주를 선택하면 좋은지 알아두면 용이하다. 다음에 제시한 내용은 세계적으로 실패 없는 페어링이자 나의 경험을 기반으로 한 페어링이다. (Doemens Academy 교제 참조)

스타우트

바이젠, 둔켈, 헬레스, 둥클레스

여러 종류의 에일

색이 연한 맥주로 시작해서 짙은 색의 맥주로 마무리하기

닭고기 요리

구이 | 페일 에일, 브라운 에일, 메르젠, 둔켈복

튀김옷을 입혀 튀기거나 오븐에 구운 닭요리 | 브라운 에일, 알트

인도식처럼 매운 소스로 조리한 닭요리 | 세종, 포터, 스모크드 비어, 임페리얼 스타우트

와인 닭조림, 안동찜닭 등 조림 닭요리 | 듀벨, 스트롱 페일 에일

오리고기 요리

구이 | 듀벨, 트라피스트, 도펠복, 바이젠복

오렌지 소스와 함께 꿀에 절인 요리 | 윗비어, 발틱포터

중국식 북경 오리 | 세종, 필스, 인디아 페일 에일

설탕, 소금, 식초 등에 절인 콩피 | 임페리얼 스타우트, 스트롱 라거

생선 요리

참치 | 페일 에일

게 | 윗비어

청어 | 괴즈

굴 | 스타우트

생선 수프 | 트리펠

생선회 | 쾰쉬

홍합 | 세종

정어리 | 플랜더스

대구 | 비터

면 요리

치즈 혹은 크림소스, 카르보나라 | 듀벨, 트라피스트, 도펠복, 바이젠복

해산물 | 윗비어, 바이스 비어, 쾰쉬, 헬레스

미트소스 | 라거, 페일 에일

페스토 | 뮌헨 둔켈, 스타우트

각종 채소 요리

아스파라거스 | 트리펠, 세종, 트라피스트

콩류 | 도펠복, 브라운 에일

찐 감자 | 윗비어, 페일 에일

볶은 감자 | 뮌헨 둔켈, 포터

한식에 어울리는 페어링

떡볶이 ┃ 페일 에일, 인디아 페일 에일

족발 ┃ 알트 비어, 영국 ESB

김치찌개, 나물류 ┃ 필스너, 아메리칸 라이트 라거

부침개, 전류 ┃ 올몰트 페일 라거

홍어 및 발효음식 ┃ 괴즈, 세션비어

훈제장어 ┃ 스모크드 비어

들기름해산물 파스타 ┃ 아메리칸 IPA

이야기를 마치며

혼자 돌아다닐 수 있는 나이를 열 살부터라 보고 70세까지 산다는 가정하에 우리는 총 60번의 봄을 맞이하게 됩니다. 그 60번의 봄 중에서 비가 오지 않거나, 미세먼지나 황사가 없고 정말 화창해서 밖으로 소풍을 갈 수 있는 날이 몇 번이나 될까요? 제가 살아온 40년의 세월 동안 저는 열 살 이후 30번의 봄을 맞이하였고, 화창한 봄날은 제 기억에 며칠 되지 않습니다. 화창한 날은 많았지만 늘 북향의 매장 안에서 일을 했어야 했습니다. 저에게 봄이란 여름을 대비하는, 매출상승을 위해 재고를 많이 비축하고 종합소득세를 납부하는 그런 계절이었습니다. 어둠이 많은 나날이었고, 버티기 위해 몸부림을 치면서 남은 건 악바리 근

성과 싸워 고갈된 체력뿐이었습니다. 최근 오래된 거래처의 담당자를 만났는데 다정다감하던 김정하의 모습은 어디로 갔냐고 물으셨습니다. 다정다감하면 사업을 할 수 없었노라고 답을 드리면서 조금은 이상한 기분이 들었습니다. 따뜻하고 화창한 봄날을 만끽하며 다정함을 간직한 채로 살기 쉽지 않을 만큼 삶이 그리 팍팍했나 돌이켜봅니다.

그래도 책을 쓰면서 지난날에 대해 회상해보자니 저 자신이 많이 성장했음을 느낍니다. 유연하지 못했던 사고들이 부드러워지고 그런 유연함 속에서 스스로 견고해졌음을 느낍니다. 아직은 더 성장할 수 있는 부분들이 보입니다. 아마도 아직 부족한 게 많아 그런 듯합니다. 그래서 해야 할 일이 많습니다. 해야 할 일들을 하면서 세상에 보탬이 되는 존재가 되고 싶습니다.

그중 하나는 맥주로 사회적 기업을 만드는 일입니다. 맥주는 생각보다 환경 오염에 대해서 그리 자유롭지 못한 제품입니다. 맥주를 만들고 남은 맥아박^{spent grain}은 사료화하지 않으면 전량 음식물쓰레기가 되며 버려지는 효모, 세척하면서 생산되는 오폐수도 만만치 않습니다. 어렸을 때부터 환경에 관심이 많았기에 맥주업에 몸 담고 있으면서 환경 걱정이 많습니다. 그래서 향후 자본금이 많이 축적되면 기계를 제작하여 맥아박으로 땔감을 만들 예정입니다. 그럼 소외계층 이웃들에게 그것을 나눠드릴 수 있습니다. 그분들께 화창한 봄날을 나눠드리고 싶은 마음입니다. 이미 실험을 완료하였기에 실현 가능한 일입니다. 그렇게 된다면 맥주 산업의 고질적 환경 문제를 조금이나마 해소할 수 있지 않을까 합니다. 이 프로젝트가 완성되는 날은 맥주업에 종사함으로 인해 짊어지고 있는 무거운 짐을 내려놓고 두 발을 쭉 뻗고 잘 수 있을 것 같습니다.

좀 더 개인적인 소망이 있다면 마음 좋은 사람을 만나 결혼해서 아이를 기르며 지금보다 더 행복하고 화창한 봄날 같은 인생을 만끽하고 싶습니다. 내 삶은 소중하고 아름다우며 화창하기를 원하니까요. 그 아름다움 속에서 더 아름다운 사람들과 함께 삶을 즐기고 건강하게 살려 합니다. 그리고 그렇게 되기를 꿈꾸며 바랄 것입니다. 이 책을 읽는 분들에게도 화창한 봄날 같은 삶이 펼쳐지길 기원합니다.

조금 비장할지 모르겠느나…… 우린 해낼 수 있습니다!

저의 삶과 제 맥주 이야기에 관심 가져주셔서 감사합니다.

'브로이하우스 바네하임' 대표 김정하

맥주 만드는 여자

초판 1쇄 발행 • 2019년 8월 23일

지은이 • 김정하
펴낸이 • 김요안
구성 및 정리 • 김정덕
편   집 • 강희진
그   림 • 정은영
디자인 • 박정민

펴낸곳 • 북레시피
주소 • 서울시 마포구 신수로 59-1
전화 • 02-716-1228
팩스 • 02-6442-9684
이메일 • bookrecipe2015@naver.com | esop98@hanmail.net
홈페이지 • www.bookrecipe.co.kr | https://bookrecipe.modoo.at
등록 • 2015년 4월 24일 (제2015-000141호)
창립 • 2015년 9월 9일

종이 • 화인페이퍼 | 인쇄 • 삼신문화사 | 후가공 • 금성LSM | 제본 • 대흥제책

ISBN 979-11-88140-91-6 (03810)

• 이 도서의 국립중앙도서관 출판예정도서목록(CIP)은 서지정보유통지원시스템
홈페이지(http://seoji.nl.go.kr)와 국가자료공동목록시스템(http://www.nl.go.kr/kolisnet)에서
이용하실 수 있습니다. (CIP제어번호: CIP2019030087)